Chère lectrice,

Sachez que, pou[...]rvé
de très belles surp[...]e à
découvrir « Les héritières rebelles », la nouvelle trilogie de
Lynne Graham : trois sœurs, Zara, Beatriz et Tawny, vont
devoir céder au plus odieux — et au plus troublant — des
chantages pour sauver leur honneur et celui de leur famille.
Tout commence donc avec la belle et romantique Zara *(La
vengeance de Vitale Roccanti*, n° 3335), qui va tomber
amoureuse — et enceinte — d'un Italien très séduisant
qu'elle a pourtant toutes les raisons de détester.

Autre jolie surprise de ce mois : je vous propose en
exclusivité numérique (disponible notamment sur notre site
internet), une nouvelle inédite de Maisey Yates : *L'héritière
en fuite*. Il s'agit du prologue de la nouvelle grande saga
Azur, « La couronne de Santina », qui commencera à
paraître dès le mois prochain. Vous entrerez ainsi en avant-
première dans les coulisses du royaume de Santina, et ferez
connaissance avec quelques-uns des personnages de la
saga… Un merveilleux rendez-vous à ne pas manquer !

Très bonne lecture,

La responsable de collection

Une inacceptable proposition

*

Un passé obsédant

MIRANDA LEE

Une inacceptable
proposition

collection *Azur*

éditions **HARLEQUIN**

Collection : Azur

*Cet ouvrage a été publié en langue anglaise
sous le titre :*
CONTRACT WITH CONSEQUENCES

HARLEQUIN®
est une marque déposée par le Groupe Harlequin
Azur® est une marque déposée par Harlequin S.A.

© 2012, Miranda Lee. © 2013, Traduction française : Harlequin S.A.
83-85, boulevard Vincent-Auriol, 75646 PARIS CEDEX 13.

Service Lectrices — Tél. : 01 45 82 47 47
www.harlequin.fr
ISBN 978-2-2802-7901-7 — ISSN 0993-4448

1.

— Il serait peut-être temps de t'habiller, tu ne crois pas ?

Scarlet leva les yeux en abandonnant le supplément du journal du dimanche qu'elle faisait plus ou moins semblant de lire depuis une heure. Elle n'avait pas très envie de parler, d'autant que la conversation finissait toujours par s'orienter vers la solution radicale qu'elle avait choisie. Sa mère, qui l'avait jusque-là soutenue dans son projet d'insémination artificielle, y semblait beaucoup moins favorable ces derniers temps.

Ce qui tombait bien mal pour Scarlet qui avait plus que jamais besoin de se sentir épaulée en ce moment.

Le protocole venait d'échouer pour la deuxième fois. Et, même si on lui avait assuré à la clinique que c'était courant, qu'il fallait simplement persévérer et que tôt ou tard elle tomberait enceinte, elle commençait à perdre espoir. Elle se raccrochait maintenant à l'idée que physiquement, rien ne s'opposait à une grossesse, sauf peut-être les années qui passaient — ce pourquoi, justement, elle avait envisagé cette solution !

— Quelle heure est-il ? demanda-t-elle.

— Presque midi, répondit sa mère. Il faudrait arriver chez les Mitchell d'ici trois quarts d'heure. Carolyn prévoit généralement le déjeuner pour 13 h 30.

Carolyn et Martin Mitchell étaient leurs voisins et amis depuis presque trente ans. Ils avaient deux enfants : John, à peu près du même âge que Scarlet, et Melissa, qui avait quatre ans de moins. Scarlet connaissait bien tous les membres de la famille, mais ne les appréciait pas tous également. Ce jour-là, M. Mitchell, qui avait pris sa retraite depuis peu, célébrait avec sa femme Carolyn son quarantième anniversaire de mariage, un jalon important qu'elle n'aurait malheureusement jamais la joie de franchir.

— Tu n'es pas obligée de venir, suggéra Janet King avec douceur, manifestement consciente de son manque d'enthousiasme. Je peux inventer une excuse. Prétendre que tu ne te sens pas bien, par exemple.

— Non, non, maman, protesta Scarlet fermement en se levant. Je suis contente de les voir. Vraiment. Cela me fera du bien.

Se dirigeant en hâte vers sa chambre, elle s'efforça de se convaincre. Puisqu'elle n'était pas enceinte, elle pourrait boire quelques verres de vin chez les Mitchell. Et avec eux, au moins, elle n'aurait pas à défendre sa décision d'avoir un bébé en célibataire. Il n'y avait que sa mère qui était au courant, et ses constantes mises en garde sur la difficulté d'élever un enfant seule commençaient à lasser Scarlet.

Certes, Janet parlait d'expérience, puisque le père de Scarlet était mort dans un accident de voiture quand elle avait neuf ans. Scarlet n'ignorait d'ailleurs pas combien la vie de sa mère avait été difficile, tant sur le plan émotionnel que sur le plan financier. Elle-même n'avait-elle pas beaucoup souffert du manque cruel de ce père qu'elle adorait ?

Oui, elle savait pertinemment que ce ne serait pas simple de mener son projet à bien sans le soutien d'un compagnon.

Mais cela valait mille fois mieux que de ne pas avoir d'enfant du tout !

Rien que d'y penser, Scarlet se sentait physiquement malade.

Elle voulait des enfants. Depuis toute petite, elle en rêvait. Sauf que dans ses rêves, elle tombait amoureuse d'un homme merveilleux, comme son père adoré. Un homme avec qui elle se mariait et fondait une famille.

Scarlet s'était même figuré que ce rêve se réaliserait très vite, sitôt ses études secondaires achevées. Elle projetait de se marier jeune pour profiter pleinement des joies de la maternité. Jamais elle n'aurait imaginé atteindre l'âge de trente-quatre ans sans avoir rencontré le prince charmant.

C'est pourtant ce qui s'était produit. Même si elle peinait à le croire.

Accablée de tristesse, elle enleva sa robe de chambre et étudia un instant la tenue qu'elle avait étalée sur son lit un peu plus tôt dans la matinée : une robe tunique violet foncé, avec un sous-pull de soie noir, des collants et des bottines noirs également. Il ne lui fallut guère de temps pour s'habiller puisqu'elle avait déjà pris une douche, s'était fait un shampooing et séché les cheveux. Elle alla ensuite dans la salle de bains pour se maquiller et se coiffer.

Une fois prête, elle considéra son reflet dans le miroir en plissant le front. Comment en était-elle arrivée là, se demanda-t-elle pour la énième fois ?

Pourtant, elle n'était pas vilaine. Elle se trouvait même plutôt jolie, avec son petit nez fin, ses lèvres pleines et bien dessinées, et son épaisse chevelure blonde. Sa poitrine manquait peut-être de volume, mais elle était grande, mince et toujours très bien habillée. En outre, elle possédait une personnalité pleine de vivacité, tournée vers les autres. Tout le monde l'appréciait. Et, elle savait qu'elle plaisait aux hommes.

En dépit de ces atouts, Scarlet n'avait réussi à établir aucune relation sentimentale durable au fil des années. Rétrospectivement, elle se rendait compte que son métier ne l'avait pas aidée, mais sur le moment, elle n'y avait pas pris garde. Après le lycée, ne voulant pas quitter Gosford, la petite localité de la Central Coast australienne où elle avait grandi, et encore moins la maison familiale, elle était rentrée comme apprentie dans le salon de coiffure où travaillait sa mère, à la stupéfaction de son entourage. Ses brillants résultats lui auraient pourtant permis d'envisager une carrière plus ambitieuse, dans le droit ou la communication, par exemple.

Mais Scarlet n'aspirait pas le moins du monde à devenir journaliste ou avocate. Elle n'avait que faire des titres prestigieux et des salaires mirobolants que certains considèrent comme la marque du succès. Tout ce qu'elle voulait, c'était un métier vraiment intéressant.

Alors, malgré les critiques de ses professeurs, Scarlet était devenue coiffeuse pour son plus grand bonheur. Elle adorait l'atmosphère de convivialité qui régnait dans le salon. Elle était fière de chaque coloration réussie, de chaque coupe exécutée à la perfection. A force de talent et de créativité, elle s'était forgé une clientèle fidèle. Et, à vingt-cinq ans, elle avait ouvert son propre salon de coiffure, avec sa mère, dans un petit centre commercial proche d'Erina Fair. Elles auraient préféré s'installer à peine un peu plus loin, dans un quartier animé de nombreuses boutiques et nettement plus fréquenté. Mais les loyers y étaient beaucoup trop élevés. De toute façon, leur affaire marchait très bien, et elles s'en félicitaient.

Seule ombre au tableau pour Scarlet : les rencontres masculines, bien trop rares dans un salon de coiffure pour dames. Sans oublier qu'elle était fille unique, ce qui n'arrangeait rien. Si au moins elle avait eu un frère aîné…

Pourtant, elle profitait de toutes les occasions de sorties. Pendant des années, elle avait maintenu des contacts réguliers avec ses amis de lycée, pour sortir en groupe, au pub, dans les discothèques ou les soirées privées. Mais chaque fois, elle craquait sur le beau gosse en quête d'aventure. Que de déconvenues elle avait essuyées avant de s'en rendre compte !

Une par une, elle avait vu toutes ses amies épouser de gentils garçons rencontrés sur leur lieu de travail, chez des amis ou bien en famille. Scarlet avait été si souvent demoiselle d'honneur qu'elle en était venue à redouter les mariages et les fêtes. Les mariées, ses amies, essayaient toujours de la caser avec un joyeux luron plus ou moins éméché qui s'était promis de finir la nuit avec une invitée.

Et, lorsque la dernière célibataire de la bande avait trouvé son futur mari sur un site de rencontre en ligne, Scarlet s'y était essayé à son tour. Mais l'expérience s'était soldée, là aussi, par un désastre. Pour une raison ou une autre, elle attirait toujours les hommes qui ne lui convenaient pas.

A trente ans, désespérée de ne pas avoir rencontré l'homme de sa vie, Scarlet avait alors pris une décision radicale et mobilisé toute son énergie pour changer de travail. Elle s'était inscrite à des cours du soir pour suivre une formation d'agent immobilier et avait obtenu un poste dans l'une des agences les plus cotées de la région.

A l'époque, cela lui avait paru judicieux. Tout à coup, elle s'était retrouvée entourée d'une nuée d'admirateurs parmi lesquels… Jason. Il était, comme elle, agent immobilier, mais employé par un cabinet concurrent. Charmant, très beau, issu d'une famille du coin, il avait eu le bon goût de ne pas chercher à l'attirer dans son lit dès leur premier rendez-vous. Puis, lorsqu'ils avaient couché ensemble, l'expérience qui ne l'avait pas bouleversée s'était tout de même révélée suffisamment agréable pour que Scarlet se décrète enfin amoureuse. Et, le jour de ses trente-deux ans, Jason l'avait demandée en mariage.

Qui aurait pu deviner qu'une catastrophe se préparait alors ?

C'était arrivé dix-huit mois plus tôt, à l'époque de Noël. Tous les habitants de la rue s'étaient regroupés pour organiser une petite fête, mais Jason ne pouvait pas y assister à cause d'un repas d'affaires dont il n'avait pas pu se libérer. Scarlet s'amusait beaucoup et montrait fièrement à tout le monde sa bague de fiançailles… Jusqu'à ce que John Mitchell la prenne à part et lui révèle l'inimaginable.

Instinctivement, elle avait farouchement refusé d'y croire. Ce n'était pas possible, son fiancé n'était pas homosexuel. C'était invraisemblable !

Mais la douceur dans la voix de John et la compassion qu'elle avait lue dans son regard avaient achevé de la convaincre. C'était si rare qu'il se montre gentil avec elle. Bouleversée, Scarlet s'était enfuie de la réception sur-le-champ et avait contacté Jason pour le voir au plus vite. Il eut beau nier, ce soir-là, elle sut qu'il mentait, incapable d'assumer la vérité. La mort dans l'âme, elle rompit leurs fiançailles.

Cette année-là, les fêtes de fin d'année furent bien tristes. Brisée, Scarlet avait dû donner sa démission pour ne pas risquer de croiser Jason et était retournée à la coiffure. Au prix d'un effort suprême, elle parvint à donner le change. Personne, pas même sa mère, n'avait su pourquoi Jason et elle avaient rompu ; Scarlet s'était contentée de prétexter une infidélité de son ex. Malgré les encouragements de ses amies, compatissantes, elle n'osait plus sortir.

Le Noël suivant, Scarlet avait été soulagée de ne pas croiser John Mitchell. Elle n'aurait pas supporté qu'il la prenne en pitié. Apparemment, il s'était cassé une jambe en escaladant un sommet en Amérique du Sud et s'était retrouvé dans l'impossibilité de voyager. A sa grande satisfaction, il ne devait pas non plus être là ce dimanche. Le vol de Rio avait été annulé en raison d'un nuage de cendres volcaniques. A croire que le ciel, pour une fois, était avec elle.

C'était sans doute stupide de sa part, mais Scarlet se sentait gênée à l'idée de revoir John.

Au fond, elle n'avait jamais trouvé sa compagnie très agréable. Certes, il était beau garçon, et extrêmement brillant mais elle lui trouvait un air un peu arrogant. Et, pour tout dire, pas vraiment sociable. Enfant déjà, il ne jouait jamais dans la rue avec les autres gamins. Il préférait traîner seul sur la plage, qui n'était pas très loin, et ne s'intéressait qu'aux études ou au surf.

Sur les instances de Janet King, John avait accepté de mauvaise grâce de protéger Scarlet dans le bus de ramassage scolaire, à une époque où des garçons la harcelaient. Il s'était même battu pour elle, ce qui lui avait valu un jour d'exclusion et un nez cassé. Scarlet l'en avait remercié. Malgré tout, il avait continué à garder ses distances et à la snober. Une fois, alors qu'elle lui demandait son aide pour résoudre un problème de mathématiques particulièrement difficile, il l'avait carrément sermonnée, l'exhortant à travailler au lieu de se laisser aller à la paresse. Naturellement, elle ne s'était pas laissé faire, l'avait accusé d'être le garçon le plus épouvantable et le plus mesquin de la terre et avait juré de ne plus jamais lui adresser la parole. Une déclaration sans doute excessive mais sincère sur le moment.

Après le lycée, John était parti pour Sydney afin de suivre des études de géologie à l'université. Une fois diplômé, il s'était expatrié pour travailler outre-mer. Depuis, elle ne l'avait quasiment plus revu, sauf de loin en loin à Noël ou pour les vacances. Même alors, il passait le plus clair de son temps à la plage.

Il daignait néanmoins faire une apparition aux petites fêtes organisées par les voisins, et leurs chemins se croisaient inévitablement à ces moments-là. Malgré tout, leurs relations demeuraient distantes et dénuées de chaleur. Tout ce qu'elle savait de lui venait de bribes de confidences faites par Carolyn Mitchell à sa mère. Elle avait cru comprendre qu'il s'était enrichi au cours des dernières années en découvrant un gisement de pétrole en Argentine et du gaz naturel dans un autre pays d'Amérique latine. Récemment, il avait semble-t-il acheté une maison à Rio, et elle s'attendait à ce qu'il vienne encore moins souvent en Australie.

Il vivait seul, d'après sa mère. Ce qui n'avait rien de surprenant quand on connaissait son caractère ombrageux.

Cependant, elle ne doutait pas qu'il devait collectionner les aventures. Quel homme beau et riche comme lui s'en priverait ?

Prenant soudain conscience du tour perfide que prenaient

ses pensées, Scarlet sursauta. Il n'y avait que John pour lui inspirer une telle hostilité ! Il l'agaçait souverainement parce qu'il semblait n'avoir besoin de personne. Comme s'il ne souffrait jamais. Comme si son cœur était aussi dur que ses précieux cailloux.

— Il faut y aller, Scarlet, appela sa mère à travers la porte de la salle de bains. Il est moins vingt-cinq.

Elle se secoua vigoureusement comme pour chasser John de son esprit et passa dans sa chambre pour accrocher des gouttes de cristal et d'argent à ses oreilles. Puis elle courut dans le salon rejoindre sa mère habillée d'un tailleur-pantalon crème avec un chemisier caramel.

— Tu sais, maman, dit-elle en détaillant sa mère de pied en cap. Tu parais à peine cinquante ans.

Janet en avait en fait soixante-deux.

— Merci, ma chérie. Et toi, tu en fais vingt.

— Grâce à un capital génétique extraordinaire.

— C'est vrai, acquiesça Janet en riant.

Hélas, ce n'est peut-être pas tout ce que j'ai hérité de toi, songea Scarlet, le cœur serré. Car Janet, semblait-il, avait eu des difficultés à tomber enceinte, et Scarlet craignait de suivre son exemple. Elle ne l'avait jamais interrogée sur la question, et ce n'était certainement pas le moment d'aborder le sujet. Pas aujourd'hui.

— Allons-y, dit Janet en s'emparant du paquet-cadeau posé sur le comptoir de la cuisine.

Elle avait déniché chez un antiquaire un pichet à eau de couleur rouge avec des verres assortis qui plairaient beaucoup à Carolyn. Peut-être moins à Martin qui n'était pas du genre à s'extasier. Sauf sur son petit-fils. Il chérissait le petit garçon de Melissa, Oliver, comme la prunelle de ses yeux.

— Je n'ai pas besoin de veste, si ? demanda Scarlet.

— Je ne crois pas. De toute façon, si tu as froid, tu n'as pas beaucoup de chemin à faire pour revenir en chercher une.

— Tu as raison. Dans ce cas, je ne prends pas non plus

de sac à main. Donne-moi ce paquet. Je vais le porter pendant que tu fermes à clé.

Au-dehors, le soleil de juin avait fini par chasser les nuages du matin et à réchauffer un peu l'atmosphère. L'hiver s'annonçait le plus froid et le plus humide des dix dernières années. Heureusement, il ne pleuvrait pas aujourd'hui, et elles ne seraient pas confinées à l'intérieur. A en juger par toutes les voitures garées dans la rue, ils seraient nombreux. Même si la maison des Mitchell était très spacieuse, il n'y avait rien de pire que de piétiner sur place sans pouvoir bouger.

— Ils ont de la chance d'avoir beau temps, remarqua Scarlet en traversant.

— Oui. Je…

La porte d'entrée s'ouvrit brusquement, et le reste de la phrase se perdit dans un courant d'air.

— Vous ne devinerez jamais ce qui arrive ! lança Carolyn, rouge d'excitation. John vient de téléphoner. Finalement, son avion a réussi à décoller hier soir. Cela fait deux heures qu'il a atterri à Mascot ; il a essayé d'appeler plusieurs fois. Comme la ligne était occupée, il a sauté dans un train et sera à la gare dans vingt minutes. Il voulait prendre un taxi. Mais vous savez comment c'est le dimanche. Bref, je lui ai dit d'attendre du côté de Mann Street. Il ne voulait pas. Alors je me suis fâchée. S'il vient nous voir du Brésil, on peut bien aller le chercher en voiture. Seulement après avoir raccroché, je me suis demandé qui pouvait le faire. Je ne peux pas abandonner mes invités. C'est à ce moment-là que je vous ai aperçues par la fenêtre de la cuisine. Et je me suis dit « Qui mieux que Scarlet ? ». Cela ne te dérange pas, j'espère, ma chérie ?

Que pouvait-elle répondre ?

Elle força un sourire sur ses lèvres.

— Au contraire, ce sera avec plaisir.

2.

Le voyage en train de Sydney à Gosford était très agréable une fois qu'on avait quitté la ville, surtout si le wagon était à moitié vide et si, comme John, on avait réussi à s'asseoir à l'étage, du côté droit. Après avoir traversé la rivière Hawkesbury, les rails en suivaient le cours paresseux, offrant un magnifique panorama aux voyageurs, même épuisés.

John, cependant, n'était pas fatigué. C'était l'avantage de voyager en classe affaire. On pouvait dormir à bord et arriver frais et dispos à destination.

Heureusement pour lui avec ce qui l'attendait. Il détestait les réceptions. D'abord, il ne buvait pas. Et les conversations creuses et futiles l'insupportaient. Mais il ne pouvait décemment pas manquer le quarantième anniversaire de mariage de ses parents. Il aimait tendrement sa mère et ne l'aurait blessée pour rien au monde.

Avec son père, c'était différent. Difficile d'aimer quelqu'un qui vous a rejeté quand vous étiez enfant !

Malgré tout, John n'était pas dénué de sentiments à son égard. Il s'en était rendu compte très récemment, lorsque sa mère lui avait téléphoné pour lui annoncer que son père avait eu une alerte cardiaque. John avait eu si peur.

Cela ne changeait rien au fait qu'il avait terriblement souffert à cause de lui. Heureusement que grandpa avait été là. Sans l'intervention de son grand-père, Dieu sait ce qui se serait passé. Il aurait probablement fugué pour finir dans la rue. Peut-être même en prison. Il s'était

senti tellement malheureux après la mort de son frère…
Misérable, confus et en colère.

A l'époque, il en voulait à la terre entière. Et tout le monde en faisait les frais. Surtout Scarlet. Parfois, en repensant à ce qu'il lui avait fait subir, il éprouvait de la culpabilité.

Il avait vraiment été méchant avec elle.

Mais parce qu'il l'aimait beaucoup, en fait. Ses réactions le dépassaient, et ses sentiments le terrorisaient. Il aurait préféré ne rien ressentir, n'avoir besoin de personne. Il l'avait donc violemment repoussée, dès la première fois où elle avait frappé à sa porte pour l'inviter à jouer avec elle. D'ailleurs, elle ne s'était pas découragée facilement. Scarlet était une enfant obstinée, avec une volonté de fer. Malgré tout, elle avait fini par comprendre et par ne plus rien lui demander. Par un effet pervers, ce rejet, pourtant compréhensible, avait vexé John terriblement. Il avait résolu de l'ignorer encore plus ostensiblement.

Malheureusement, ils s'étaient retrouvés tous les ans dans la même classe, celle des bons élèves. La malchance l'avait poursuivi jusqu'au lycée. Et au moment de la puberté il lui était devenu de plus en plus difficile de feindre l'indifférence. Surtout quand Scarlet s'était métamorphosée en une ravissante jeune fille, alors que lui-même n'était qu'un grand adolescent trop maigre, dégingandé et torturé par ses hormones. Plus Scarlet lui plaisait, plus il se montrait odieux. Alors qu'en secret il rêvait de devenir son petit ami.

Non, non, n'enjolive pas la réalité, John. Ce n'est pas cela qui te faisait fantasmer. Pour être son petit ami, il aurait fallu t'impliquer émotionnellement, ce dont tu étais parfaitement incapable. Tu ne l'es d'ailleurs pas davantage aujourd'hui, si tu veux regarder les choses en face. En fait, tu voulais juste coucher avec elle.

John esquissa un petit sourire sarcastique. Que penserait Scarlet s'il lui avouait un jour la vérité ? De toute façon, cela n'avait aucun intérêt, car elle lui avait clairement signifié depuis longtemps sa profonde antipathie. Il ne l'en blâmait pas. Après tout, c'est lui qui avait ouvert les hostilités.

C'était l'un de ses grands regrets. Une jeune femme aussi charmante et ravissante ne méritait pas d'être traitée ainsi. Elle n'avait pas non plus mérité d'être roulée dans la farine par Jason Heath, et il se félicitait de lui avoir dit la vérité. Même si elle avait souffert sur le moment, elle aurait été beaucoup plus malheureuse par la suite. Cet homme n'était pas vraiment amoureux, il se servait d'elle pour se cacher, comme derrière un paravent.

Scarlet serait-elle de la fête aujourd'hui ? Cela ne lui déplairait pas de parler avec elle et de voir où elle en était. Elle était si pleine de surprises parfois. Comme quand elle avait décidé de ne pas aller à l'université, au grand dam de leurs professeurs de lycée. Lui-même, consterné par sa décision, ne s'était pas gêné pour lui dire son sentiment.

John sourit en s'amusant de son arrogance. Heureusement, il restait discret et ne se vantait pas, contrairement à beaucoup d'hommes. Bianca disait toujours qu'il était taciturne, mais fort et rassurant.

Son cœur se contracta douloureusement comme chaque fois qu'il songeait à Bianca. Un jour, peut-être, il surmonterait le choc de sa mort. Mais il était encore trop tôt. La blessure était à vif. Malgré tout, une chose était sûre, il ne retournerait jamais au Brésil. La page était tournée. Pour les deux ans à venir, il vivrait et travaillerait en Australie. Mais pas dans la région. De toute façon, le sous-sol ne recelait aucune richesse minière, et il ne se sentait jamais très bien à proximité de la maison familiale. C'était mauvais pour son karma.

Non, il s'installerait à Darwin où il possédait déjà un appartement dans lequel il séjournait quelques semaines par an. Sa famille n'en savait rien, évidemment. Sinon, ils se seraient vexés de ne pas le voir lors de ses passages en Australie. Surtout sa mère.

Il inventerait quelque chose de plausible à leur intention.

Au cours des quinze derniers jours, il avait réglé le moindre détail avant de quitter Rio. Il avait donné sa maison à la famille de Bianca, avec tout ce qui se trouvait à l'intérieur. Il ne voulait conserver aucun souvenir de sa vie là-bas. Il n'avait emmené à l'aéroport que son portefeuille, son passeport et ses téléphones, ainsi que les vêtements qu'il portait sur lui. Pendant la longue attente avant d'embarquer, qui s'était avérée encore plus interminable que prévu, il s'était offert une petite garde-robe d'hiver dans l'une des nombreuses boutiques de l'aéroport. Il en avait aussi profité pour se faire couper les cheveux très court, comme il en avait pris l'habitude depuis son séjour à l'hôpital l'année précédente. L'une des infirmières avait perdu patience à cause de sa crinière en broussaille et avait fini par prendre une tondeuse. Même s'il avait eu les cheveux longs presque toute sa vie, John avait trouvé ce changement très pratique. Il n'avait même plus besoin d'un peigne.

Le train qui s'arrêtait en gare de Point Clare le ramena à la réalité. Il serait à Gosford dans quelques minutes. Il se demanda distraitement qui viendrait le chercher. Pas son père, c'était sûr. Peut-être Melissa. Ou Leo, le mari de Melissa. Oui, probablement Leo.

Il aimait bien Leo. Il fallait de toute façon être bourré de qualités pour plaire à sa petite sœur. Melissa était sans aucun doute la fille la plus gâtée qu'il connaisse. Encore plus que Scarlet.

Scarlet… Ce serait bien de la revoir. Lui avait-elle pardonné son excès de franchise dix-huit mois plus tôt ?. Il en doutait. Elle était rentrée dans une colère noire et l'avait traité de menteur. Même si elle avait fini par se calmer pour l'écouter, elle devait toujours lui en vouloir à mort. De toute façon, elle ne l'avait jamais porté dans son cœur…

Le haut-parleur annonça l'arrivée à Gosford, et plusieurs personnes se levèrent pour descendre à l'étage inférieur. Jason resta où il était, contemplant les eaux tranquilles où se balançaient doucement les bateaux amarrés. Gosford n'était pas directement au bord de la mer mais au fond d'un estuaire largement échancré, à quelques kilomètres seulement des plages de la Central Coast.

Le train franchit un pont métallique et passa devant le stade Blue-Tongue avant d'entrer en gare. John avait conservé du temps de sa vie d'étudiant l'habitude de ne pas se presser quand il rentrait le week-end, afin d'écourter au maximum ses visites. Heureusement, il n'éprouvait plus cette tension douloureuse qui lui nouait l'estomac autrefois à la perspective de voir son père. Pour autant, il n'avait pas l'intention de rester très longtemps. Le masochisme n'était pas son fort !

Comme il n'y avait personne à l'endroit où sa mère lui avait dit d'attendre, il posa son sac à ses pieds et scruta le bout de la rue. Moins de trente secondes plus tard, une petite Hyundai bleue prenait la file de gauche pour se garer devant lui.

Il ne connaissait pas cette voiture. Mais il reconnut instantanément la jolie blonde au volant.

Scarlet.

3.

Scarlet resta un instant indécise, à se demander si elle ne s'était pas trompée d'endroit. Pourtant, elle était bien à l'arrêt minute. Elle ne connaissait pas l'homme séduisant qui se trouvait là, vêtu d'un jean et d'un T-shirt noirs avec un blouson d'aviateur. Puis l'inconnu, qui semblait visiblement attendre quelqu'un, avança d'un pas et frappa à la fenêtre du passager.

Tandis qu'elle descendait la vitre, il ôta ses lunettes de soleil, et elle l'identifia avec un sursaut de stupéfaction.

— John ! lança-t-elle en reconnaissant ses yeux bleus.

— Oui. C'est moi.

Il était tellement différent sans ses cheveux longs qu'elle avait du mal à croire que c'était bien lui. Il était… Pas plus beau, non, mais plus viril. Ses traits paraissaient plus durs, plus nettement dessinés aussi, avec ses pommettes hautes, son nez long et fort, sa mâchoire carrée. Naturellement, les vêtements qu'il portait accentuaient ce côté macho. Comme il venait tout le temps l'été, elle avait l'habitude de le voir en bermuda et en T-shirt. Son apparence la troubla. Il avait l'air… terriblement sexy.

Se rendant compte qu'elle l'observait béate, elle se ressaisit promptement.

— Excuse-moi, je ne t'ai pas reconnu tout de suite. Qu'est-il arrivé à tes cheveux ?

Il haussa les épaules et passa lentement une main sur son crâne presque rasé, et ce simple geste déclencha en elle un frisson chargé d'érotisme.

— C'est plus facile à entretenir ainsi, dit-il. Je mets mon sac sur la banquette arrière ou dans le coffre ?

— Comme tu voudras, répondit-elle affectant un air désinvolte.

John ne l'avait jamais attirée physiquement et ses propres réactions, inattendues, l'irritaient au plus haut point. Elle qui redoutait déjà le trajet de retour sentit son appréhension monter d'un cran. Pourvu qu'il n'ait rien remarqué de fâcheux… Il faudrait faire attention de se comporter exactement comme d'habitude et surtout de ne pas le complimenter sur sa nouvelle coiffure ou sa façon de s'habiller. Car malgré les apparences c'était évidemment le même garçon grossier, égoïste, asocial qui l'avait fait tourner en bourrique pendant si longtemps.

— Maman n'aurait pas dû te demander ce service, dit-il en s'installant sur le siège du passager. Je pouvais très bien prendre un taxi.

— Cela ne me dérange pas.

— En tout cas, merci, Scarlet. C'est très gentil.

Elle était médusée. Non seulement il avait l'air différent, mais son comportement aussi avait changé. Elle faillit lui demander ce qui lui était arrivé pendant ces dix-huit mois, depuis la dernière fois où il leur avait fait la grâce d'une visite. Mais ce serait s'aventurer sur un terrain trop personnel. A son tour, il aurait pu lui poser des questions. Jamais elle ne confierait aucun détail de sa vie privée à John Mitchell ! Il valait mieux s'en tenir à des banalités.

— Tes parents ont beaucoup de chance avec le temps. C'est le premier jour ensoleillé depuis au moins un mois.

Elle lui fut reconnaissante de ne rien répondre. Mais son silence ne dura pas longtemps.

— Je sais par maman que tu n'as rencontré personne d'autre, dit-il comme ils s'arrêtaient à un feu rouge.

— Non, répondit-elle simplement, d'une voix tendue.

— Je suis sincèrement désolé pour toi, Scarlet. Tu as toujours tellement désiré te marier et fonder une famille.

Elle se tourna brusquement vers lui, rouge de colère.

— Oui, et c'est à toi que je dois tout ce fiasco n'est-ce pas ? Sans toi et ta fichue manie de te mêler de tout, à l'heure qu'il est, je serais mariée, au lieu de…

Elle s'interrompit, les larmes aux yeux, les mains crispées sur le volant, s'efforçant désespérément de dominer ses émotions.

John fut atterré par la profondeur de sa détresse. Atterré et compatissant, mais pas coupable.

— Je suis sincèrement désolé, répéta-t-il. Mais je n'avais pas le choix. Je ne pouvais pas te laisser épouser un homme qui se servait simplement de toi.

— Il y a pis pour une femme que d'avoir un mari homosexuel, lança-t-elle.

— Il ne t'aimait pas, Scarlet.

— Comment peux-tu le savoir ?

— Parce qu'il me l'a dit.

— A toi !

— Oui. Il me faisait pitié. Il avait trop peur pour accepter publiquement ce qu'il était. Il était encore plus seul et perdu que moi.

Touchée par le triste aveu que John venait de lui faire, Scarlet le considéra, interdite.

— Le feu est vert, Scarlet.

— Comment ? Oh oui, d'accord.

Elle redémarra, l'esprit embrouillé. Pourquoi éprouvait-elle cette sympathie soudaine pour John ? D'abord, elle avait commencé par le trouver sexy. Et maintenant, elle le plaignait. La vie était pleine de surprises.

— Alors, pourquoi n'as-tu pas trouvé quelqu'un d'autre ? insista John.

Elle poussa un soupir de frustration intense. Au moins, autrefois, elle pouvait compter sur les silences et le caractère taciturne de John. Mais brusquement, le voilà qui parlait et se mettait à faire la conversation ! Pour quelqu'un qui fuyait les questions embarrassantes, elle était servie !

— J'ai arrêté de chercher, d'accord ? répliqua-t-elle agressivement. Je pourrais d'ailleurs te retourner la question. Pourquoi n'as-tu jamais trouvé quelqu'un ? En tout cas, une femme assez bien pour l'amener chez tes parents.

Il se mit à rire. John Mitchell était en train de rire. Décidément, la situation devenait de plus en plus bizarre.

— Allez, Scarlet. Tu sais comment est ma mère. Si je lui présentais une fille, elle voudrait immédiatement fixer la date du mariage.

— Je devrais lui ouvrir les yeux. Avec toi, cela ne risque pas d'arriver !

— Tu me connais trop bien, Scarlet.

— Assez pour savoir ce genre de choses, en tout cas. Si tu avais envie de te marier, ce serait fait depuis longtemps.

— Sur ce point, tu as raison.

— Cela ne devrait pas t'empêcher de venir accompagné de temps en temps.

— Là, je ne suis pas d'accord. Il y a déjà bien trop de tensions quand je rentre.

C'était vrai, concéda Scarlet. John et son père ne s'entendaient pas du tout. Elle blâmait John d'avoir toujours été un enfant difficile. Maintenant, elle se demandait si une raison secrète n'était pas à l'origine de son attitude insupportable. Quelque chose qui se serait produit avant que les Mitchell emménagent dans le quartier. En tout cas, John ne s'était jamais comporté ainsi avec elle auparavant. Il venait de prononcer plus de mots en cinq minutes que pendant toute leur vie passée ! La curiosité la poussa à profiter de son humeur bavarde.

— Et toi ? As-tu quelqu'un au Brésil, en ce moment ? Le visage de John se ferma instantanément.

— J'avais quelqu'un, répondit-il. Jusque récemment.

— Je suis désolée, répondit-elle sincèrement.

— Moi aussi. Maintenant, c'est assez d'informations personnelles pour la journée.

Scarlet serra les dents. Evidemment, avec lui, une gentillesse normale et de bon aloi ne pouvait pas durer.

— Pourquoi as-tu tourné à droite ? lança-t-il. C'est beaucoup plus long par ici.

— Non, il y a des travaux un peu plus loin. De toute façon, c'est moi qui conduis. Le passager n'a pas son mot à dire.

Il rit de nouveau, mais un peu plus durement.

— Content de voir que tu n'as pas changé, Scarlet.

— Je pensais justement la même chose de toi. Tu as beau avoir l'air différent, au fond tu es toujours aussi imbuvable. Tu te crois plus fort et intelligent que le reste du monde, comme avant.

Il ne répondit pas, et elle eut immédiatement honte de sa réaction excessive. Comme d'habitude, elle s'emportait trop vivement contre John.

— Excuse-moi, reprit-elle au bout de quelques minutes pour rompre le silence pesant. J'ai exagéré.

— Oh ! Je ne sais pas, concéda-t-il avec un léger sourire. Tu n'étais pas si loin de la vérité. Je suis parfois terriblement arrogant, je le reconnais moi-même.

Elle ne put s'empêcher de lui rendre son sourire.

Ils se dévisagèrent pendant un long moment, et Scarlet fut la première à détourner le regard pour se concentrer sur sa conduite. L'attirance soudaine qu'elle éprouvait pour John l'embarrassait.

— Arrête de me fixer ainsi, lança-t-elle au bout d'un moment, se sentant toujours observée.

Il esquiva sa remarque.

— Fais attention, il y a un radar par ici.

Scarlet leva les yeux.

— Pour l'amour du ciel, John, j'habite ici !

— Alors pourquoi roules-tu à cinquante ?

— C'est sans danger. Il n'y a pas école aujourd'hui.

— Le panneau dit trente, à cause des travaux.

Scarlet pila sur le frein, juste à temps.

— J'en ai marre de ces tranchées ! Toutes les rues du quartier sont éventrées.

— Heureusement que j'étais là, la taquina-t-il.

Elle haussa les sourcils.

— Tu as même le sens de l'humour, maintenant ?

— Oui, il vaut mieux. Pour supporter l'ambiance de la maison.

Ils arrivaient dans leur rue, bordée de maisons de toutes les tailles et de toutes les couleurs comme un peu partout à Terrigal. Ici, tout le monde se connaissait et entretenait d'excellentes relations.

Là, même s'ils n'avaient pas vue sur l'océan ou le lagon, la proximité de l'air marin rafraîchissait l'atmosphère, et ils étaient près de tout, pas seulement de la plage. En voiture, l'immense centre commercial d'Erina Fair n'était qu'à dix minutes, et Sydney à une heure.

Scarlet ne comprenait pas pourquoi John ne revenait pas plus souvent.

— Il y a un monde fou ! s'exclama John.

— C'est de la faute de ta mère. C'est un cordon-bleu. Personne ne tient à manquer une invitation quand c'est elle qui organise le buffet. Tiens, regarde, elle t'attend devant la porte avec ta sœur.

Mais le père de John n'était pas là, lui.

— Je te dépose dans l'allée et je vais mettre ma voiture au garage.

— D'accord.

Il s'empara de son sac, et lui cria merci après avoir claqué la portière.

Tout en appuyant sur la télécommande pour ouvrir la porte du garage, Scarlet ne put s'empêcher de l'observer dans le rétroviseur. Il était vraiment métamorphosé. Et très sexy, avec ce jean ajusté qui mettait en valeur son derrière musclé et ses cuisses puissantes. Une pure merveille ! S'il s'était agi de quelqu'un d'autre, elle aurait volontiers flirté avec lui.

Elle rit toute seule à cette idée, et souriait encore en arrivant chez les Mitchell.

4.

Scarlet chercha tout de suite John. Ne le trouvant pas à l'extérieur, elle entra dans la maison. Mais le salon était vide.

— Ah, Scarlet ! lança Mme Mitchell. Merci beaucoup d'être allée à la gare. Cela m'a vraiment rendu service.

— Il n'y a pas de quoi. Au fait, où est John ?

— En haut, dans sa chambre, répliqua Carolyn. D'ailleurs, cela ne te dérangerait pas d'aller le chercher ? Tout est prêt. Au fait, tu es ravissante.

Scarlet s'exécuta de bonne grâce. Elle verrait ainsi s'il avait toujours ses posters d'actrices accrochés aux murs.

La porte était entrouverte quand elle parvint à la chambre. Elle frappa pour s'annoncer, puis entra sans attendre la réponse de John. La pièce était nue, débarrassée de ses souvenirs d'adolescent. Debout devant la fenêtre, il contemplait la rue d'un air absent. Il avait jeté son sac en travers du lit, nota-t-elle, son regard comme aimanté par les draps impeccablement tirés. Pendant une seconde, elle les imagina froissés, avec John au milieu, ensommeillé, à moitié nu…

— On m'a envoyée te chercher, lança-t-elle brusquement, affolée par le cours tendancieux de ses pensées.

— Pauvre Scarlet ! répliqua-t-il ironiquement. On te charge décidément de toutes les besognes désagréables.

Elle ne le détrompa pas, même si, à vrai dire, cela ne lui pesait pas vraiment.

— Tu as un cadeau pour ta mère ?

— Oui, répondit-il en tâtant la poche de son blouson.

— Ah, quelque chose de très petit et très cher ?

— Peut-être.

— Laisse-moi deviner. Un rubis.

— Toujours aussi futée !

— Et toi toujours aussi sarcastique.

Il fronça les sourcils, puis se décida à sourire.

— Tu sais quoi ? Je redescends avec toi si tu me promets de rester tout près.

— Et je gagnerai quoi ?

— Le plaisir de ma compagnie éblouissante.

— Cela ne me paraît pas suffisant.

— Un vrai diamant, alors ?

Pas moyen de savoir s'il plaisantait ou s'il était sérieux.

— Je n'ai que faire d'un vrai diamant, répondit-elle dédaigneusement. Sauf si c'est une bague de fiançailles.

Devant sa grimace indescriptible, elle ajouta :

— Non ? Dommage. Tu n'es pas vilain garçon. Et immensément riche. De surcroît pas homosexuel. Que rêver de plus ?

— Bravo, Scarlet. J'ai failli y croire.

Elle sourit largement.

— Cela fait du bien de se venger.

— De quoi ?

— De toutes les fois où tu m'as donné envie de te tuer.

— *Mea culpa*, répliqua-t-il comiquement.

— Heureusement, tu as de la chance. Comme aujourd'hui, c'est jour de fête, je vais oublier tous mes griefs et dire oui à tout. Sans rien demander en échange. Tant pis si je passe à côté d'un vrai diamant.

— Je t'en offrirai peut-être un quand même si tu es mignonne.

— Dans tes rêves, mon chou.

Il éclata de rire.

— Au moins, tu es lucide.

John savait pertinemment qu'il n'y aurait jamais rien entre eux. Ce qui était bien dommage. Scarlet était absolument magnifique, dans cet ensemble violet et noir. Si seulement elle pouvait se satisfaire de brèves aventures…

Mais avec Scarlet, il ne fallait pas y compter. Elle ne jurait que par la famille, le mariage, les enfants. Toutes ces inepties qui font fuir les hommes…

Il lui expliquerait peut-être cela quand l'occasion se présenterait.

— Viens ! lança-t-il en la prenant par le bras. Descendons avant qu'ils n'envoient une délégation nous chercher.

5.

A son plus grand étonnement, Scarlet passa une excellente journée avec John, même si elle n'aurait pas elle-même qualifiée sa compagnie d'éblouissante. Après avoir offert à sa mère un rubis brut mais énorme, il avait daigné faire un petit discours en l'honneur de ses parents, pour les féliciter de leur constance et leur souhaiter d'autres belles années en perspective. Puis, ce qui était encore plus surprenant, il avait fait l'effort de parler à son père, qui avait paru le plus gêné des deux. Martin Mitchell avait ensuite passé le reste de l'après-midi à jouer avec le petit garçon de Melissa. Même si Oliver était un enfant attachant, M. Mitchell aurait pu choisir de consacrer plus de temps à son propre fils, venu tout spécialement d'Amérique du Sud pour fêter l'anniversaire de mariage de ses parents.

Cela avait offusqué Scarlet, et éveillé sa sollicitude à l'égard de John. Elle avait un peu bu, ce qui lui arrivait parfois quand elle était émue ou contrariée. Sa gaieté la rendait d'humeur d'autant plus badine que John ne perdait pas une occasion de flirter à mi-voix, menaçant de lui refuser son diamant si elle désertait son poste.

Les invités commencèrent à partir vers 17 h 30. A 18 heures, il ne restait plus que Scarlet et sa mère qui proposèrent d'aider Carolyn et Melissa à tout ranger. Oliver faisait la sieste et les trois hommes, Martin, John et Leo, s'installèrent dans le salon pour regarder les informations à la télévision.

— J'ai eu mon échographie du quatrième mois vendredi dernier, annonça Melissa à brûle-pourpoint en remplissant le lave-vaisselle avec Scarlet.

Leurs mères étaient dehors en train d'empiler des assiettes sur un plateau.

Scarlet se raidit immédiatement, comme chaque fois qu'une femme se mettait à parler de sa grossesse. Elle savait que Melissa était enceinte, mais le sujet n'avait pas encore été abordé.

— Oh ? lança-t-elle s'efforçant de paraître ravie. Tout va bien, j'espère ?

— A merveille. Leo m'accompagnait, bien sûr. Il a pleuré quand on lui a annoncé que ce serait une fille. Moi aussi. Oliver est un garçon adorable, mais nous avions vraiment envie d'une petite fille, cette fois.

Scarlet était au bord des larmes. Fille ou garçon, elle s'en moquait, pourvu qu'elle ait un bébé.

— Tu veux voir les photos ? demanda Melissa. Je les ai apportées pour les montrer à maman. Je vais les chercher.

Dès qu'il entra dans la cuisine, John dut remarquer son air dépité car il la questionna aussitôt :

— Que se passe-t-il ?

— Il faut que je m'en aille, bredouilla-t-elle, la voix enrouée.

Trop tard. Melissa était déjà de retour, et Scarlet dut endurer l'épreuve, faisant mine de s'extasier. Heureusement, John resta discret mais Carolyn Mitchell, en les rejoignant, se répandit en exclamations émerveillées. Quelle joie d'avoir sa fille qui habitait si près ! Elle était une grand-mère comblée ! Elle ajouta qu'elle n'aurait probablement pas autant de chance avec John. Même si un miracle se produisait, elle ne verrait jamais ses petits-enfants puisqu'il préférait l'Amérique du Sud à l'Australie.

* * *

— Désolé de vous fausser compagnie, mais j'ai promis à Scarlet de la sortir. Ne m'attendez pas. Je rentrerai tard.

Puis, prenant la jeune femme par la main, il la guida vers la porte d'entrée en chuchotant à son oreille :

— Il faudra qu'on prenne ta voiture. Mais ne t'inquiète pas, je peux conduire. Je n'ai quasiment rien bu.

Scarlet aurait accepté n'importe quoi tant elle se sentait soulagée. Et tant pis si sa mère l'assaillait de questions à son retour...

Cinq minutes plus tard, John sortait en marche arrière de son garage.

— Chouette bagnole ! lança-t-il. La dernière fois, tu avais un vieux clou tout rouillé.

— J'ai décidé de me faire plaisir, répondit-elle. Une voiture neuve et un bébé... Tels étaient ses projets.

Subitement, les larmes qui menaçaient depuis un moment se mirent à couler, sans qu'elle puisse se maîtriser. Cela faisait plusieurs jours que Scarlet refoulait ses émotions. L'impuissance et le désespoir finissaient par triompher. Elle enfouit sa tête dans ses mains et éclata en sanglots.

Interdit, John se gara sur le bas-côté et coupa le moteur. Il savait que Scarlet était contrariée, mais pas à ce point. Sa détresse le touchait. Cela lui ressemblait si peu !

Il n'osa pas la prendre dans ses bras pour la consoler. De toute façon, avec le levier de vitesses et le frein entre les deux sièges, c'était plutôt mal commode. Il se contenta d'attendre, en se remémorant une conversation qu'il avait eue avec Bianca. Les femmes avaient de temps en temps besoin de pleurer pour se soulager et n'avaient pas forcément envie que les hommes en rajoutent. Il leur suffisait d'être là et d'écouter.

Il n'avait même pas de mouchoir à proposer à Scarlet...

Quand ses larmes se calmèrent un peu, Scarlet ouvrit la boîte à gants et en sortit une boîte de Kleenex. Après s'être mouchée et tamponné les yeux, elle lança à John un regard malheureux.

— Merci, renifla-t-elle.

— Pour quoi ?

— Pour m'avoir sortie de là.

— Je peux savoir ce qui t'a chagrinée ?

— Non, répondit-elle dans un hoquet, en se détournant.

— Non ?

John ne supportait pas qu'on lui résiste.

— Je t'avertis, Scarlet King. Nous ne bougerons pas d'ici tant que je ne le saurai pas.

En même temps, il passait en revue les menus événements et échanges de propos qui avait eu lieu dans la cuisine.

— C'est à cause de la grossesse de Melissa, déclara-t-il tout à coup d'un air triomphant.

Choquée par son arrogance et son manque de tact, Scarlet recouvra brusquement ses esprits et le foudroya des yeux.

— Quelle perspicacité ! railla-t-elle. Evidemment, c'est à cause de ta sœur. Je ne vais quand même pas me réjouir avec elle alors que je serais prête à tous les sacrifices pour avoir un bébé.

— Tu en auras un jour, Scarlet.

— Oh ! Tu crois vraiment ? J'ai trente-quatre ans, John. Mon horloge biologique a commencé le compte à rebours. Mes chances de tomber enceinte s'amenuisent de jour en jour.

— Ne sois pas ridicule, Scarlet. De nos jours, les femmes de quarante ans et plus font des bébés sans problème.

— Certaines, peut-être, mais cela reste l'exception. Celles dont on entend parler sont des actrices ou des célébrités qui ont accès à des soins coûteux dans des cliniques spécialisées. As-tu d'ailleurs remarqué combien d'entre elles ont des jumeaux ? Elles ont toutes suivi des traitements médicaux.

John n'y avait jamais vraiment réfléchi.

— Je te l'accorde. Mais tu n'as pas encore quarante ans, Scarlet. Tu n'as aucune raison de paniquer.

— Si.

— Ecoute, si tu es vraiment désespérée, ce ne doit pas être si difficile de te faire faire un bébé. Tu es superbe. Les candidats ne manqueront pas.

Elle lui lança un regard scandalisé.

— Avec le premier venu ? Non merci.

— Tu préfères attendre l'homme parfait ?

— Pas du tout. J'ai d'autres solutions.

— Vraiment ? Lesquelles ?

Scarlet était au pied du mur. Pourquoi n'avait-elle pas réussi à se taire ? Une fois de plus, elle se disputait avec John, alors qu'il aurait été si simple de se confier en parlant tranquillement. D'ailleurs, si elle le lui demandait, il garderait son secret. En plus, cela lui ferait du bien de discuter avec quelqu'un d'autre que sa mère, plus objectif. Et elle ne connaissait pas plus objectif que John ! Il comprendrait.

— Je… J'ai décidé d'avoir un bébé par insémination artificielle, dit-elle enfin.

Il fronça les sourcils, comme si le sens de ses paroles lui échappait.

— J'ai fait beaucoup de recherches sur internet, continua-t-elle, se sentant obligée de se justifier. Je me suis documentée et j'ai énormément réfléchi avant de me décider. Finalement, j'ai trouvé une clinique où un catalogue de donneurs de sperme présentait une liste de caractéristiques, physiques et intellectuelles. J'ai choisi un Américain, grand, brun aux yeux bleus, avec un QI de cent trente.

— Si tu as déjà pris ta décision, répliqua enfin John quand elle se tut, pourquoi es-tu si contrariée par la grossesse de Melissa ?

Scarlet soupira.

— Jusqu'ici, cela n'a pas marché, malgré deux tentatives. Je… J'ai peur de ne jamais y arriver…

Elle s'interrompit dans un sanglot.

— En tout cas, j'admire ton courage, déclara John. Tu te bats pour obtenir ce que tu veux. Malgré tout… c'est peut-être égoïste de priver délibérément un enfant de figure paternelle.

Cette critique inattendue surprit Scarlet et la mit en colère.

— Ce n'est pas parce qu'on a un père qu'on est forcément plus heureux. Tu es bien placé pour le savoir, il me semble.

— Touché. Mais j'ai eu un grand-père. Ton bébé n'en aura pas.

— Il aura une grand-mère merveilleuse.

Une seule… ajouta-t-elle intérieurement. De plus ses grands-parents étaient morts depuis plusieurs années.

— Et quand elle ne sera plus là ?

Elle lui jeta un regard venimeux.

— Je pensais que tu comprendrais.

Il haussa les épaules, comme si cela importait peu qu'il la comprenne ou non.

— Le désir d'enfant est fondamental chez la plupart des femmes. Et pour de nombreux hommes, ajouta Scarlet sur un ton caustique.

— Certes. Ecoute, puisque tu sembles déterminée, j'ai une suggestion à te faire, préférable et de loin à une conception aléatoire. Après tout, que sais-tu de ce donneur de sperme ? Pas grand-chose. Tu ignores tout de son milieu, sa famille, sa santé mentale. C'est peut-être une chance que tu ne sois pas encore tombée enceinte.

Pourquoi John était-il aussi négatif ? Le risque faisait partie de la vie. La perfection n'existait pas. De toute façon, elle ne changerait pas d'avis.

John savait que sa proposition allait choquer Scarlet. Mais tant pis. Quelque chose en lui se révulsait à l'idée qu'elle porte l'enfant d'un anonyme. Elle méritait mieux. Elle méritait…

— Donc, Scarlet, pour ton bonheur futur et celui de ta progéniture, je propose que tu abandonnes ton donneur de… en ma faveur.

Scarlet resta un instant sans voix.

— Tu plaisantes ! s'exclama-t-elle enfin.

— En fait, non. Pas du tout, répondit-il avec un certain plaisir.

— Mais… Mais… Pourquoi ?

— Pourquoi pas ? N'ai-je pas les qualités requises ? Je suis grand, brun, avec des yeux bleus. Mon QI est largement supérieur à cent trente, mais c'est un point de détail. Je te promets de ne pas me mêler de l'éducation de cet enfant. Ce ne sera donc pas très différent de ton projet initial. Malgré tout, je serai ravi de le voir de temps en temps. En plus, il ou elle aura de charmants grands-parents dans la maison d'en face. Mon père, qui n'a pas eu de très bonnes relations avec moi, se révèle en revanche un grand-père très affectueux.

Incrédule, Scarlet secoua lentement la tête.

— J'ai du mal à y croire.

— Prends ton temps.

Elle fronça les sourcils.

— Je ne comprends pas pourquoi tu me proposes cela.

— Disons que je suis capable de générosité.

— Il ne s'agit pas de cela… J'avoue que je suis tentée. Maman serait plus rassurée que tu sois le père, plutôt qu'un étranger.

— J'imagine aisément. En plus, elle m'aime bien, depuis le jour où elle m'a demandé de te protéger, dans le bus scolaire.

— Tu n'étais pas très content.

— Cela ne m'ennuyait pas.

— Menteur ! Tu n'as jamais été du genre à jouer les bons Samaritains. Ce qui rend ta proposition encore plus invraisemblable. Je ne sais vraiment pas quoi dire.

— Accepte.

— C'est une décision tellement difficile d'avoir un enfant avec un homme. Ce serait tellement mieux si nous étions amoureux.

— Ce n'est pas une garantie de bonheur ! protesta-t-il. Les gens se quittent et divorcent.

— Oui, mais c'est important que les parents s'apprécient et se respectent, au moins.

— Ce n'est pas le cas ?

— Nous n'avons pas toujours été les meilleurs amis du monde.

— C'était autrefois. Nous étions un peu bêtes. Nous nous sommes bien entendus aujourd'hui, non ?

— Oui, acquiesça-t-elle à contrecœur. Mais… que dirons-nous aux autres ?

— Nous verrons bien, le moment venu. Pour l'instant, ta priorité est de tomber enceinte. Puisque cela ne marche pas avec ton donneur, il faut essayer quelqu'un d'autre.

Scarlet retint son souffle un moment. Peut-être avait-il raison. Si une nouvelle insémination échouait, elle regretterait éternellement d'avoir refusé l'offre de John…

— D'accord. Je vais faire fi de toute prudence et juste dire oui, lança-t-elle, effrayée par sa propre audace.

— Super ! s'écria John.

— Je contacterai la clinique dès demain matin pour convenir d'un rendez-vous pour toi. Quand tu leur auras donné un échantillon de sperme…

— Attends une minute ! l'interrompit John immédiatement. Il n'est pas question que cela se passe de cette manière.

— Que veux-tu dire ?

— Pas de seringues ni d'éprouvettes. Si nous le faisons, choisissons la méthode naturelle.

Scarlet manqua de s'étrangler.

— Tu… Tu veux avoir un rapport sexuel avec moi ?

6.

John esquissa un sourire.

— Ne prends pas cet air choqué, Scarlet. J'ai envie de toi depuis que je t'ai vue ce matin. Sans compter toutes ces années où nous avons grandi ensemble.

Elle s'empourpra violemment. C'était une sensation plutôt agréable de savoir qu'il partageait l'attirance inattendue qu'elle avait éprouvée pour lui tout au long de la journée.

— Malgré tout, ne va pas t'imaginer que c'est la seule raison.

Moralement, John avait conscience de s'aventurer sur un terrain glissant. Il avait réellement envie de faire l'amour avec elle. Et en même temps, il était convaincu que seule une relation sexuelle normale permettrait à Scarlet de tomber enceinte. La méthode clinique et froide ne lui avait pas réussi. Elle avait besoin de se détendre, de prendre du plaisir.

John opta pour la franchise brutale.

— Comprends-moi bien. Le plaisir sexuel n'est pas ma seule motivation pour coucher avec toi. Pour toi, c'est certainement le moyen le plus efficace d'avoir un bébé. Et c'est ce que tu veux, n'est-ce pas ?

Le mot bébé ramena Scarlet à la réalité. Depuis qu'il avait évoqué ses désirs d'adolescent, elle était ailleurs, perdue dans ses rêves.

— Comment ? Oh oui, oui, bien sûr, un bébé.

— Eh bien ?

— Je ne sais pas…

La perspective de coucher avec John lui donnait le vertige, l'emplissant de confusion et d'émotions contradictoires.

— Allons prendre un café quelque part pour discuter, suggéra John.

— Pour l'instant, je suis incapable de penser rationnellement, répondit-elle. Tu m'as prise au dépourvu. Je dois d'abord réfléchir. Seule.

Il hocha la tête, conciliant. Il ne voulait surtout pas la brusquer. Même si, il s'en rendait compte soudain, il avait terriblement envie qu'elle accepte. Sans vraiment savoir pourquoi, il souhaitait éperdument être celui qui donnerait un enfant à Scarlet.

— Je te raccompagne, dit-il.

Scarlet soupira. La perspective de se retrouver avec sa mère ne l'enchantait pas non plus.

— Si nous allions au cinéma ? Voir un bon vieux film macho, avec des assassinats et des poursuites en voiture. Pendant ce temps-là, moi, je pourrais réfléchir dans le noir.

Il se mit à rire.

— Tu as des idées horriblement sexistes, Scarlet.

Il la surprit en choisissant une comédie romantique à la mode où les protagonistes, amis d'enfance, finissent par se marier ensemble. Scarlet aurait peut-être aimé le film s'il n'avait pas comporté autant de scènes crues et torrides, dans lesquelles les personnages se dénudaient sans complexes pour faire l'amour dans les lieux les plus improbables. Par terre, dans l'ascenseur, au milieu d'une prairie…

Même si les comédiens simulaient leurs orgasmes, il était évident qu'ils savaient parfaitement de quoi il retournait. Les gens normaux faisaient-ils réellement tous ces bruits et poussaient-ils des cris pareils ? Peu à peu, Scarlet en vint à redouter de devoir se comporter comme l'actrice à l'écran. En plus, elle avait des seins beaucoup plus petits et était loin d'atteindre l'extase chaque fois. Très loin… Et la fin, un *happy end* hollywoodien, l'agaça souverainement.

— C'est ce qui t'inquiète ? demanda John en sortant. Tu as peur de tomber amoureuse de moi ?

Elle éclata de rire. Un rire un peu forcé. L'idée aurait dû lui paraître incongrue. Pourtant, tout au long de la projection, elle n'avait cessé de s'imaginer avec lui comme le couple à l'écran…

— Bon. Clairement, il ne s'agit pas de cela, observat-il sèchement, un peu vexé sans doute.

Elle le considéra d'un air songeur.

— En fait, je ne connais pas l'adulte que tu es devenu. Tu es très mystérieux pour moi, John.

— Pas autant que ton donneur de sperme.

— C'est vrai. Malgré tout, avant d'accepter que tu sois le père de mon enfant, j'aimerais en savoir davantage sur la vie que tu as menée en Amérique du Sud. Contrairement à un géniteur anonyme, tu joueras un rôle en tant que père, même de très loin.

— D'accord, si tu y tiens. Allons prendre un café.

Néanmoins, John savait pertinemment qu'il ne lui dirait pas tout. Il se contenterait de parler de son travail. De ce côté-là, Scarlet n'avait pas d'inquiétudes à avoir. Il avait largement les moyens de subvenir à ses besoins. Mais il n'évoquerait pas Bianca… C'était absolument hors de question.

Comme Scarlet, malgré tout, insisterait pour connaître des détails de sa vie amoureuse, il serait obligé d'évoquer une succession de petites amies, dont il n'était jamais tombé amoureux, et qui avaient toutes fini par rompre à cause de son incapacité à s'engager.

— Ce bar a l'air ouvert, dit-il en la prenant par le bras.

Mais Scarlet se raidit à son contact. Brusquement, elle imagina d'autres gestes, plus intimes, qu'il aurait forcément si elle disait oui.

— Non, John, dit-elle en se dégageant.

— Non quoi ?

— Merci pour ta proposition généreuse, mais je refuse.

Cela ne me convient pas. N'essaie pas de discuter, je risquerais de me remettre à pleurer.

C'était vrai. Ses émotions, à fleur de peau, menaçaient de la submerger de nouveau.

Il était impossible de deviner ce que John ressentait. Son expression était impénétrable.

— C'est ta vie, Scarlet, conclut-il enfin. C'est à toi de voir. Fais au mieux.

— Merci, répondit-elle en refoulant ses larmes.

— Alors ce n'est pas la peine d'aller boire un café, déclara-t-il avec brusquerie. Je te raccompagne.

7.

La mère de Scarlet regardait la télévision quand sa fille rentra, vers 9 heures.

— Je ne t'attendais pas si tôt, lui dit-elle.

— Il n'y a pas grand-chose à faire un dimanche soir, répondit Scarlet en passant derrière le comptoir pour brancher la bouilloire dans la cuisine. On est allé au cinéma.

— C'était bien ?

— Moyen. Et toi, qu'est-ce que tu regardes ?

— Un film insipide. J'allais éteindre. Si tu fais du thé, j'en veux bien une tasse.

— D'accord.

Janet se mit de biais de façon à voir le visage de sa fille.

— Tu as eu l'air de t'entendre plutôt bien avec John aujourd'hui.

— C'est vrai, reconnut Scarlet.

— Il est resté avec toi tout l'après-midi.

Et il ne t'a pas quittée des yeux, faillit-elle ajouter. Ce qui, en fait, n'était pas nouveau. Elle avait toujours pensé que John était secrètement amoureux de Scarlet, pendant son adolescence. Mais il était bien trop timide pour se déclarer. L'homme adulte qu'il était devenu n'avait plus rien à voir avec le garçon renfermé qu'il était à l'époque. Janet avait été surprise de sa transformation. Contrairement à beaucoup d'hommes, cette coupe de cheveux très courte lui allait vraiment bien. C'était un bel homme. Et sans attaches, d'après Carolyn.

— Tu ne crois pas qu'il…

— Non maman, l'interrompit Scarlet avec force. Il n'y aura jamais rien entre John et moi, ce n'est pas la peine d'y penser.

Janet, cependant, n'avait pas l'intention d'abandonner aussi vite.

— D'accord, ma chérie. Mais lui, que dit-il ? Il veut te revoir pendant son séjour ?

— Maman, il m'a simplement emmenée faire un tour parce que son père lui porte sur les nerfs. A mon avis, il va repartir le plus vite possible. Peut-être même demain.

— Après un si long voyage depuis le Brésil ?

Scarlet haussa les épaules.

— Ton thé est prêt, maman. J'emporte le mien dans ma chambre. Je suis fatiguée.

Janet fronça les sourcils. Elle connaissait bien sa fille. Scarlet lui cachait quelque chose, c'était évident.

Que s'était-il passé entre John et elle pour la contrarier à ce point ? Lui avait-il fait des avances ? Elle n'en aurait pas été surprise. Scarlet était ravissante, mais beaucoup trop exigeante avec les hommes. Personne ne trouvait grâce à ses yeux. Elle serait mariée depuis longtemps, si elle n'avait pas été en quête d'une perfection impossible. Naturellement, Janet n'excusait pas des comportements infidèles comme celui de Jason, mais il fallait parfois fermer les yeux sur des petits défauts quand on avait, comme sa fille, tellement envie de fonder un foyer.

De toute manière, cela n'avait plus d'importance maintenant, puisqu'elle avait abandonné l'idée de se marier. Même si John s'intéressait à Scarlet, les espoirs de Janet étaient peut-être vains. Tout ce que sa fille voulait à présent, c'était un bébé. Pourvu seulement qu'elle tombe enceinte le mois prochain...

Scarlet remua longtemps après s'être couchée. Elle tournait et retournait dans son lit, incapable de trouver le sommeil, torturée par une horrible question, toujours la même. Et si cela ne marchait toujours pas la fois prochaine ? Poursuivrait-elle ses tentatives ou aurait-elle recours à des procédures plus compliquées et plus coûteuses, comme une FIV ? Pendant combien de temps s'acharnerait-elle avant de devenir complètement folle ?

Elle aurait peut-être dû accepter la proposition de John. Pourquoi ne l'avait-elle pas fait ? Par peur d'avoir des relations sexuelles avec lui ou par crainte de le décevoir ?

Elle repensa au film. Elle ne redoutait tout de même pas de tomber amoureuse ? C'était ridicule.

« J'en ai assez », maugréa-t-elle en tapant dans son oreiller pour le regonfler. « Je vais être crevée pour travailler demain matin. C'est de ta faute, John Mitchell. Il ne fallait pas te mêler de ce qui ne te regarde pas, puisque de toute façon, tu te moques éperdument d'avoir un bébé. Pourquoi m'as-tu fait cette proposition absurde ? Cela n'a pas de sens ! »

Debout devant la fenêtre de sa chambre, John Mitchell contemplait la maison de Scarlet, comme il l'avait fait si souvent quand il était petit et qu'il n'osait pas aller jouer avec elle.

Il en était au même point, songea-t-il avec ironie.

Même si l'idée de l'aider à combler son désir de maternité lui était d'abord venue par générosité, ses hormones avaient vite pris le relais. Maintenant il avait vraiment envie de la tenir, nue, entre ses bras. D'ailleurs, ce n'était pas vraiment nouveau. Il avait toujours fantasmé sur elle. Malheureusement, ce n'était pas réciproque. Il lui suffisait de penser à sa réaction quand il lui avait pris le bras pour s'en persuader. C'était sans doute la raison qui l'avait poussée à dire non. En plus, elle préférait sûrement un donneur anonyme à un père trop lointain, égoïste et réfractaire à tout engagement.

Brusquement, une lumière s'alluma dans la maison des King. Sans doute dans la chambre de Scarlet qui, comme lui, n'arrivait pas à dormir.

Plusieurs petits détails affleurèrent à sa mémoire. Elle ne l'avait pas du tout repoussé quand il lui avait pris le bras pour sortir de chez lui. Et à la façon dont elle l'avait regardé à la gare de Gosford, il était certain de ne pas lui déplaire.

Il se trompait peut-être complètement. Qui sait si elle ne regrettait pas amèrement d'avoir décliné son offre ? Car il était sûr d'avoir envisagé la bonne solution, de loin la meilleure.

John se mit à réfléchir. Si Scarlet avait envie de revenir en arrière, elle aurait du mal à le faire, et ce ne serait pas dans l'immédiat. Il ne servirait à rien de rester dans les parages à attendre. Ce serait insupportable. Certes, il avait pris conscience qu'il aimait son père malgré tout, mais leurs relations demeuraient difficiles, et il ne pourrait même pas s'échapper avec sa planche de surf. Les médecins lui avaient formellement interdit toute activité physique pour l'instant. De toute manière, il avait déjà annoncé à sa mère qu'il repartait le lendemain soir, sans toutefois lui dire qu'il prenait un avion à destination de Darwin, et non du Brésil.

Scarlet serait-elle déçue ou soulagée ? Il était impossible de le savoir.

En tout cas, si elle changeait d'avis, elle devait être en mesure de le contacter sans passer par sa mère. Elle était bien trop fière et indépendante. Comme lui.

Résolu, il descendit dans le salon et ouvrit le tiroir du secrétaire où sa mère rangeait des stylos et du papier à lettres. Puis il remonta dans sa chambre et alluma sa lampe de chevet. Il lui fallut quelques instants avant de trouver les mots justes.

« Chère Scarlet,
» Je serai déjà parti quand tu liras cette lettre. Pas au

Brésil, comme le croit ma famille, mais à Darwin où je possède un appartement. D'habitude, je n'y séjourne que quelques semaines par an, pour me reposer et me distraire. Cette fois-ci, j'y resterai plus longtemps. Mais je te prie de garder le secret sur cette information confidentielle.

» Scarlet, je présume que tu vas poursuivre ton projet d'insémination artificielle avec un donneur anonyme. C'est ton droit le plus absolu. Malgré tout, si tes tentatives échouent, sache que ma proposition reste ouverte. Je ne te promets pas une belle histoire d'amour, mais je crois être en mesure de t'offrir ce dont tu as tant besoin. Voici mes coordonnées. Tu peux me contacter n'importe quand.

Ton ami de toujours, John. »

Il glissa la feuille dans une enveloppe sur laquelle il inscrivit le nom de Scarlet. Il irait la déposer dans la boîte aux lettres quand elle serait partie au travail.

Désormais, la balle était dans son camp.

8.

Un mois et un jour plus tard, exactement

Une fois de plus, cela n'avait pas marché.

Le désespoir comprima l'estomac de Scarlet tandis qu'elle se recroquevillait sur le siège des toilettes. Elle avait décidément un problème. Ou alors le sort s'acharnait sur elle. Ce mois-ci, la clinique avait pourtant essayé un nouveau protocole. La procédure, plus onéreuse, garantissait de meilleures chances de succès.

C'était de l'argent gaspillé.

Elle redoutait de l'annoncer à sa mère. Pourtant, il faudrait bien lui en parler. Scarlet regrettait de lui avoir confié son projet. Elle aurait mieux fait de garder le secret. Cela lui aurait évité d'avoir à gérer la déception de sa mère en plus de la sienne. Quoi qu'elle en dise, sa maman, qui aurait bien aimé avoir une famille nombreuse, rêvait d'avoir des petits-enfants.

Scarlet fronça les sourcils. Son père était mort quand elle avait neuf ans. Pourquoi Janet n'avait-elle eu qu'un seul enfant ? Qui sait si elle n'avait pas eu un problème de stérilité ? Mais pourquoi ne lui en avait-elle jamais parlé ? Cela expliquerait pourquoi elle-même avait tant de mal à concevoir un enfant.

En tout cas, ce n'était pas le moment d'entamer une discussion sur le sujet. Le mercredi, dans le salon de coiffure, il y avait toujours foule.

Quelques minutes plus tard, elle sortit des toilettes, le sourire plaqué aux lèvres pour accueillir une cliente. De peur d'éclater en sanglots, elle s'efforça d'éviter le regard de sa mère qu'elle sentait posé sur elle.

— Tu as deviné, maman, n'est-ce pas ? dit Scarlet quand elles se retrouvèrent dans la voiture pour rentrer à la maison.

— Oui, répondit Janet simplement, les larmes aux yeux. J'ai bien vu comme tu avais l'air triste cet après-midi.

— Au fait, maman, pourquoi n'as-tu pas eu d'autres enfants après moi ? A cause de problèmes physiologiques ?

Janet garda le silence un moment.

— Pas à ma connaissance, finit-elle par avouer. J'ai subi toutes sortes d'examens, comme toi. D'après un médecin, c'est le stress qui m'empêchait de tomber enceinte. J'y pensais trop. Cette idée m'obsédait.

— Oui, j'ai lu des articles sur le sujet. C'est la raison pour laquelle une grossesse survient parfois après une adoption.

— Ton père et moi projetions d'adopter un enfant, confessa Janet. Malheureusement, il est…

Elle s'interrompit, incapable de poursuivre.

— Oh ! Maman, je suis désolée. Je sais combien tu aimais papa.

Après les obsèques, elle avait entendu sa mère pleurer la nuit pendant des mois et des mois. Janet n'avait jamais songé à se remarier. C'était la femme d'un seul homme.

Même si Scarlet n'espérait plus connaître le grand amour, elle était déterminée à connaître la maternité, envers et contre tout. Pendant tout l'après-midi, elle avait réfléchi à la lettre que John lui avait laissée le mois précédent. Très touchée par ses allusions à sa fragilité nerveuse, elle avait failli décommander son rendez-vous à la clinique et lui téléphoner aussitôt. Finalement, elle avait manqué de courage. Cela paraissait tellement plus simple de ne pas s'encombrer avec des relations humaines... Les hommes avaient de la chance d'avoir une sexualité moins compliquée que celle des femmes. Pour elle, en tout cas, ce n'était pas facile. Au fil des ans, elle avait perdu confiance.

Mais il n'était plus temps de se poser ce genre de problèmes. Si elle ne contactait pas John maintenant, elle le regretterait toujours.

Si toutefois il n'avait pas changé d'avis... Sinon, elle devrait s'armer de toute la force de persuasion dont elle était capable.

Si elle n'avait pas été aussi gonflée à bloc, Scarlet se serait scandalisée du cours de ses pensées.

— Maman, je vais peut-être m'absenter quelque temps. Partir en vacances.

— Ah ? Où cela ?

— Je pensais à Darwin. Il y fait chaud en cette saison, et j'ai toujours rêvé d'aller à Kakadu.

Ce qui était complètement faux. Elle avait vu un ou deux documentaires à la télévision et n'était pas le moins du monde intéressée par ces vastes territoires du nord infestés d'insectes, de crocodiles et de buffles sauvages.

— Vraiment ? lança sa mère sur un ton surpris.

— Je pourrais m'inscrire dans un voyage organisé, pour ne pas être seule. Tu te débrouillerais bien sans moi dans le salon, non ?

— Bien sûr. Quand partirais-tu ?

— Je ne sais pas encore. Peut-être à la fin de la semaine prochaine.

Scarlet connaissait précisément sa date d'ovulation. Elle suivait son cycle jour par jour depuis des mois. Le meilleur moment, pour concevoir, tombait exactement deux semaines après le début de ses règles. Cela ne servait à rien d'arriver longtemps avant. Et puis, son mensonge devait paraître plausible.

— Pour combien de temps ?

— Mmm... Une semaine. Dix jours...

— Tu ne comptes pas retourner à la clinique le mois prochain ?

— Non, maman. J'ai décidé de faire une pause.

Sa mère parut soulagée.

— C'est une bonne idée, ma chérie. Et ces vacances aussi. Qui sait ? Tu rencontreras peut-être quelqu'un.

— On ne sait jamais.

Puis, habilement, Scarlet changea de sujet. En tout cas, elle devait appeler John sans tarder. Sinon, le courage risquait de lui manquer.

Dès leur arrivée à la maison, Scarlet prétexta une migraine pour s'éclipser à l'étage et s'allonger un peu avant le dîner. Heureusement, c'était au tour de sa mère de préparer le repas. Sa chambre donnait sur l'arrière. Une fois que Janet aurait allumé la télévision, elle ne l'entendrait pas parler au téléphone.

Les mains de Scarlet tremblaient quand elle ouvrit le tiroir de sa table de chevet pour sortir la lettre de John. Elle essaya le premier numéro, celui du portable.

Pour l'amour du ciel, John, réponds !

Quand, au bout de plusieurs sonneries, la messagerie se déclencha, Scarlet raccrocha. Puis, le cœur battant, elle composa le deuxième numéro, en tapant nerveusement sur les touches.

9.

John remettait quelques bûches dans le feu de camp lorsqu'il entendit la sonnerie très particulière de son téléphone satellitaire. Fronçant les sourcils, il rampa à l'intérieur de sa petite canadienne, se saisit de l'appareil et jeta un coup d'œil sur l'écran avant de décrocher.

— Bonjour, Scarlet, dit-il sur un ton le plus détaché possible.

Intérieurement, il ne l'était pas du tout. Au début, il s'était senti plutôt soulagé de ne pas avoir de nouvelles. Il avait fini par recouvrer ses esprits et par décréter son idée complètement folle. Mais, au fur et à mesure que les jours passaient, il était devenu obsédé par la pensée de rentrer à Noël et de revoir Scarlet avec le bébé d'un inconnu dans le ventre. Cela le révoltait.

Après plusieurs nuits d'insomnie, il avait été tenté de l'appeler. Mais pour lui dire quoi ? Puisqu'elle avait refusé, il n'allait pas la harceler.

Il n'avait donc rien fait. Littéralement. Il n'avait pas essayé de trouver du travail dans une compagnie minière et n'était même pas allé à la pêche, son passe-temps préféré quand il se trouvait à Darwin en vacances. Il avait traîné chez lui, désœuvré, restant des heures entières devant la télévision à regarder des films et à boire beaucoup trop en ressassant sa morosité. Bianca l'aurait accusé de fuir la réalité. Une fois de plus.

Finalement, il s'était fait déposer en hélicoptère dans un endroit perdu avec son matériel de pêche, pour camper quelques jours en solitaire. Il n'y avait rien de tel que la communion avec la nature pour éclaircir un esprit embrumé.

Cela avait marché, jusqu'à un certain point. Il commençait à comprendre et accepter le point de vue de Scarlet. Tout en retrouvant la paix intérieure. En tout cas, il en avait l'impression.

Car ce simple coup de téléphone avait suffi pour détruire ses illusions.

— Comment sais-tu que c'est moi ? demanda-t-elle.

— Le numéro indique un appel des Nouvelles Galles du Sud. Tu es la seule personne de cet Etat à posséder mon numéro satellite.

— Oh.

Une pensée horrible traversa soudain l'esprit de John. Et si elle voulait simplement lui annoncer qu'elle était enceinte ?

— Pourquoi appelles-tu, Scarlet ? questionna-t-il avec brusquerie.

Heurtée par son intonation, la jeune femme sentit son cœur se serrer.

— Tu as changé d'avis, au sujet de ta proposition ?

La tension de John se dissipa aussitôt.

— Pas du tout.

— Vraiment ? lança-t-elle avec un regain d'espoir.

— Mais oui. Que s'est-il passé depuis notre dernière rencontre ? Tu es retournée à la clinique, j'imagine.

— Oui, et cela a encore échoué.

Au stade où elle en était, Scarlet était si désespérée qu'elle était prête à tout. Cependant, un détail la tracassait.

— Je ne comprends toujours pas pourquoi tu fais cela pour moi, John. Le sexe mis à part. Et même là, quelque chose me dépasse. Si je te plais vraiment, physiquement, pourquoi as-tu attendu aussi longtemps ?

Il fallait répondre sincèrement à Scarlet.

— Je peux être brutal ? demanda-t-il.

— Je t'en prie.

— Bien sûr, que j'ai envie de toi. J'avais peur que tu

52

m'envoies promener. Jusqu'à ce que je me rende compte, lorsque nous nous sommes revus le mois dernier, que l'attirance était réciproque. Mais contrairement à ce que tu sembles penser, j'ai aussi sincèrement envie de t'aider. Finalement, l'idée d'avoir un enfant me plaît bien. Surtout dans le cadre que nous nous sommes fixés.

A en juger par son silence, Scarlet était choquée. Ou pensive. Il espérait en tout cas avoir mis un terme à ses interrogations. Il ne comprenait pas lui-même cet élan qui le poussait vers elle ! Cette pulsion mâle qui exigeait satisfaction...

Scarlet resta sans voix, assaillie par le flot d'images indécentes que les propos de John avaient éveillé en elle. Ainsi, il avait envie d'elle...

— Allons, Scarlet, tu dois bien savoir à quel point tu es attirante.

Une vague de chaleur envahit la jeune femme.

— Comment dois-je interpréter ton silence ? reprit-il d'une voix curieusement dénuée d'expression. Tu as changé d'avis ?

— Non, bredouilla-t-elle en se félicitant de ne pas être exposée à son regard.

— Bien, répliqua-t-il, plus détendu. Quand peux-tu arriver ?

Scarlet se redressa. Elle se sentait plus à l'aise avec les détails pratiques.

— Le plus tôt possible.

— En début de semaine prochaine ?

— Il faut que j'organise mon absence au salon...

Il balaya ses objections.

— Ce ne sera sûrement pas très compliqué. Envoie-moi un texto avec ton heure d'arrivée dès que tu auras réservé ton vol. Je viendrai t'attendre à l'aéroport.

Scarlet roula des yeux effarés. Pourquoi les hommes n'écoutaient-ils jamais quand on leur parlait ?

— Où es-tu en ce moment ? demanda-t-elle.

— Je campe dans un parc national.

— La semaine prochaine, c'est trop tôt, expliqua-t-elle. Je ne pourrai pas tomber enceinte avant le quatorzième jour de mon cycle. Comme je prends ma température très régulièrement, je…

Il l'interrompit.

— Si tu veux vraiment tomber enceinte, essayons ma méthode.

— C'est-à-dire ? lança-t-elle, exaspérée par ce trait de supériorité masculine.

— Pour commencer, jette ton thermomètre. Et oublie tous ces détails techniques. De toute façon, jusque-là, cela n'a pas marché.

— C'est vrai, concéda-t-elle à contrecœur.

— Repose-toi sur moi, maintenant. Remets-toi entre mes mains. Plus de discussions.

— Mmm, marmonna-t-elle.

Il lui arracherait un « oui » autrement plus convaincu, se promit-il. Car brusquement, il brûlait de la conquérir, totalement. De l'obliger à rendre les armes.

Cette pensée l'excita et le remplit d'une impatience presque insupportable. Etait-ce là sa motivation cachée ? Plus que faire l'amour avec elle, désirait-il la séduire ? La posséder ?

L'idée le perturba. Il n'avait jamais eu cette mentalité. Pour lui, le sexe était seulement une satisfaction physique, rien de plus. Il ne s'impliquait jamais sentimentalement. Avec Scarlet, curieusement, la situation semblait différente. Il ressentait des émotions. Mais lesquelles ?

Il faillit se raviser. Cependant, il était trop tard. Il se sentait embarqué, comme dans un wagon des montagnes russes, solidement attaché, mais sans pouvoir descendre avant la fin du voyage.

10.

Le vol jusqu'à Darwin durait quatre heures et demie. Assise près du hublot, Scarlet passa presque toute la durée du voyage à contempler le paysage. Il n'y avait aucun nuage dans le ciel, et elle n'avait de toute façon pas la tête à lire. C'était d'une beauté à couper le souffle. Quel pays immense, sauvage et presque désert ! Elle comprenait à présent pourquoi certains appelaient l'Australie la « dernière frontière ».

Scarlet n'était jamais allée dans l'Outback australien, cette savane sèche qui s'étend à perte de vue. Avant la mort de son père, durant les vacances familiales, ils allaient uniquement sur la Gold Coast ou à Sydney. Une fois, ils avaient poussé jusqu'aux Blue Mountains pour visiter les célèbres grottes de Jenolan. Mais, ensuite, sa mère et elle avaient attendu des années avant de repartir. Elles se rendaient souvent aux Fidji, pas trop éloignées de l'Australie, pour un séjour peu onéreux.

Avant le départ, elle avait effectué quelques recherches sur internet afin d'étoffer ses maigres connaissances sur la capitale du Northern Territory. Le cyclone qui s'était abattu sur Darwin dans les années soixante-dix, le jour de Noël, avait causé d'énormes dégâts. Les photos de la catastrophe étaient effrayantes. Naturellement, il avait fallu des dizaines d'années pour reconstruire la ville, qui était devenue depuis un centre minier important et la Mecque du tourisme en Australie, point de départ pour le parc national de Kakadu et de nombreux autres sites aborigènes. Le climat y était très chaud et humide l'été, mais délicieusement doux l'hiver.

A ce propos, elle avait longuement hésité devant sa garde-robe, ne sachant quoi emporter. Au final, incapable de se décider, elle avait fourré dans sa valise quantité d'affaires inutiles et… deux très jolies robes, pour le cas où John l'inviterait à dîner. Sa mère lui avait plutôt conseillé des bermudas, des maillots de bain, une crème anti-moustiques et de bonnes chaussures de marche, mais Scarlet lui avait rappelé qu'elle comptait aussi sortir le soir.

— Une rencontre n'est pas exclue. Je veux avoir de quoi m'habiller correctement.

Elle s'était efforcée de ne pas imaginer quels projets John avait formés pour son séjour. Mais maintenant que l'échéance approchait, il lui devenait impossible de ne pas s'en inquiéter. D'ailleurs, elle aurait peut-être dû l'avertir qu'elle avait peu d'expérience en matière de sexualité. Dans ses fantasmes, elle se déshabillait n'importe où et avait des orgasmes à répétition chaque fois qu'elle faisait l'amour. Malheureusement, il en allait différemment dans la réalité. Par exemple, cela l'intimidait de se retrouver nue devant un homme…

Elle se crispa nerveusement sur son siège. Elle avait tant peur de décevoir John. Elle avait envie de lui donner du plaisir.

Son estomac se contracta davantage quand on annonça que l'avion commençait sa descente sur Darwin. L'extrême tension nerveuse qui l'assaillait lui avait complètement fait perdre de vue le motif premier de son voyage. Elle ne pensait plus qu'à John.

Au-dessous, les rouges et les bruns de la savane avaient cédé la place à un paysage plus vert, avec beaucoup d'arbres et, maintenant, une vaste étendue d'eau à gauche de l'avion. Quand le pilote vira brusquement de bord, Scarlet, éblouie par le soleil couchant, ferma les yeux. Elle redoutait toujours le moment de l'atterrissage, qui lui sembla effectivement durer une éternité.

Heureusement, elle sortit assez vite sur la passerelle. Chaque pas sur le tarmac la rapprochait de John. Elle était incapable de penser à autre chose.

Debout derrière la vitre dans le hall des arrivées, John scrutait les passagers qui débarquaient. Il reconnut immédiatement Scarlet, auréolée de ses cheveux blonds balayés par la brise. Vêtue d'un jean et d'une veste blanche, avec un chemisier assorti, elle était éblouissante, très sexy et… horriblement tendue. Le front plissé, elle marchait vite, l'air anxieux, et dépassa plusieurs autres passagers avant d'entrer dans le terminal.

À l'évidence, elle ne l'aperçut pas tout de suite. Et lorsqu'il se manifesta, elle lui adressa un petit sourire crispé, terriblement contraint. Quant à lui, il n'y avait qu'un mot pour décrire son émotion.

Il était très excité. Beaucoup plus qu'il ne l'avait été depuis des années. Et il ne s'agissait pas seulement d'excitation sexuelle. Il avait l'impression d'avoir un énorme défi à relever.

Au cours de la dernière semaine, après avoir beaucoup réfléchi, John en était venu à la conclusion que c'était son ego de mâle qui l'avait poussé à se mettre en avant. Il n'y avait là rien de troublant ni de mystérieux. Son esprit de compétition avait simplement pris le dessus. Lui, John Mitchell, réussirait là où tous les autres avaient échoué. Son désir intense de donner un bébé à Scarlet procédait d'un instinct sexuel, mais surtout primal. L'homme n'était-il pas avant tout sur Terre pour se multiplier et sauvegarder l'espèce ?

Scarlet avait parfaitement raison de parler de pulsion élémentaire. Au fil de ses méditations, John en était venu à revêtir ce projet d'une importance extrême et il avait l'intention de s'y consacrer pleinement, en s'attachant aux détails les plus infimes. Quand il avait découvert du pétrole en Argentine, cela n'avait pas été une question de chance, mais le fruit d'un labeur de plusieurs mois, physique et intellectuel. Il s'était donc appliqué à rechercher les causes des échecs répétés de Scarlet. Pourquoi une femme en bonne santé ne parvenait-elle pas à tomber enceinte en dépit de son obstination ? Après avoir lu tous les articles disponibles sur internet, il avait trouvé la réponse. C'était évidemment à cause du stress. Scarlet avait avant tout besoin de se relâcher.

Il n'avait plus qu'à espérer qu'elle serait comblée avec lui durant son séjour et qu'il saurait, par son savoir-faire, lui faire oublier toutes ses préoccupations et son obsession. John se savait bon amant et comptait bien lui démontrer tous ses talents. Mais avant, il devait la mettre en condition.

Elle s'attendait sûrement à ce qu'il se passe quelque chose entre eux dès ce soir. Excellente raison pour garder ses distances. Il voulait d'abord l'impressionner avec son appartement et ses manières de gentleman. Il lui avait attribué la plus vaste de ses chambres d'amis, celle qui donnait sur le port et ouvrait sur le même balcon que la sienne. Demain, après une visite de la ville, il l'emmènerait dîner dans un bon restaurant et lui ferait l'amour de manière chevaleresque et romantique, dans des draps de soie, à la lueur des chandelles.

Des chandelles ? Quelle idée, John ! Ressaisis-toi, vous avez conclu un accord. Ce n'est pas un rendez-vous galant non plus.

Il réprima une moue de dépit. Il ne fallait pas se tromper d'objectif. De toute façon, Scarlet King ne risquait pas de tomber amoureuse de lui. Cela n'arriverait jamais !

Scarlet se sentit un peu mieux en sortant des toilettes. Après avoir ôté sa veste, elle s'était rafraîchie et brossé les cheveux. La vue de John raviva sa nervosité. Dieu, qu'il était séduisant, avec son bermuda beige et son polo blanc qui faisait ressortir son bronzage, sa large carrure et son corps musclé…

La façon dont il la regardait la troublait intensément. Le désir qui brillait dans ses yeux la flattait en même temps qu'il lui faisait perdre ses moyens. Elle en avait le cœur qui battait la chamade.

Inspirant profondément, elle passa la bandoulière de son sac sur l'épaule droite, prit sa veste sur le bras gauche et s'avança le plus naturellement possible à sa rencontre. Elle avait conscience du moindre de ses mouvements, le balancement de ses hanches, le soulèvement de sa poitrine… Elle s'empourpra.

Heureusement, John guettait l'arrivée des bagages sur le tapis roulant.

— Comment est ton bagage ? demanda-t-il en jetant un coup d'œil dans sa direction.

— Noir, avec un ruban rose attaché à la poignée. Le voici.

John s'avança pour s'en saisir et haussa les sourcils en le soupesant.

— Je croyais que tu venais seulement pour dix jours. Tu ne comptes pas t'installer définitivement ? commenta-t-il avec un sourire en la guidant vers la sortie.

— J'ai toujours peur d'être à court de vêtements.

— Je n'ai jamais ce genre de problèmes.

— Tu n'es pas une femme.

— Dieu merci.

Scarlet s'immobilisa brusquement.

— Qu'y a-t-il ? demanda-t-il.

— J'ai l'impression de ne pas te connaître du tout, John Mitchell. Pour moi, tu as toujours été un raseur introverti et asocial. Et je découvre tout à coup un être drôle, charmant et… et…

— Tu n'as peut-être jamais connu le véritable John Mitchell.

— En effet. Quelles autres surprises tiens-tu en réserve ?

— Tu verras bien.

Il la prit par le coude pour la conduire jusqu'à un énorme 4x4. Un feuillet, photocopie d'un bilan de santé, était posé sur le siège du passager.

Scarlet secoua la tête de gauche à droite tout en le parcourant.

— C'est très gentil d'avoir pensé à cela, observa-t-elle.

— Je veux avant tout te rassurer. A aucun moment tu ne dois te sentir inquiète. Ton donneur anonyme avait probablement fourni le même genre de certificat médical.

— Oui. Je n'avais même pas songé à te le demander.

— C'est normal. Tu as eu beaucoup de soucis, ces derniers temps.

— En tout cas, merci, John. Pour tout.

— Attends un peu, avant de me canoniser !

— Très amusant ! commenta-t-elle en levant les yeux au ciel.

La nuit tombait quand ils sortirent du parking de l'aéroport, et il leur fallut moins de dix minutes pour arriver dans le centre. John habitait en plein sur l'Esplanade et face à l'océan, ce qui lui permettait non seulement d'admirer de somptueux couchers de soleil mais de bénéficier de la douceur de l'air marin.

Son appartement se situait dans un bel immeuble de béton gris-bleu, avec des balcons dont les panneaux de verre étaient soulignés de fer forgé noir, comme les encadrements des portes et des fenêtres. Après avoir garé son véhicule au sous-sol, il ouvrit galamment la portière de Scarlet et prit son bagage dans le coffre. Elle ne prononça plus un mot jusqu'à l'ascenseur. Avait-elle peur qu'il lui saute dessus dès qu'ils seraient seuls ?

— Tu habites en terrasse ? demanda-t-elle en le voyant appuyer sur le bouton du dernier étage.

Il se contenta d'acquiescer.

Quand ils pénétrèrent dans son immense appartement, elle le fixa avec stupeur.

— Tu es très riche, n'est-ce pas ?

— Assez, oui. Si j'en avais envie, je pourrais m'arrêter de travailler.

Elle secoua la tête.

— Cet endroit a dû te coûter une fortune.

— Pas vraiment. Je l'ai acheté sur plan il y a quelques années.

— C'est toi qui as choisi les meubles ?

— Pas du tout ! Je n'ai aucun goût dans ce domaine. Je me suis adressé à un décorateur professionnel. Tu as envie de visiter ?

— Oui, s'il te plaît.

La même palette avait été utilisée pour les différentes pièces, du blanc pur au noir profond, en passant par toutes sortes de nuances de gris, avec quelques touches de turquoise pour illuminer l'ensemble. C'était d'une élégance exquise et raffinée.

Un plat de céramique bleu turquoise était posé sur la table de verre de la salle à manger — située dans une alcôve de forme hexagonale — entourée de chaises en chrome et cuir noir. La cuisine, avec ses appareils ultra-modernes et d'immenses placards couvrant tout un pan de mur, enthousiasma Scarlet.

Les deux chambres d'amis, tout en meubles laqués et tapis blancs étaient à peu près identiques, mais l'une d'entre elles était plus féminine, avec son dessus-de-lit à fleurs, turquoise et blanc. La même harmonie de couleurs régnait dans la salle de bains attenante.

Comme Scarlet s'extasiait sur la propreté immaculée des lieux John expliqua qu'il avait une femme de ménage.

— Les tâches domestiques ne sont pas mon fort, ajouta-t-il.

Naturellement, songea-t-elle. C'était un homme viril qui s'adonnait à des occupations et des distractions de plein air, comme le surf et le camping.

La troisième chambre, celle de John, était carrément somptueuse, tout en noir et blanc. Un lit king-size trônait au beau milieu, recouvert de satin noir, en face d'un écran plasma géant. De part et d'autre, d'adorables lampes de chevet, aux abat-jours brodés de gouttes de cristal, étaient posées sur des petites tables laquées de blanc. Les descentes de lit à poils longs semblaient si moelleuses qu'elles donnaient envie de les fouler pieds nus.

Subitement, Scarlet s'imagina couchée dans ce lit, appuyée sur une montagne d'oreillers, avec John à côté d'elle en train de l'embrasser fougueusement. Tout en s'efforçant de ne pas rougir, elle marmonna un vague compliment inoffensif avant de suivre John dans la sublime salle de bains en marbre noir, dotée d'un spa conçu pour deux. De nouveau, elle se figura nue avec John, et ses joues devinrent écarlates.

Heureusement, John lui tournait le dos.

— Tu es bien silencieuse, remarqua-t-il.

Elle maîtrisa son trouble et répondit avec un sourire poli :

— C'est tout à fait charmant.

— Mais… ?

Scarlet résolut de prendre le taureau par les cornes.

— Eh bien, je me demandais si je devais te rejoindre ici ce soir.

En dépit de ses plans bien arrêtés, John fut tenté de répondre oui. Mais elle n'était pas prête. Sa tension nerveuse empêcherait de parvenir à un résultat satisfaisant. Pas pour lui, mais pour elle.

— Tu dois être trop fatiguée, dit-il en ignorant les protestations de son propre corps.

Elle esquissa un étrange sourire.

— Lorsque quelque chose me tracasse, j'ai tendance à m'en débarrasser le plus vite possible.

— Tu n'as aucune raison de t'inquiéter.

Elle eut un rire nerveux.

— Si tu savais…

— Quoi donc ?

— J'aurais dû te prévenir avant, fit-elle avec une grimace.

— Mais de quoi ?

— Je suis peut-être un peu frigide.

Devant l'étonnement manifeste de John, elle se détourna.

— Je suis tellement embarrassée, murmura-t-elle.

John réfléchit un instant avant de prendre doucement son menton entre ses doigts pour la regarder bien en face. Elle n'était certainement pas frigide. Il avait bien des fois surpris en elle les signes d'une nature passionnée.

— Doucement… Pas d'affirmations à l'emporte-pièce, dit-il en plongeant les yeux dans les siens. Tu aimes être embrassée ? Par un homme qui te plaît, bien sûr.

Elle cilla, puis hocha la tête.

Trompant l'attente de Scarlet, il ne l'embrassa pas, mais lui lâcha le menton pour frotter deux doigts sur sa lèvre inférieure, avant de décrire plusieurs cercles autour de sa bouche. Le cœur battant, avec la sensation de manquer d'air, elle entrouvrit les lèvres pour reprendre son souffle. C'est seulement à ce moment-là que John fit enfin ce dont elle avait terriblement envie.

Ce fut un baiser comme elle n'en avait jamais connu jusque-là. Perversement retenu, mais incroyablement excitant. Il caressa légèrement ses lèvres gonflées avec les siennes, jusqu'à ce qu'un gémissement de frustration s'échappe de sa gorge. Il consentit alors à accentuer la pression de sa bouche et à y glisser la langue.

La tête de Scarlet lui tournait. Toute pensée cohérente la quitta, mais elle s'en moquait. Elle voulait seulement que John continue à l'embrasser.

Mais il s'arrêta. Abruptement.

Elle protesta, émit une sorte de grognement indistinct qui ne sembla pas l'affecter.

— Si je comprends bien, je te plais ? demanda-t-il d'une voix dénuée d'expression.

Elle le foudroya du regard.

— John Mitchell, je te trouve abominablement arrogant et suffisant.

Il lui sourit.

— Et toi tu es incroyablement belle, Scarlet King.

Flattée par le compliment, elle eut une moue de défi.

— Et pas le moins du monde frigide, ajouta-t-il.

— Oh ! s'exclama-t-elle avec un soupir de frustration. Tu es assommant à la fin !

— Mais néanmoins séduisant, lui rappela-t-il très sérieusement.

Incapable de s'en empêcher, elle éclata de rire.

— Que vais-je bien pouvoir faire de toi ? dit-elle sans réfléchir.

John haussa les sourcils, une étincelle suggestive au fond des yeux. Scarlet réagit immédiatement.

— Ne t'avise pas d'ajouter quoi que ce soit ! Maintenant, je vais m'installer dans l'une des chambres d'amis et défaire mes bagages. Je peux prendre celle qui a un couvre-lit avec des fleurs turquoise ?

Tandis qu'il hochait la tête, elle poursuivit :

— J'imagine que tu n'as même pas de quoi manger ?

— La cuisine n'est pas mon fort non plus, avoua-t-il. Mais il y a d'excellents restaurants asiatiques qui livrent à domicile. Que préfères-tu ? Chinois ? Thaï ? Vietnamien ?

— Cela m'est égal.

— Thaï alors, décréta-t-il. Rejoins-moi dans le salon pour prendre l'apéritif quand tu seras prête.

Elle se rappela brusquement qu'elle n'avait même pas appelé sa mère. Elle avait complètement oublié.

— Oh ! Je dois téléphoner à maman pour dire que je suis bien arrivée.

— Vas-y. Moi, j'appelle le restaurant. Oh ! Scarlet… ?

— Oui ?

— Détends-toi. Je promets de ne rien te faire dont tu n'aies envie.

Il lui adressa un sourire malicieux.

— Et encore… Tu devras me supplier.

11.

Janet King bondit nerveusement sur le téléphone à la première sonnerie. Elle détestait l'avion et attendait anxieusement un appel de sa fille qui avait déjà dû atterrir depuis un certain temps.

— Bonsoir maman, dit Scarlet dès qu'elle décrocha. Tu peux te détendre ! L'avion ne s'est pas écrasé, et je suis bien arrivée à l'hôtel.

— Tu aurais dû me téléphoner depuis l'aéroport, protesta Janet d'une voix plaintive. J'étais morte d'inquiétude.

Les mots étaient à peine sortis de sa bouche qu'elle les regretta. Elle ne supportait pas les femmes qui culpabilisaient leurs enfants en parlant ainsi.

Scarlet réprima un soupir.

— Désolée. Je préférais attendre d'être tranquille.

— C'est moi qui suis désolée, ma chérie. Je me conduis comme une affreuse mère possessive alors que tu es justement partie pour te détendre et te reposer. Tu es bien ? Ta chambre est agréable ?

Scarlet s'assit confortablement sur un canapé de cuir noir.

— Très. Elle est superbe, avec une vue magnifique sur le port.

— Tu ne m'as pas dit combien cela t'a coûté.

Scarlet cilla. Elle détestait mentir. Surtout à sa mère.

— En fait, ce n'est pas vraiment une chambre, maman. J'ai loué un appartement.

— Dieu du ciel ! Cela ne te ressemble pas d'être aussi

dépensière. Sauf peut-être pour les vêtements. Enfin…
Tu as bien mérité de te gâter un peu, après les épreuves
que tu as traversées.

John s'approcha juste à ce moment-là pour lui offrir
un verre de vin blanc frappé. Scarlet le porta à ses lèvres
en le remerciant d'un sourire. Elle avait bien besoin d'un
réconfort.

— Tu m'enverras des photos ? lui suggéra sa mère.

Scarlet fronça les sourcils. Elle photographierait
peut-être la vue et la chambre d'amis, avec un coin de
la salle de bains…

— Je ferai cela demain matin, d'accord ? Je suis
complètement crevée et j'ai envie d'une bonne douche
avant de me coucher de bonne heure.

— Sans manger ?

— Ne t'inquiète pas, il y a quelques provisions dans
les placards, et même une bonne bouteille au frais.

John leva son verre d'un air complice en prenant
place dans un fauteuil, le bras nonchalamment posé sur
le dossier. Comment pouvait-il être aussi séduisant ?
Tout compte fait, il ne serait peut-être pas si difficile de
se laisser aller aux fantasmes qui l'assaillaient depuis
des jours.

Mais pas ce soir.

Etait-ce du soulagement, qu'elle éprouvait ?

Même si elle avait encore des appréhensions, elle
n'avait plus peur de coucher avec John. En fait, elle était
presque impatiente. Un homme qui embrassait aussi bien
était forcément un très bon amant.

Détachant à grand-peine les yeux de son corps magnifique, elle s'efforça de se concentrer sur sa conversation
téléphonique avec sa mère.

— Cela s'est bien passé au salon, sans moi, aujourd'hui ?

— Oui, même si les autres filles ne t'arrivent pas à
la cheville. D'ailleurs, quelques clientes attendront sans
doute ton retour pour leurs couleurs. Heureusement, dix
jours, ce n'est pas une éternité.

— Bien sûr. Bon, maman, je vais te laisser parce que je n'arrête pas de bâiller. Je te rappellerai demain soir.

— J'en serai ravie. Tu me raconteras ta première journée de vacances.

La gorge de Scarlet se contracta tandis qu'elle glissait un regard en direction de John. Lui ferait-il l'amour demain matin, au grand jour, ou attendrait-il la nuit tombée ?

— Je… euh… Je visiterai sans doute la ville.

— Très bien, ma chérie. Bonne nuit. Je t'aime.

— Moi aussi, maman, je t'aime. Au revoir.

Après avoir raccroché, Scarlet avala une longue gorgée de vin.

— Ah, les mères ! s'exclama-t-elle dans un mélange d'exaspération et d'affection.

— Elles croient bien faire.

— Mais ? répliqua-t-elle avec un petit sourire ironique.

— Elles ont toutes tendance à étouffer leurs enfants en se raccrochant à eux. Il faut juste faire avec, sans trop leur montrer combien c'est désagréable.

— Contrairement à toi, je ne trouve pas cela désagréable, protesta Scarlet. Elle s'inquiète pour moi, c'est tout.

Il haussa les épaules.

— C'est vrai que ta mère est très gentille.

— La tienne aussi.

— Certes. Malheureusement, elle est mariée avec mon père.

Alarmée par la soudaine sècheresse de son ton, Scarlet scruta son expression.

— Je me suis toujours demandé pourquoi tu détestes tant ton père…

— Ne t'aventure pas sur ce terrain-là, s'il te plaît.

— Rassure-toi, je ne vais pas te poser des questions indiscrètes.

— Tant mieux, parce que je n'y répondrai pas, grogna-t-il en croisant les bras avec une moue belliqueuse.

Mentalement, Scarlet ajouta secret et sur la défensive à la liste des défauts de John, en plus d'arrogant et grossier.

— Charmant, murmura-t-elle.

— Pas du tout, admit-il rudement. Introverti et asocial.

— Ne recommence pas tes enfantillages ! Tu vas finir par tout gâcher. D'ailleurs, je me moque complètement de ce que tu as fait ces dernières années. Cela ne m'intéresse pas non plus de savoir combien d'argent tu as gagné et avec qui tu as couché. Tout ce que je veux, c'est faire un bébé.

Brusquement, il se mit à rire.

— Tu as toujours eu la langue bien pendue !

Sans répondre, Scarlet but une autre gorgée de vin, qui lui monta aussitôt à la tête. Il fallait qu'elle mange quelque chose. Et vite.

Comme par hasard, la sonnette de la porte d'entrée retentit à ce moment précis.

— Sauvée par le gong, lança John en se dirigeant vers l'Interphone.

— Une livraison à domicile pour John Mitchell.

— Je descends.

En l'attendant, Scarlet se reversa résolument à boire. Il fallait arrêter de se faire du souci et de s'interroger…

— Dînons dans la cuisine, proposa John en revenant. A moins que tu veuilles mettre le couvert dans la salle à manger ?

— Je suis incapable de faire quoi que ce soit. J'ai trop bu, je ne tiens plus debout !

— Avec un seul verre ?

— Je me suis resservie pendant que tu étais en bas.

— Bravo ! Je ne peux pas te laisser seule deux minutes ! Tu vas réussir à marcher ?

Elle roula comiquement des yeux.

— Je crois que oui.

— Dommage. Depuis le temps que je rêve de te porter dans mes bras !

— Menteur !

Il poussa un soupir mélodramatique.

— Que vais-je faire de toi, Scarlet ?

— Pour l'instant, contente-toi de me donner à manger.

12.

A 23 h 30, John était assis dans son lit en train de regarder un documentaire sur la pêche sous-marine à la télévision. En temps normal, cela l'aurait intéressé, mais il avait l'esprit ailleurs. Il ne pouvait pas s'empêcher de penser à Scarlet.

A présent, il regrettait d'avoir différé au lendemain leur nuit d'amour. Son désir augmentait de minute en minute. Même si elle s'était montrée désagréable et impertinente. En fait, d'une manière assez perverse, plus elle l'était, plus il avait envie d'elle. Il ne pourrait jamais attendre jusqu'au matin. Pourtant, maintenant il le fallait bien. Il ne pouvait guère faire irruption dans sa chambre pour exiger qu'elle honore l'accord qu'ils avaient scellé. Cela ne le rendrait pas sympathique à ses yeux, ce qui serait fort dommage car, en dépit du ton acerbe de leurs échanges, ils s'entendaient plutôt bien. Ils prenaient un malin plaisir à se chamailler, comme deux enfants.

Malheureusement, Scarlet, épuisée, avait voulu aller se coucher juste après le repas.

Il l'avait entendue dans la cabine de douche pendant qu'il débarrassait la table, et toutes sortes de pensées l'avaient assailli, qui s'étaient vite transformées en fantasmes ouvertement sexuels. Il l'imaginait la tête renversée en arrière, offrant son ventre et ses seins au jet d'eau chaude, toute vibrante de désir et d'impatience.

En songe, il la regardait et elle se retournait pour lui tendre le savon. Il se mettait alors à la laver, très lentement, et elle écartait les jambes avec un gémissement rauque... Malheureusement, elle avait fermé les robinets à ce moment-là, l'abandonnant à une frustration tellement intense qu'il en aurait crié. Il avait dû lui-même recourir à une douche froide pour calmer ses ardeurs.

Il s'efforça de se rassurer. Scarlet avait besoin de lui. En fait, ce n'était pas tout à fait exact, puisque n'importe qui aurait très bien fait l'affaire. Il ne servait à rien de se persuader de sa propre importance en l'exagérant.

Et cela l'irritait au plus haut point, le blessant dans son orgueil de mâle.

Il sursauta violemment quand on frappa à sa porte.

— Entre, je ne dors pas, lança-t-il sur un ton faussement détendu.

Allait-elle apparaître dans un négligé affriolant pour le séduire ?

Son espoir fut de courte durée. Avec son pyjama à pois roses et sa queue-de-cheval, elle ressemblait à l'adolescente qu'il avait connue. En ce temps-là, il rêvait d'elle toutes les nuits et avait résolu de la séduire le jour de son seizième anniversaire. Mais il n'avait pas reçu d'invitation... A l'époque, elle n'avait pas plus envie de lui que maintenant. Il ne représentait qu'un moyen d'atteindre le but qu'elle s'était fixé.

— Excuse-moi de te déranger, John, dit-elle sur le seuil, d'une voix embarrassée. Je me suis réveillée avec une migraine épouvantable et je ne trouve pas de cachets.

— Une seconde. J'en ai dans ma salle de bains.

Scarlet se raidit quand il rejeta sa couverture. Torse nu, il portait heureusement un caleçon de satin noir...

— Le paracétamol te convient ? demanda-t-il.

— Ce sera parfait.

Il revint avec deux cachets et un verre d'eau, qu'elle avala en gardant les yeux fixés sur l'écran de télévision. Cela valait mieux que de regarder ce corps d'homme magnifiquement musclé, avec ses épaules larges et ses hanches étroites, et qui la troublait au plus haut point.

Chose étonnante pour une femme qui ne prenait jamais d'initiative dans les jeux amoureux, elle aurait volontiers passé la main sur la toison de son torse…

— Merci, murmura-t-elle quand elle eut terminé. Désolée de t'avoir dérangé.

— Je t'en prie. Non, ne pars pas, lança-t-il abruptement comme elle tournait les talons. Reste avec moi pour regarder la télévision jusqu'à ce que ton mal de tête ait disparu.

Scarlet était tentée. De toute façon, seule dans sa chambre, elle aurait du mal à s'endormir. Elle se sentait trop agitée.

— La pêche sous-marine ne me passionne pas, déclara-t-elle en revenant sur ses pas.

— Tiens, voici la télécommande. Choisis ce qui te plaît.

Elle jeta un coup d'œil circulaire.

— Je ne sais pas où m'asseoir.

— Viens dans mon lit, à côté de moi.

Comme elle hésitait, il ajouta :

— Je promets de ne pas te toucher. Sauf si tu en as envie.

Scarlet secoua lentement la tête.

— Je ne sais même plus de quoi j'ai envie.

— Parce que tu réfléchis trop. Laisse agir la nature. Tu me trouves séduisant, j'espère ?

— Oui, chuchota-t-elle en contemplant son corps presque nu.

— Et tu as aimé mon baiser ?

— Oui.

— Comment va ta migraine ?

— Comment ? Oh ! Mieux…

— Dans dix minutes, tu te sentiras parfaitement bien, confortablement allongée à côté de moi pendant que je te caresserai les cheveux.

— Oui, tu vas me caresser les cheveux, répéta-t-elle d'une voix engourdie tandis qu'un frisson érotique courait le long de son dos.

— Il faudra défaire ta queue-de-cheval d'abord. Laisse-moi faire.

D'une main, il libéra ses cheveux. Puis, tout à coup, il la souleva dans ses bras pour la porter jusque sur le lit. Décontenancée, elle l'enlaça sans réfléchir par le cou.

— Comme je le disais tout à l'heure, je rêve depuis longtemps de te serrer contre moi. Surtout ne dis rien, Scarlet. Pas de surenchère, cette fois-ci. Contente-toi de me faire confiance.

Elle fronça simplement les sourcils quand il la déposa contre les oreillers. Curieusement, elle avait envie de s'en remettre à lui, totalement.

Tout en faisant le tour du lit, il ajouta :

— En fait, pour ton mal de tête, ce n'est pas une très bonne idée de garder la télévision allumée. Ferme les paupières et détends-toi.

Il se pencha au-dessus d'elle.

— Scarlet King ! Tu ne peux pas obéir, de temps en temps ? Je t'ai dit de fermer les yeux !

En d'autres circonstances, elle se serait insurgée contre ce ton autoritaire. Mais elle n'en avait tout simplement pas envie. Une seule chose la préoccupait. Sentir la caresse de la main de John sur ses cheveux. Et elle espérait bien qu'il n'en resterait pas là !

Aussi obtempéra-t-elle en retenant son souffle. Délicieusement impatiente d'être séduite.

13.

Quand les doigts de John entrèrent en contact avec son front, Scarlet se raidit à l'intérieur. Quand ils remontèrent pour se glisser sous ses cheveux, elle serra les dents et réussit tout juste à ne pas crier.

Sa mère lui caressait ainsi doucement la tête lorsque, enfant, elle était malade. John aurait probablement obtenu le même effet apaisant si elle n'avait pas été aussi agitée. Ou plutôt excitée. Les pointes de ses seins durcis l'empêchaient de se détendre. En fait, elle avait envie de sentir ses mains ailleurs. Sur sa poitrine. Son ventre. Ses cuisses frémissantes. Des vagues de désir montaient et refluaient en elle jusqu'à l'étourdissement, exigeant que John la déshabille. Et tant pis s'il trouvait ses seins trop petits. Elle avait besoin qu'il les touche, avec ses doigts, et aussi avec sa bouche.

Si elle avait été plus hardie, elle le lui aurait dit. Malheureusement, au lit, la timidité la paralysait.

En même temps, il fallait parler, exprimer quelque chose, n'importe quoi.

— Ma migraine est partie, murmura-t-elle.

La main de John s'immobilisa.

Scarlet ouvrit les yeux, mais l'expression de John, comme toujours, était indéchiffrable.

— Je devrais peut-être retourner dans ma chambre ? demanda-t-elle en s'efforçant de cacher son désarroi.

Il poussa un soupir exaspéré.

— Je t'ai déjà dit d'arrêter de réfléchir. Tu restes où tu es, Scarlet.

— Vraiment ?

— Oui. Tu es très bien ici. Autant que moi. Sinon, tu ne te serais pas gênée pour m'envoyer balader. Je connais ta nature rebelle et entêtée. Tu ne ferais jamais quelque chose contre ton gré. En fait, Scarlet, tu as envie que je te fasse l'amour. Pourquoi ne pas l'admettre ?

Scarlet le foudroya du regard et l'aurait étripé avec plaisir. Car il avait raison, évidemment, et cela l'exaspérait !

Pourtant, il n'était pas question de capituler. Il deviendrait encore plus orgueilleux et insupportable si elle avouait tout ce qu'elle ressentait.

— Si tu es dans cet état, ce n'est pas la peine de te faire attendre longtemps, dit-elle dédaigneusement, du bout des lèvres. De toute façon, ce soir ou demain, cela ne change pas grand-chose.

Il sourit d'un air entendu.

— Nous verrons, Scarlet. Nous verrons…

La jeune femme essaya de trouver une réplique spirituelle, mais son cerveau cessa de fonctionner à la seconde où John retira sa main de ses cheveux pour la poser sur le premier bouton de son pyjama. Immobile, elle retint son souffle pendant qu'il déboutonnait sa veste, entièrement.

Puis, il scruta attentivement son visage.

— Tu veux que j'arrête ?

Elle secoua la tête.

— Tant mieux, parce que j'aurais eu du mal.

L'aveu de son désir tranquillisa Scarlet qui redoutait d'être elle-même submergée par l'intensité de son émotion. Elle se reconnaissait à peine. Jamais elle n'avait éprouvé une telle ardeur, ce qui était une surprise plutôt agréable. Il valait infiniment mieux concevoir un bébé dans le plaisir… Malgré tout, cela ne risquait pas d'arriver ce soir. Elle connaissait son cycle par cœur. C'était impossible. Les spermatozoïdes vivaient quelques jours, mais pas une semaine.

— Tu recommences à réfléchir, lui reprocha John doucement. Il faut absolument arrêter cela, Scarlet. Concentre-toi sur tes sensations.

Il n'eut pas besoin de lui dire deux fois, surtout quand il écarta les pans de son pyjama pour dévoiler sa poitrine.

— Comme tu es belle, murmura-t-il en prenant un sein dans sa paume.

Puis il se pencha et approcha les lèvres. Pas du tout goulûment et maladroitement comme tant d'hommes trop pressés, mais avec une lenteur lascive et délibérée. Il en caressa longuement la pointe du bout de la langue, avant de la mordiller délicatement, lui arrachant des gémissements voluptueux. Elle s'étira, se tordit langoureusement et faillit pousser un cri de protestation quand il la lâcha. Mais il la réduisit vite au silence en la pressant de tout son poids contre les oreillers pour l'embrasser avec une passion fébrile. Immédiatement, avec une rapidité stupéfiante, toute pensée cohérente déserta Scarlet. Totalement étourdie, emportée par un tourbillon vertigineux, elle s'abandonna à lui tandis qu'il achevait de la déshabiller pour faire toutes les choses qu'elle avait imaginées.

Cela arrivait enfin, pas du tout sous le secret des couvertures, mais en pleine lumière. Elle restait là, étendue, offerte, pendant qu'il poursuivait l'exploration intime de chaque centimètre de peau. Et elle n'en concevait aucune gêne. Au contraire, elle gémissait de plaisir et poussait un grognement de frustration s'il s'arrêtait. Chaque fois qu'elle approchait de l'extase, il s'immobilisait pour prolonger son supplice délicieux.

— Oh ! s'il te plaît, le supplia-t-elle quand, encore une fois, il abandonna son sexe gonflé.

— Patience, Scarlet, répondit-il.

— Non, tout de suite ! s'écria-t-elle impatiemment.

— Bientôt, mon cœur… promit-il avec un sourire.

Elle eut un gémissement de protestation quand il se redressa pour s'allonger à côté d'elle, en s'appuyant sur un coude.

— Fais-moi confiance, ajouta-t-il en déposant un baiser sur ses lèvres entrouvertes.

Puis il s'assit pour ôter son caleçon, révélant une érection qui subjugua Scarlet. La bouche sèche, elle tenta d'imaginer quelles sensations elle allait éprouver en l'accueillant en elle.

Lorsqu'il se coucha de nouveau, elle ne put s'empêcher de tendre une main vers son membre dressé.

C'était exactement le genre de réactions que John espérait provoquer. Il fallait qu'elle cesse de penser aux bébés pour se préoccuper uniquement de sexe. Jamais il n'aurait cru parvenir aussi vite au résultat escompté.

John aurait dû se soustraire aux caresses de Scarlet. Mais il ne le pouvait pas. Les doigts de la jeune femme l'effleuraient comme des ailes de papillon, avec une sensualité exquise. Jamais il n'avait ressenti un tel bien-être. Mais s'il la laissait faire, il serait bientôt incapable de se contrôler…

— Arrête, Scarlet, murmura-t-il en enserrant son poignet dans sa paume. Je ne suis pas un surhomme…

Elle n'en revenait pas de son audace et du plaisir qu'elle en éprouvait. Elle aurait même aimé le prendre dans sa bouche, ce qu'elle n'avait jamais considéré avec inclination, même si les hommes en raffolaient. Que lui arrivait-il ?

Brutalement, un désir fou la submergea.

— Qu'y a-t-il ? demanda John.

— Viens, le supplia-t-elle avec une urgence irrépressible.

— Lève les genoux, commanda-t-il.

Elle obtempéra, le cœur battant.

Il la pénétra avec une grande douceur, mais elle ne put s'empêcher de pousser une exclamation.

Il continua à s'enfoncer en elle. Un autre petit cri s'échappa de la gorge de Scarlet quand il attrapa ses chevilles pour nouer ses jambes autour de ses reins. Cette position accentua encore les sensations incroyables qui la dévastaient.

Mais comme il demeurait immobile, ce fut elle qui commença à bouger.

Quand elle souleva les hanches, John se sentit proche de la panique. Jamais encore aucune femme ne lui avait fait perdre le contrôle de lui-même. Il eut envie de la prendre sur-le-champ, brutalement et sans finesse. Son propre corps se mit à remuer de lui-même, involontairement, avec une vigueur presque violente. D'avant en arrière. Inlassablement. Encore et encore. Scarlet se mouvait avec lui, à l'unisson, et il serra les dents pour ne pas s'abandonner aux sensations qui menaçaient de l'engloutir, avec une rapidité qui l'humiliait. Avec l'énergie du désespoir, il agrippa les hanches de Scarlet pour la réduire à l'immobilité pendant qu'il s'efforçait de retarder l'issue fatale. Mais c'était presque impossible. Pour lui en tout cas. Il n'y avait pas d'espoir...

14.

Lorsque vint la jouissance, Scarlet, confondue par son intensité, demeura bouche bée pendant plusieurs secondes. Elle n'avait jamais éprouvé des spasmes aussi puissants, qui la ravagèrent littéralement. Elle n'avait jamais non plus proféré autant de sons étranges, entre les gémissements et les grognements. Mais tout fut éclipsé par l'orgasme de John qui se raccrocha violemment à elle en frémissant tout entier, la tête renversée en arrière, les paupières closes.

Quand il rouvrit les yeux, la confusion extrême qui noyait son regard disparut tellement vite que Scarlet crut s'être trompée. Enfin, il lui sourit, avec une expression légèrement sardonique.

— Tu n'es pas frigide le moins du monde, Scarlet, lui dit-il sur un ton comique en délaçant ses jambes nouées autour de lui. En fait, tu as l'étoffe d'une grande courtisane.

Scarlet, qui revenait lentement à elle, reçut cette remarque comme un coup de poing.

— Quel charmant compliment, rétorqua-t-elle d'un ton acerbe en soulevant les épaules pour essayer de se dégager.

Non seulement ses tentatives se soldèrent par un échec, mais elles produisirent l'effet inverse, ravivant des sensations qui lui en ôtèrent complètement l'envie.

— Non, ne bouge plus. Je suis tellement bien ainsi, protesta-t-il le plus sérieusement du monde. Ne sois pas stupide. Reste tranquille et détends-toi.

De toute manière, il était vain et ridicule de lutter contre lui.

— Voilà qui est mieux, dit John quand elle retomba en arrière. Et maintenant, un peu de relaxation. Inspire profondément et souffle très lentement. Oui, comme cela.

Mais Scarlet restait un peu tendue.

John prit son visage entre ses mains.

— Pour ta gouverne, sache que les courtisanes n'étaient pas de vulgaires prostituées, mais de très belles femmes capables de séduire de riches hommes par leurs talents érotiques. Leurs protecteurs leur étaient très attachés et les entretenaient à grands frais, leur offrant maison et serviteurs et payant leurs factures pour avoir le privilège de l'exclusivité.

— Très intéressant, commenta Scarlet, flattée malgré elle.

De telles louanges étaient presque aussi persuasives que des serments d'amour…

— Quelles spécialités étaient les plus prisées ? demanda-t-elle, sa curiosité piquée.

John s'appuya sur les avant-bras pour redresser légèrement le haut du corps.

— Elles étaient nombreuses et variées. Cependant, une bonne courtisane s'efforçait d'abord de découvrir ce que son amant préférait par-dessus tout et de deviner ses fantasmes. Ensuite, elle s'employait à les satisfaire.

— Et toi, quels sont tes fantasmes ? s'enquit-elle.

John plongea son regard dans ses grands yeux bleus et hésita un instant à répondre.

Naturellement, il n'avait pas l'intention de lui dire la vérité crue, beaucoup trop décadente pour être exprimée à voix haute. Malgré tout, la tentation était grande d'assouvir un certain nombre de ses envies les plus folles.

— A toi de les découvrir, ma chère Scarlet. Puisque tu vas devenir ma courtisane pour la durée de ton séjour ici.

— Pardon ?

— Tu m'as parfaitement entendu.

— Il n'en a jamais été question.

— Non. Je viens seulement d'en avoir l'idée après cette expérience mémorable avec toi.

— Oh ! répliqua-t-elle simplement.

Non seulement il connaissait bien les femmes, mais il ne manquait pas d'habileté…

— Cela t'est déjà arrivé ?

— Quoi donc ?

— Allons, John, ne fais pas l'idiot. Tu sais parfaitement ce que je veux dire. Les jeux de rôle font partie de tes fantasmes ?

— Non, pas jusqu'à maintenant. Mais ce serait amusant. Tu n'es pas d'accord ?

Scarlet adorait relever les défis, il le savait pertinemment et depuis très longtemps.

La première réaction de Scarlet fut de s'écrier : « Si, bien sûr ! ». Cependant, la réalité et la lucidité eurent raison de son orgueil. John la flattait d'une manière éhontée, en la complimentant sur ses talents érotiques. Elle ne savait même pas ce qui lui avait plu. Et si elle s'était tordue de plaisir, tout à l'heure, c'était uniquement à cause de lui. Il la rendait tout simplement folle de désir. *Tout comme en ce moment*, songea-t-elle en bougeant les hanches.

John réprima une exclamation.

— Si je comprends bien, c'est oui, murmura-t-il d'une voix rauque.

— Ne sois pas bête ! Comme si j'avais assez d'expérience ou d'expertise…

— Question d'appréciation, marmonna-t-il entre ses dents serrées.

— Tu peux recommencer, si tu veux, suggéra-t-elle d'une voix aussi embrumée que ses yeux.

C'était bien l'intention de John, surtout quand elle leva les jambes pour les croiser autour de lui. Mais l'extase le submergea presque aussitôt, menaçant une nouvelle fois de lui faire perdre le contrôle de lui-même. En dépit de ses efforts désespérés pour ralentir le rythme, son corps réclamait satisfaction. Immédiatement. Il se retira résolument, en savourant ces quelques précieuses secondes de répit. Puis il plongea de nouveau en elle. Instantanément, le cri qu'elle poussa vint panser la blessure de son orgueil, l'autorisant à capituler lui aussi. Ils finirent par s'effondrer ensemble, l'un contre l'autre. Et lorsqu'il referma les bras autour de sa taille, Scarlet, alanguie, soupira de bonheur avant de sombrer dans le sommeil.

Malheureusement, John ne connut pas cette chance. Il ne parvenait pas à comprendre comment il avait pu, à deux reprises, perdre totalement la maîtrise de lui-même.

Il n'y avait qu'une explication logique. Scarlet ne ressemblait en rien à ses maîtresses habituelles. Elle avait conservé une fraîcheur et une relative innocence qui la rendaient délicieusement touchante. Et irrésistible.

John n'avait pas l'habitude de femmes comme elle. Après la liberté sexuelle qu'il avait connue à l'université, il avait traversé une période plus difficile. Ses conquêtes avaient envie de s'attacher et réclamaient des relations suivies dont il n'avait, lui, absolument pas envie. Il aimait sa vie de célibataire, sans attaches.

Il avait fini par se cantonner aux femmes plus âgées, mariées, divorcées ou simplement carriéristes, qui se contentaient de brèves rencontres, généralement une nuit torride après une invitation à dîner, et qu'il ne revoyait pas. Ils couchaient chez elles ou à l'hôtel. De cette manière, il n'avait pas à leur demander de partir le lendemain matin. C'était lui qui s'en allait, quand bon lui semblait.

Une fois, Bianca lui avait demandé pourquoi il n'amenait jamais ses petites amies chez lui. Mais en fait, sa gouvernante était sa seule amie.

Son cœur se serra douloureusement, comme chaque fois qu'il évoquait le souvenir de Bianca.

Il valait mieux ne pas penser à elle et la chasser de son esprit. Malheureusement, on ne pouvait pas revenir en arrière pour changer le cours des choses.

Scarlet bougea dans son sommeil, ramenant ses jolies fesses contre lui. Instantanément, son désir se ranima.

Il ne pourrait jamais dormir s'il restait là...

Il se leva sans bruit et renfila son caleçon noir. Frigide, elle ? Quelle blague...

15.

Scarlet s'éveilla dans le silence. Seule. Après avoir cillé plusieurs fois les paupières, elle s'assit en repoussant ses cheveux en arrière et tendit l'oreille.

Rien.

Elle n'avait aucune idée de l'heure qu'il était, mais à en juger par la lumière éclatante qui filtrait à travers les rideaux, il était probablement très tard. Rejetant les couvertures, elle se rendit, nue, dans la salle de bains. Où était John ?

Mon Dieu ! s'écria-t-elle intérieurement, assaillie par les souvenirs de leur folle nuit. Jamais, de toute son existence, elle n'avait connu pareil plaisir. Elle avait du mal à y croire. John était un amant extraordinaire, imaginatif, patient, attentionné… Mais aussi vigoureux et passionné le moment venu. Les rugissements de leur première étreinte résonnaient encore dans sa tête.

Elle leva les mains en contemplant son reflet dans le miroir. Etait-ce l'un de ses fantasmes, d'être possédée par une bête fauve ?

Quoi qu'il en soit, elle n'avait pas du tout envie de devenir la courtisane de John, songea-t-elle en se remémorant ses propos. Pas question de s'aplatir devant lui en se pliant au moindre de ses caprices !

Elle se peigna distraitement avec les doigts. En tout cas, elle ne regrettait pas une seule minute de leurs ébats. Finalement, c'était excitant, et infiniment gratifiant, de se découvrir douée pour le sexe, quand on avait trouvé le bon amant.

John s'en attribuait probablement toute la gloire… Mais tant pis. Il serait malgré tout difficile de lui avouer les yeux dans les yeux combien elle avait éprouvé du plaisir. Elle n'avait pas encore vaincu sa timidité, sans parler de son amour-propre.

Elle s'assura que la chambre était vide avant d'y retourner pour enfiler son pyjama. Elle ne se sentait pas assez sûre d'elle pour affronter le regard de John en plein jour. Puis, inspirant profondément, elle partit à sa recherche.

Elle faillit ne pas le voir. Seul le bruit de sa respiration, dans le salon, attira son attention. Allongé en travers du canapé, il dormait profondément. Elle secoua la tête, attendrie et admirative.

Quel corps magnifique !

Ses yeux s'arrêtèrent un instant sur une cicatrice qu'il avait à la jambe droite, sous le genou. Probablement une séquelle de son dernier accident. A un homme normal, elle aurait posé des questions. Mais John détestait qu'on l'interroge, quel que soit le sujet. C'était un vrai solitaire qui ne voulait pas s'attacher, jaloux de sa liberté. Il avait dû lui en coûter d'admettre le désir qu'elle lui inspirait depuis apparemment si longtemps.

Elle réfléchissait encore à cette énigme quand ses yeux se posèrent sur un verre vide, sur le tapis. Elle le ramassa et le renifla machinalement. Cela sentait le cognac. Pourquoi John avait-il éprouvé le besoin de boire de l'alcool avant de s'endormir ? Pourquoi n'était-il pas resté avec elle ?

John bougea, et elle faillit s'enfuir dans la chambre. Mais elle prit son courage à deux mains et s'obligea à attendre pendant qu'il bâillait et s'étirait.

— Bonjour, Scarlet ! s'écria-t-il en s'asseyant pour poser les pieds par terre. Tu as bien dormi, j'imagine ?

— Très bien, admit-elle en optant pour la franchise. Et toi, pourquoi es-tu venu te coucher ici ?

— Pour dormir, précisément, répondit-il. Sans craindre d'être distrait.

Elle s'empourpra violemment.

— Oh.

— Ne sois pas gênée. Ce n'est pas ta faute si tu es si belle. Si j'étais resté, j'aurais recommencé à te caresser. J'ai préféré te laisser te reposer.

— C'est… très gentil de ta part, murmura-t-elle, partagée entre l'embarras et le plaisir de la flatterie.

— Ne t'inquiète pas, ajouta-t-il malicieusement. Nous pourrons nous rattraper aujourd'hui.

Serrant le verre convulsivement, elle changea de sujet.

— Quelle heure est-il?

— L'heure de prendre un petit déjeuner. Après quoi nous prendrons une douche tous les deux.

— Mais…

— Pas de mais, Scarlet. Rappelle-toi, nous avons conclu un pacte, toi et moi.

Scarlet redressa les épaules.

— Je n'ai jamais promis de faire l'amour avec toi matin, midi et soir.

— Tu ne veux pas te doucher avec moi?

— Je ne veux pas obéir à tous tes caprices. Tu dois aussi respecter mes souhaits. Sinon, je casse le contrat et je rentre par le premier avion.

— Tu n'as tout de même pas oublié pourquoi tu es là? insista-t-il, impitoyable.

— Non. Mais cela ne change rien à ma position. C'est à prendre ou à laisser.

Elle lui tenait tête! Après la nuit fabuleuse qu'ils avaient passée ensemble, il escomptait plus de docilité. Mais Scarlet avait du caractère.

— Très bien, concéda-t-il. J'aurais adoré prendre une douche avec toi, Scarlet. Mais si tu n'en as pas envie, libre à toi.

Surprise par sa capitulation inattendue, elle se tut. En réalité, l'idée la séduisait, mais elle avait refusé pour s'opposer à sa mâle arrogance. A présent, sa demande polie la déconcertait, et cela semblait hypocrite de s'obstiner. En même temps, elle ne voulait pas perdre la bataille. Il ne l'avait pas encore conquise. Elle tenait à s'affirmer en face de lui.

— Je n'ai pas l'habitude d'être aussi intime avec un homme, finit-elle par expliquer. D'ailleurs, si cela ne t'ennuie pas, j'aimerais aussi limiter à la nuit notre activité sexuelle.

— Personnellement, je le regrette, mais comme tu voudras. Puisque tu as décidé de mener la barque, je m'incline.

Une lueur malicieuse brilla tout à coup au fond de ses yeux bleus.

— Jusqu'à ce que tu changes d'avis, évidemment. Car les femmes ont le privilège d'être d'humeur changeante, n'est-ce pas ?

Il s'étira et se leva avec une grimace.

— J'espère ne pas avoir à dormir ici ce soir encore. J'ai horriblement mal au dos.

— Tu aurais pu choisir une chambre d'amis, observa Scarlet, impertinente.

— Je me demande pourquoi je n'y ai même pas pensé ! Bien, désires-tu ton petit déjeuner avant ou après la douche ? Remarque bien, je te le demande très poliment. Je ne décide rien.

Elle lui tira la langue.

— Inutile d'exagérer non plus. Et tu n'es pas obligé de me servir. Je sais me débrouiller dans une cuisine.

— Parfait. Dans ce cas, je te laisse pour prendre ma douche. Froide. Cela me fera du bien.

Scarlet le regarda partir à regret, mais refusa de changer d'avis. Il fallait se concentrer sur l'objectif à atteindre. Et quoi qu'en dise John, et en dépit de la nuit merveilleuse qu'elle avait passée, elle n'était pas en voyage d'agrément.

De toute manière, elle tenait à garder le contrôle. Sur John. Et sur elle-même.

Avec une moue déterminée, elle se dirigea vers la cuisine pour se servir un bol de muesli et un verre de jus d'orange, tout en faisant des projets pour la journée. Elle voulait visiter Darwin et faire une promenade en bateau dans le port. En tout cas, elle ne remettrait pas les pieds dans cet appartement avant le début de la soirée, pour se changer avant de ressortir dîner au restaurant. Elle avait bien l'intention de traîner dehors le plus longtemps possible.

Après une longue journée harassante, John n'aurait sans doute pas la force de faire l'amour. Ou alors juste une fois, car il faisait malgré tout preuve d'une vigueur et d'une endurance peu communes. Ce qui, de toute façon, n'était pas une raison pour s'abandonner à lui et renoncer à exercer sa volonté. Pis encore, s'imaginer qu'elle était en train de tomber amoureuse parce qu'il était un amant exceptionnel.

Elle repoussa avec dédain cette éventualité totalement farfelue. Seules les romantiques incorrigibles croyaient à ces sornettes. Elle avait depuis longtemps perdu ses illusions et sa candeur. En un sens, c'était dommage. Mais la vie n'était pas rose. Avec son père qui était mort quand elle avait neuf ans, elle était bien placée pour le savoir. La réalité se chargeait de vous ouvrir les yeux. Un beau jour, on se réveillait tristement, sans amour et sans enfants, à un âge où il était presque trop tard pour réaliser ses rêves...

Mais, Dieu merci, elle n'en était pas encore tout à fait là...

Sans savoir pourquoi, Scarlet se sentit soudain très confiante dans l'avenir. Elle était même pratiquement sûre que le jour où elle reprendrait l'avion pour rentrer, elle serait enceinte de John. Même si elle n'aurait alors réalisé que la moitié de son rêve, après tout, ce serait mieux que rien.

Le cœur battant, elle s'efforça d'imaginer sa joie quand le médecin lui confirmerait sa grossesse. Et celle de sa mère.

— Oh ! Mon Dieu, maman ! s'exclama-t-elle avec un sursaut.

Elle avait promis de lui envoyer des photos de l'appartement.

Elle avait tant de choses à faire. Et si peu de temps !

16.

Scarlet se prépara en un temps record. Elle choisit un pantacourt blanc et un petit haut rose saumon, pas trop décolleté. Après avoir relevé ses cheveux en queue-de-cheval, elle appliqua pour tout maquillage une crème solaire teintée et une touche de rouge à lèvres corail. Pas de parfums, pas de bijoux. Elle avait volontairement opté pour la discrétion, sans provocation aucune. Elle enfila des chaussures plates à lanières, sortit son téléphone de son sac et commença à prendre des photos de sa chambre, en choisissant bien ses angles pour atténuer l'impression de luxe et d'espace.

Elle retourna ensuite dans la cuisine en croyant trouver John en train de déjeuner. Mais il n'y était pas. Elle fronça les sourcils. Le salon était désert lui aussi, et la porte de sa chambre fermée. Elle continua son petit reportage photo et sortit sur le balcon. John était là, avec une tasse de café et un toast. Il ne s'était pas rasé. Torse nu, avec son bermuda et sa barbe naissante, il ressemblait à un surfeur de charme.

Très sexy.

— Ah, te voilà ! s'écria-t-elle en affectant l'indifférence devant l'étalage de sa puissante musculature.

Une brise fraîche soufflait de la mer.

— Tu n'as pas froid ? demanda-t-elle un peu aigrement.

— Pas du tout, répondit-il en détaillant ostensiblement sa tenue. Je suis très résistant. Je ne sens jamais le froid. Tu prends des photos pour ta mère ?

— Oui, je lui ai promis.

— Je sais, je t'ai entendue. Vous êtes très proches, toutes les deux. Tu n'as jamais eu envie de prendre un appartement pour vivre de ton côté ?

— Depuis que j'ai décidé d'avoir un enfant, cela ne semble pas très judicieux, rétorqua-t-elle.

— Mais tu ne seras plus seule pour l'élever, maintenant. Je suis là. Je t'aiderai.

— Oh ! John, je t'en prie. Même si cela marche, j'aurai encore besoin de ma mère. Et tu ne seras pas constamment là. Cela ne fait pas partie de notre arrangement. Tu continueras probablement à travailler au bout du monde en revenant une fois par an, à Noël. Et puis, cela me plaît de vivre avec ma mère. C'est ma meilleure amie.

— Parfait, alors, conclut-il sèchement avant de tomber dans un silence maussade.

Scarlet se tut, réprimant les commentaires admiratifs qui lui brûlaient les lèvres devant le splendide panorama. Pourquoi se chamaillaient-ils autant tous les deux, comme s'ils avaient tout le temps les nerfs à vif ? Cela durait depuis toujours. Et c'était bien dommage, étant donné la situation. Il aurait mieux valu qu'ils soient bons amis pour faciliter les choses.

Cela ne tient qu'à toi, Scarlet. Ne compte pas sur John pour cesser les hostilités et faire la paix. Généralement, dans une relation, c'est toujours la femme qui fait le premier pas.

Non qu'ils aient véritablement une relation. Tout ce qu'ils avaient en commun, c'était leur enfance et une folle nuit. Le sexe ne suffirait pas à les rapprocher. Mais avoir un enfant ensemble changerait tout, radicalement.

L'énormité de leur projet sauta brusquement à la figure de Scarlet, comme une gifle. D'énormes doutes l'assaillirent cependant qu'elle essayait d'envisager toutes les implications. Que de complications à l'horizon... Avec un donneur anonyme, elle aurait été libre de sa destinée et seule responsable de son enfant. Pouvait-elle faire confiance à John pour garder ses distances et ne pas se mêler de son éducation ? Qui sait si il ne vivrait pas cette paternité comme une révélation ? Après tout, c'était possible.

Scarlet arrêta brusquement de prendre des photos pour faire face à John.

— Je pense que j'ai fait une grosse bêtise en acceptant ta proposition, bredouilla-t-elle, ébranlée par le cours de ses pensées.

Une émotion proche de la panique s'empara de John, qui bondit aussitôt sur ses pieds.

— Pardon ?

— Tu as très bien entendu.

— Peut-être, mais je ne comprends rien à ce revirement. C'est toi qui m'as contacté, Scarlet. Pas le contraire.

Une expression honteuse se peignit sur les traits de la jeune femme.

— Je sais. J'étais vraiment désespérée, à ce moment-là.

Désespérée. Le mot fit terriblement mal à John. Puis il se remémora la nuit dernière, avec le désir et la passion qu'il avait sentis en elle. Un frisson le parcourut.

Il grinça des dents. Ce n'était pas le moment d'écouter son corps. En même temps, Scarlet se trompait lourdement si elle pensait qu'il la laisserait repartir.

— Pourquoi serait-ce une erreur ? demanda-t-il avec un calme forcé, en s'approchant pour la prendre par les épaules.

Immédiatement, elle brandit son téléphone à deux mains devant sa poitrine, comme si elle avait peur qu'il la touche.

Bien, songea-t-il.

— Cela risque d'être abominablement compliqué pour moi, si tu es le père de mon enfant.

— Dans quel sens ?

— Tu changeras peut-être d'avis sur le niveau de ton implication. Tu… Oh ! Je ne sais pas exactement. Je veux juste que mon enfant soit heureux et en sécurité. Je détesterais être en conflit.

— Ce qui ne risque certainement pas de t'arriver si tu t'enfuis en courant. Parce que tu n'auras pas d'enfant du tout.

— Je retournerai à la clinique. Les médecins me conseillent la patience.

— Evidemment. Ils veillent sur leurs intérêts financiers.

— Quel cynisme effroyable !

— Oui, je suis un horrible cynique.

Elle éclata en sanglots.

— Tu ne comprends pas…

Sa réaction déstabilisa John. Il ne voulait pas la faire pleurer. Il avait seulement envie de calmer ses inquiétudes et de la garder auprès de lui. L'idée qu'elle le quitte lui était insupportable.

— Mais si, je comprends, dit-il doucement. Tu as peur que j'interfère dans ton rôle de mère, même si j'ai promis le contraire. Tu n'as aucune confiance dans les hommes, moi y compris.

— Je te connais si peu…

— Nous y revoilà.

— Tout de même, tu pourrais accepter de répondre à quelques questions, si tu veux vraiment être le père de mon enfant.

Elle n'avait pas tort, concéda John de mauvaise grâce.

— D'accord, dit-il. Vas-y.

Elle plissa les yeux.

— Tu diras la vérité ?

— Je le jure. Mais seulement si tu me promets de ne pas t'en aller.

Scarlet réfléchit un instant. John essayait-il de la rouler dans la farine ? Tout de même, c'était insensé de l'avoir appelé… Et inconséquent. Mais elle était si désespérée.

— Je me réserve une porte de sortie si je découvre une faille ou un défaut rédhibitoires, déclara-t-elle.

— Tu n'en as pas trouvé cette nuit, railla-t-il.

Elle s'empourpra. Ce qui n'était pas le meilleur moyen de dominer la situation…

— Là n'est pas la question, protesta-t-elle furieuse contre elle-même.

— Ne sois pas si embarrassée. Envoie tes photos pendant que je m'habille.

— Mais nous devions parler.

— Nous pourrons discuter en nous promenant, non ?

Il avait encore le dernier mot. Quel homme impossible ! Scarlet avait envie de le frapper… et de l'embrasser aussi.

— Es-tu vraiment obligé de me provoquer ?

Il lui sourit.

— Peut-être. Tu es irrésistible quand tu es en colère.

— Alors je me demande comment tu as pu me résister aussi longtemps, rétorqua-t-elle, des éclairs dans les yeux. Parce que je suis furieuse contre toi depuis le premier jour où je t'ai vu !

Il éclata de rire le premier. Puis elle l'imita, incapable de s'en empêcher.

La tension sexuelle se dissipa un peu. Malgré tout, il valait mieux sortir très vite, songea Scarlet. L'alchimie qui les rapprochait physiquement paraissait bien étrange, car ils avaient sur tout des points de vue tranchés et très différents. Scarlet avait la famille et l'amitié comme valeurs suprêmes. John était un solitaire qui ne vivait que pour son travail…

En tout cas, elle se félicitait de pouvoir enfin lui poser les questions qui la taraudaient. Mais aurait-elle le courage de repartir s'il la décevait ? Probablement pas… La perspective de connaître d'autres nuits était bien trop tentante. Tout comme la promesse d'un bébé.

17.

John enfila à la hâte un T-shirt blanc, de vieilles tongs confortables et se coiffa d'une casquette de base-ball qu'il avait achetée la semaine précédente. Même en hiver, le soleil de Darwin tapait fort.

Scarlet l'attendait dans le salon, avec un grand sac fourre-tout en bandoulière et une capeline. Il la précéda sur le palier, ferma la porte et mit les clés dans sa poche avant d'appeler l'ascenseur. Une fois en bas, il la prit par le coude pour traverser la rue.

— Le parc s'étend sur toute la longueur de l'Esplanade, expliqua-t-il comme ils franchissaient d'immenses grilles pour emprunter une allée majestueuse. Nous arriverons en plein centre, juste devant le palais du Gouverneur, un superbe bâtiment. Ensuite, nous descendrons jusqu'au front de mer pour voir le port et ses aménagements.

— C'est magnifique ! s'exclama Scarlet en prenant des photos. On pourrait peut-être faire une promenade en mer, un de ces jours ?

— Avec plaisir. Je louerai un bateau et je t'apprendrai à pêcher. C'est un de mes hobbies.

— Cela me surprend de toi. Je t'imaginais plutôt terrien.

— Tu as raison. Mais j'ai découvert cette activité après mon accident, sur les conseils d'un ami, pour meubler mon désœuvrement.

— Mon père adorait la pêche. Mais je ne suis jamais allée avec lui. J'avais peur de m'ennuyer.

— En fait, c'est passionnant quand on est bien équipé.

Et très gratifiant. L'équipage nous servira le poisson que nous aurons pêché à bord. Si tu aimes ça.

— J'adore.

— Alors, nous avons au moins cela en commun.

Scarlet se mit à rire.

— C'est probablement la seule chose !

— Mais non, protesta-t-il d'une voix grave, pleine de sous-entendus.

Ignorant délibérément l'allusion, Scarlet s'approcha d'une plaque commémorant la Seconde Guerre mondiale. Darwin était en effet le seul endroit à avoir été bombardé en Australie.

— La ville est très agréable, commenta-t-elle.

— Je m'y plais beaucoup.

— Pourquoi ne t'y installes-tu pas, John, dans ce cas, au lieu de retourner en Amérique du Sud ? D'ailleurs, pourquoi as-tu choisi d'émigrer ? Tu aurais pu exercer ton métier de géologue en Australie. Tu n'avais pas besoin de partir au bout du monde pour échapper à…

La question qui lui brûlait les lèvres sortit toute seule.

— Pourquoi détestes-tu tant ton père, John ?

— Ouh… Tu m'en demandes beaucoup trop à la fois. Asseyons-nous sur un banc. Je veux prendre le temps de te répondre tranquillement.

— Et en toute franchise, lui rappela-t-elle.

— Scarlet, tu me crois capable de mentir ?

— Absolument. Sans la moindre hésitation, en plus.

— Tu me connais trop bien, répliqua-t-il avec un sourire.

— Je sais que tu n'aimes pas parler de toi.

John haussa les épaules.

— Tu vas voir, ce n'est pas très gai. Mais tant pis pour toi, puisque tu veux la vérité.

L'espace d'une seconde, John hésita encore. Mais cela ne servait à rien d'atermoyer.

— Commençons par le début, déclara-t-il brusquement. Je n'ai pas l'intention de retourner au Brésil. J'ai vendu la maison que je possédais à Rio. Je compte rester en Australie pour y travailler.

— Ça pour une surprise ! Pourquoi as-tu changé d'avis ? J'avais l'impression que tu te plaisais en Amérique du Sud.

— Oui. J'aurais probablement continué à vivre là-bas si ma gouvernante n'était pas morte. Elle se prénommait Bianca. Je l'aimais beaucoup. Malheureusement, elle a été poignardée par une bande de gamins des rues auxquels elle essayait justement de venir en aide.

— Oh ! John, c'est affreux !

— Oui. Cette femme était la bonté incarnée. Tous les soirs, elle sortait pour donner à manger aux pauvres et aux sans-abri. Quand j'étais là, je l'accompagnais. Pas par altruisme, comme elle, mais parce que j'étais inquiet pour sa sécurité. Elle allait dans des endroits vraiment dangereux. Je l'avais pourtant mise en garde… En rentrant chez moi, un matin de bonne heure, j'ai trouvé une voiture de police garée devant la maison. J'ai su tout de suite qu'il était arrivé quelque chose à Bianca. Cela m'a rendu fou. Je voulais la venger, tuer ses assassins. Je me suis d'ailleurs attiré les foudres de la police en pourchassant ses agresseurs, puisqu'ils n'étaient pas inquiétés. Si j'étais resté là-bas, j'aurais fini par faire une bêtise. J'ai préféré plier bagage.

— Tu as bien fait. Tes parents le savent ?

— Bien sûr que non !

— Pourquoi ?

— Ma vie privée ne les regarde pas.

— Ils ne sont pas au courant de tes projets ?

— Pas encore.

Comme elle ouvrait la bouche, consternée, il reprit :

— Attends un peu. Laisse-moi tout te raconter avant de me faire la morale. De toute façon, je ne leur dirai jamais tout, simplement que je vis en Australie. Ils n'ont pas besoin d'en savoir plus.

Scarlet pinça les lèvres. Il ne se rendait pas compte à quel point son attitude blessait ses parents. Carolyn, surtout. Elle en serait malade de savoir qu'il était à Darwin alors qu'elle le croyait au Brésil.

— Puisque tu veux la vérité, reprit-il, sache que je ne hais pas vraiment mon père. Mes émotions sont beaucoup plus complexes.

Scarlet attendit la suite sans dissimuler sa curiosité.

— Tu l'ignores, puisque mes parents n'en parlent jamais, mais j'avais un frère jumeau à ma naissance.

— Un jumeau ! s'exclama-t-elle, stupéfaite.

— Oui. Josh, mon aîné de quelques minutes. Physiquement, nous nous ressemblions d'une manière frappante. Moralement, il en allait différemment, comme c'est souvent le cas. Il était extraverti alors que j'étais renfermé. Hyperactif et plutôt mauvais garnement, mais très charmeur. Il a parlé très tôt. Moi, on me trouvait timide. J'étais simplement… réservé, en fait.

Scarlet se raidit, craignant le pire.

— Josh s'est noyé à quatre ans dans la piscine, poursuivit John. Maman était au téléphone. Josh a approché une chaise pour escalader la barrière de protection. Il s'est cogné la tête en tombant. J'étais tellement choqué que je n'ai pas crié tout de suite pour appeler à l'aide. Quand on a retiré Josh de la piscine, il était déjà mort.

— Oh ! John ! Quelle tragédie… murmura Scarlet, les larmes aux yeux.

John se crispa immédiatement. Il avait la pitié en horreur. Cela lui donnait l'impression d'être coupable. La logique lui disait qu'il était innocent, mais le chagrin et les larmes de ses parents l'avaient condamné, à l'époque. Il ne s'était jamais remis de cette perte. Lui aussi aimait Josh, autant que ses père et mère. Ils étaient inséparables depuis leur naissance.

Pourtant, personne ne s'était préoccupé de le consoler.

Malgré la violence du souvenir, il ne voulut pas se montrer vulnérable devant Scarlet.

— Pour résumer la situation, déclara-t-il abruptement, mon père a réagi ce soir-là d'une manière qui m'a profondément traumatisé. Il était assis dans le salon, la tête dans les mains. Quand je me suis précipité vers lui pour me jeter à son cou, il m'a repoussé violemment, en demandant à ma mère de me mettre au lit parce qu'il ne supportait pas ma vue.

Sidérée, Scarlet retint son souffle.

— Un peu plus tard, cette même nuit, il est monté dans ma chambre pour m'embrasser, mais je me suis détourné. Il a simplement haussé les épaules et il est reparti. Je ne lui ai plus parlé pendant très longtemps. Pendant des années. Apparemment, cela ne l'affectait pas… A mes yeux, il n'était plus le père que j'avais aimé. Ma mère était elle-même trop éprouvée pour réagir. Elle a seulement commencé à aller mieux à la naissance de Melissa. C'est elle qui a insisté pour vendre la maison et prendre un nouveau départ. Mais cela n'a rien changé pour mon père, ni pour moi. Il s'est réfugié dans le travail et je suis devenu celui que tu connais, un garçon grincheux et taciturne.

Scarlet se mordillait la lèvre inférieure. Quelle triste histoire ! Elle commençait à mieux comprendre la personnalité de John. Comme il avait dû souffrir… Cela ne l'étonnait plus qu'il se soit replié sur lui-même, en espaçant le plus possible ses visites chez ses parents.

— En tout cas, tu réussis à garder les formes avec ton père, remarqua-t-elle avec émotion.

— Il s'est radouci, depuis qu'il a pris sa retraite. Même si je n'ai rien oublié ou pardonné, cela ne sert à rien de se figer dans une attitude haineuse. Personne n'est parfait, surtout pas nos parents. Après tout, ce ne sont que des êtres humains. Papa tenait à Josh comme à la prunelle de ses yeux. La douleur l'a rendu fou. On peut faire des choses horribles, quand on souffre.

Lui-même s'était répandu en imprécations contre la famille de Bianca, après sa mort, leur reprochant de ne pas l'avoir accompagnée cette nuit-là. Ils s'étaient montrés étonnamment compréhensifs et ne lui avaient pas tenu rigueur de ses accusations épouvantables. Mais une fois calmé, il avait regretté ses propos inconsidérés. Il s'était racheté comme il avait pu, en leur laissant sa maison.

— As-tu reparlé à ton père de ce qui s'était passé entre vous ? demanda Scarlet.

— Non, jamais.

— Heureusement, ta mère t'aimait tout autant que ton frère.

— Sûrement. Mais quand Melissa est arrivée, elle s'est consacrée à elle complètement.

— Cela ne voulait pas dire qu'elle t'aimait moins. Les mères ont toujours une relation très particulière avec leur fille. En plus, tu n'étais pas vraiment un gentil garçon.

John se mit à rire.

— Au moins, avec toi, je ne risque pas de m'apitoyer sur mon sort !

— Excuse-moi. Mais tu sais quoi, John ?

Il soupira.

— Non. Qu'y a-t-il ?

— La réalité ne correspond pas forcément à ce qu'on imagine. Ton père voulait peut-être simplement dire qu'il supportait pas de te regarder parce que tu lui rappelais trop ton frère.

— S'il m'avait vraiment aimé, il se serait expliqué. Il ne l'a jamais fait et ne s'est pas non plus occupé de moi. Pour lui, c'était comme si je n'existais pas. Tu n'imagines pas à quel point j'ai été jaloux de ton père. Je le trouvais fantastique.

— Il était merveilleux, c'est vrai. Tu as tout de même eu un très gentil grand-père.

— Oui. S'il n'avait pas été là, j'aurais probablement fugué et fini en prison.

— Tu crois ?

— Les prisons sont pleines de jeunes gens en colère, Scarlet. De fils mal aimés et sans but. Mon grand-père m'a redonné confiance en moi et assez d'estime pour réussir des études de géologue. Même si sa mort m'a beaucoup éprouvé, il a continué de m'accompagner en me donnant beaucoup d'argent en héritage. Avec une lettre dans laquelle il me conseillait de voyager, de voir le monde. C'est ce que j'ai fait. Je suis d'abord allé en Europe. Mais je n'ai pas aimé le vieux continent. Trop de villes et pas assez d'arbres, sans doute…

» Je suis reparti ailleurs. J'ai circulé à droite à gauche pendant deux ans avant d'arriver en Amérique du Sud. Comme je n'avais plus du tout d'argent, je devais trouver du travail ou retourner chez mes parents. Comme tu imagines, la seconde éventualité était exclue. J'ai été engagé comme prospecteur, et envoyé dans des coins dangereux où personne ne voulait aller. Je gagnais bien ma vie. En plus, j'aimais prendre des risques. En l'espace de dix ans, j'ai découvert une mine d'émeraude en Colombie, du pétrole en Argentine et du gaz naturel en Equateur. En échange de quoi on m'a tiré dessus plusieurs fois. Je suis aussi tombé dans un ravin, j'ai failli me noyer dans l'Amazone et j'ai été piqué pas d'effroyables insectes. Mais je suis devenu très riche. J'ai pu acheter ma maison à Rio et cet appartement ici, à Darwin. Maintenant, je n'accepte plus de risquer ma vie pour gagner de l'argent ! J'ai même les moyens de subvenir aux besoins d'un enfant et de sa mère si elle veut arrêter de travailler pour se consacrer à son éducation.

Scarlet n'avait jamais envisagé cette éventualité. De toute façon, c'était exclu, parce que beaucoup trop risqué. John pourrait très bien en profiter pour réclamer le droit de garde, par exemple.

Elle plissa le front en réfléchissant à toutes ces complications.

— Tu recommences à t'absorber dans tes pensées, remarqua John. Rassure-toi, je ne te forcerai pas à accepter mon argent. La plupart des femmes seraient ravies de ma proposition, mais toi tu es trop indépendante pour l'accepter.

— J'aime me sentir libre, admit-elle.

— Si tu veux continuer à travailler, tu pourrais néanmoins t'acheter une maison et employer une nounou.

— Il n'est pas question d'engager quelqu'un pour s'occuper de mon bébé ! Quant à devenir propriétaire, j'ai assez d'économies pour réaliser ce projet quand j'en aurai envie. Non, John. Je te remercie, mais je n'ai pas besoin de ton aide financière.

Inexplicablement, John se vexa.

— Comme tu voudras. Dans ces conditions, je ne te verserai pas le moindre sou.

— Tu n'as aucune raison de te mettre en colère, répliqua Scarlet. Au contraire, tu devrais te féliciter de mon désintéressement. Au moins, je ne suis pas une aventurière qui en a après ton argent !

John sourit malgré lui. Ses pommettes roses et ses yeux brillants rendaient Scarlet encore plus belle.

— D'accord. As-tu d'autres questions ou pouvons-nous reprendre le cours de la journée ?

— Tu as prévu quelque chose ? demanda-t-elle intriguée.

— Une petite heure de visite avant un repas léger à une terrasse. Et une sieste.

Scarlet se sentit soudain la bouche sèche.

— Tout l'après-midi ?

— Cela m'a semblé un bon compromis. Quand je t'ai vu apparaître sur le balcon ce matin, j'ai bien failli te ramener tout de suite au lit.

Décontenancée, elle le fixa sans mot dire. Ses résolutions de s'en tenir aux nuits s'évanouirent en même temps que le désir s'emparait d'elle.

— Oublions toutes nos préoccupations pour l'instant. Y compris le bébé. Cette sieste sera tout entière consacrée au plaisir. Le tien surtout. A en juger par la façon dont tu as réagi cette nuit, tu as été trop longtemps frustrée sexuellement. Si tu m'y autorises, je voudrais combler ce manque.

Que pouvait-elle répondre à cela ?

John se leva et lui tendit la main.

— Pour l'instant, reprenons notre visite.

18.

Scarlet fut très impressionnée par les installations portuaires. Et le front de mer était un véritable paradis pour touristes, avec ses hôtels luxueux, ses boutiques chics et ses nombreux cafés, le tout relié par de grandes allées ombragées idéales pour le jogging matinal. Sans oublier la piscine à vagues pour le plaisir des grands et des petits, et les larges jetées au bord de bassins assez profonds pour accueillir des bateaux de croisière. Scarlet se serait probablement répandue en exclamations enthousiastes si elle n'avait pas été aussi préoccupée.

Jamais encore elle n'avait ressenti une telle agitation. Elle en avait des vertiges et des crampes d'estomac. Quand John lui proposa de s'arrêter pour déjeuner, elle accepta avec empressement, soulagée de pouvoir enfin lui lâcher la main. Ce contact était loin de lui déplaire, mais elle rêvait d'une proximité beaucoup plus intime…

Depuis que John lui avait annoncé son programme pour l'après-midi, elle ne pouvait plus penser à rien d'autre. Incapable de fixer son attention, elle le laissa même commander à sa place. Elle avait les nerfs à vif et le sourire que la serveuse adressa à John la rendit stupidement folle de jalousie.

— Quelque chose ne va pas ? s'enquit John en remarquant sa mine rembrunie.

— Non, non. J'ai juste oublié de prendre des photos pendant notre promenade.

— Tu auras encore le temps après déjeuner.

— Oui.

— Mais il faudra te dépêcher.

— Oh ? Pourquoi ? demanda-t-elle en scrutant le ciel pourtant pur et sans nuages.

John la considéra d'un air perplexe.

— Pour une trentenaire intelligente, tu me sembles parfois singulièrement obtuse, observa-t-il sur un ton exaspéré. En plus, tu n'as pas l'air d'en savoir beaucoup sur les hommes.

Scarlet décida de ne pas prendre ombrage. Elle en avait assez de se chamailler continuellement avec John.

— J'ai conscience d'avoir mené une petite vie étriquée, surtout en comparaison avec la tienne, si riche et mouvementée. Et, au risque de te décevoir, j'avoue que je n'ai pas énormément d'expérience sexuelle.

John s'en moquait éperdument. Au contraire même, cela lui plaisait et l'excitait, tout comme son côté ingénu. Tout ce qu'il voulait, c'était la tenir, nue, entre ses bras. Plusieurs fois dans la matinée, il avait failli la ramener à l'appartement, tant le désir le tenaillait. Il ne comprenait pas pourquoi. A cause de sa fraîcheur, sans doute. Il avait fréquenté trop de femmes sophistiquées, rompues au jeu de la séduction.

Beaucoup de choses l'étonnaient, chez Scarlet. Le lien étroit qui l'unissait à sa mère, par exemple. Même s'il regrettait parfois de ne pas se sentir plus proche de ses parents, il n'aurait pas supporté d'être en contact quasi permanent avec eux, comme Scarlet. Il restait parfois des mois entiers sans téléphoner. Et sans en éprouver la moindre culpabilité. Scarlet, elle, était beaucoup plus sensible et sentimentale.

— Tu ne me déçois en rien, Scarlet, dit-il en revenant à la discussion. Au contraire, je t'admire depuis toujours.

Comme elle souriait d'un air sceptique, il ajouta :

— Je t'assure.

— Même quand je réagis un peu sottement ?

— Oui.

— Pourquoi m'as-tu reproché de manquer d'expérience, tout à l'heure ?

— Tu aurais pu deviner pourquoi j'avais envie de rentrer très vite à l'appartement.

Aussitôt, elle devint rouge comme une pivoine, et il regretta instantanément de l'avoir blessée. Elle méritait plus de délicatesse.

Heureusement, on les servit à ce moment-là, et il se précipita sur sa salade.

— Tu vas avoir une indigestion, si tu manges trop vite, l'avertit Scarlet avec un petit sourire.

— Et toi, tu devrais te dépêcher un peu, rétorqua-t-il.

— A vos ordres, monsieur.

— Pas de sarcasmes, je te prie.

— Ah bon ? Pourtant tu aimes bien un peu de répondant, non ?

— Parfois. Mais pas en ce moment.

— D'accord. Je te promets d'être sage comme une image jusqu'à ce que nous soyons rentrés.

Il ne put s'empêcher de rire.

— Finis ton assiette, au lieu de parler.

— Je n'ai plus faim.

Leurs regards se croisèrent.

— Va prendre tes photos pendant que je m'occupe de l'addition.

Scarlet s'exécuta en hâte, docilement.

Ils revinrent par le même chemin, sans se tenir la main et sans parler. Scarlet avait un peu de mal à suivre l'allure de John, qui marchait à grandes enjambées. Elle arriva tout essoufflée dans l'ascenseur, sans oser le regarder.

Quand il ouvrit la porte de l'appartement, elle était prête à se jeter dans ses bras. Mais, curieusement, il garda ses distances.

Surprise et déçue, elle fronça les sourcils, sans comprendre.

— Non, Scarlet, dit-il brusquement. Pas ici et pas tout de suite. Déshabille-toi d'abord dans ta salle de bains et prends une douche chaude. Quand tu seras complètement détendue, tu me rejoindras dans ma chambre. Nue. Sans peignoir.

La gorge de Scarlet se contracta.

— Mais…

— Pas de mais. Cela fait partie de mon plan.

— Quel plan ?

— Cela ne te regarde pas. C'est personnel.

— Mais…

— Ne proteste pas et obéis-moi.

Scarlet secoua la tête avec une expression médusée.

— Tu es insupportable !

— Et toi, très désirable. Dépêche-toi.

A ces mots, il tourna les talons et disparut dans sa chambre, la laissant interloquée au milieu du salon. Et terriblement excitée en même temps.

Elle se déshabilla dans la salle de bains sans se regarder dans la glace, tourna le robinet d'eau chaude, régla la température et resta cinq bonnes minutes sous la douche.

Après s'être séchée, elle se brossa longuement les cheveux, remit une touche de rouge à lèvres et se parfuma. A court d'idées pour gagner du temps, elle inspira plusieurs fois profondément et se décida à sortir.

Traverser le salon en tenue d'Eve fut l'épreuve la plus difficile qu'elle ait endurée depuis longtemps. Devant la porte de John, elle marqua une pause, choisit de ne pas frapper et tourna la poignée.

Il sortait tout juste de la salle de bains, une serviette blanche autour des reins.

Elle s'immobilisa avec colère, les mains sur les hanches.

— Mets-toi tout nu, toi aussi ! ordonna-t-elle.

— Pas tout de suite, répliqua-t-il en la contemplant avec des yeux brillants. Tu es encore plus belle debout que couchée. Maintenant, approche. Je veux te voir marcher jusqu'à moi. Ensuite, tu te pendras à mon cou et je t'embrasserai jusqu'à ce que tu me supplies de te prendre, comme hier, mais pas au lit, debout.

Les images érotiques éveillées par les paroles de John tournèrent la tête de Scarlet, qui réussit néanmoins à s'avancer sans trébucher. Elle avait les jambes en coton tandis qu'il la contemplait en silence, les yeux étrécis de désir. En s'approchant, elle perçut sa respiration courte et saccadée. Brusquement, il ôta sa serviette.

Devant la beauté de son sexe érigé, le cœur de Scarlet se mit à battre la chamade. La bouche sèche, elle songea à ce qu'il allait faire. Son souffle s'accéléra, les pointes de ses seins se durcirent.

Oh oui, l'implora-t-elle intérieurement quand il la serra contre lui. *Oui, oui, fais-le. Ne m'embrasse pas. N'attends pas. Soulève-moi et fais-le tout de suite.*

Il n'obéit pas à ses ordres silencieux et se mit à l'embrasser, avec une passion ardente qui, au lieu de la satisfaire, la remplit de frustration. La violence de son désir, stupéfiante, lui arracha un gémissement.

— Dis-moi ce que tu veux, Scarlet, chuchota John dans ses cheveux.

— Toi, John. Fais-le. Comme tu as dit. S'il te plaît.

Elle poussa un cri quand il la souleva pour la pénétrer.

— Mets tes jambes autour de moi, ordonna-t-il.

Puis il la porta jusqu'à un mur contre lequel il la plaqua. Elle jouit presque aussitôt, sauvagement, et lui aussi, avec un grognement inarticulé. Au plus fort du plaisir, elle enfonça les ongles dans la chair de ses épaules, tandis que leurs deux corps enfin réunis ne formaient plus qu'un.

Cela dura longtemps. Quand les derniers spasmes s'estompèrent, ils poussèrent un long soupir, en même temps, et John enfouit le visage dans ses cheveux.

Scarlet se sentait épuisée. Au moment où, à bout de forces, elle faillit tomber par terre, John la porta sur le lit, où il l'étendit délicatement avant de se retirer.

— Tu vois dans quel état tu me mets ? s'écria-t-il en baissant les yeux.

— Pauvre John, murmura-t-elle doucement. Tu devrais peut-être te coucher à côté de moi pour te reposer un peu.

— Alors à une condition, la taquina-t-il. Que tu ne me poses plus de questions.

19.

— As-tu connu beaucoup de femmes ? demanda Scarlet.

Etendue en travers du lit, la tête sur le ventre de John et le visage tourné vers lui, elle promenait distraitement les doigts dans la toison de son torse. Ils étaient retournés s'allonger après une longue douche bienfaisante et John, les mains nouées sous la nuque, avait les yeux rivés au plafond.

— Tu avais promis de ne plus me poser de questions.

— Jamais de la vie. Je t'ai simplement accordé un répit pendant que tu te reposais. Donc, je répète, as-tu connu beaucoup de femmes ?

— Oui, répondit-il brutalement. Beaucoup.

— C'est bien ce que je pensais.

— Cela t'ennuie ?

— Pas vraiment.

— Tu n'es pas jalouse, j'espère ?

— Pas du tout. Simplement curieuse. Mais comment as-tu trouvé le temps de collectionner les petites amies ? D'après ce que tu m'as raconté, tu as passé le plus clair de ta vie à escalader les sommets et à faire des treks dans la jungle.

— Je n'ai jamais dit que j'avais eu beaucoup de petites amies, Scarlet.

— Oh ! Oh ! je vois. Tu es l'homme des brèves rencontres.

— En général, oui. J'ai eu deux relations plus longues à la fac, mais rien de sérieux. Cela ne me tente pas.

— Pourtant, le soir où tu m'as parlé, après l'anniversaire de mariage de tes parents, tu venais de rompre avec une femme.

— Je t'ai menti.

Elle se redressa brusquement.

— Pourquoi ?

— Pour couper court à tes questions.

Bien sûr…

Même si Scarlet avait très envie d'en apprendre davantage, il était inutile d'insister. Pour un homme aussi secret que lui, c'était déjà un exploit d'en avoir dit autant. Elle gâcherait tout en s'obstinant.

— D'accord, répliqua-t-elle. Je te laisse tranquille.

— Merci. Le silence est d'or, crois-moi. Surtout dans l'état d'épuisement où je suis.

En riant, Scarlet reposa sa tête sur son ventre, mais la tête tournée de l'autre côté, vers son sexe, qu'elle trouva tout à coup beaucoup moins intimidant.

— Hé ! s'exclama-t-il lorsqu'elle s'en saisit fermement. Que fais-tu ?

— A ton avis ?

Il se mit à gémir quand elle imprima des petits mouvements de va-et-vient, totalement irrésistibles.

— Tu es sans pitié.

— Pour toi, je n'en ai aucune, en effet.

— Je vais mourir à cause de toi.

— Mais quelle mort délicieuse…

Il rit doucement, avant de pousser une exclamation étouffée.

— Non, pas cela !

Tout à ses caresses, elle ne répondit pas. John serra les mâchoires en s'efforçant de résister aux sensations qui ébranlaient son corps. Quels délices ! Il était difficile de croire qu'elle n'avait pas beaucoup d'expérience. Pourtant, elle était sincère et honnête, à n'en pas douter. Contrairement à lui, prêt à raconter parfois n'importe quoi pour se tirer d'affaire.

Il avait vite cessé de protester pour savourer le plaisir

de l'instant. Il n'avait envie de rien d'autre, et elle servait son projet sans s'en rendre compte. Il s'était promis de la rendre dépendante de lui, esclave d'une libido de plus en plus exigeante. Ensuite, au début de la semaine prochaine, deux jours avant le début de sa période de fertilité, il arrêterait tout rapport sexuel afin de permettre à son sperme de se régénérer. Scarlet, de son côté, serait aux prises avec un désir ardent, impérieux, qui connaîtrait son apogée mercredi, au moment précis où son organisme serait prêt pour la fécondation. Mais elle ne penserait même plus aux bébés, tant son esprit serait obsédé par l'assouvissement de ses pulsions.

C'était un plan parfait, infaillible, médita John en tendant les mains pour les enfouir dans la chevelure de la jeune femme. Sur le point d'écarter son visage pour se soustraire à ses caresses, il se ravisa brusquement. C'était si bon… Pressant le bout des doigts sur ses tempes et sa nuque, il la maintint captive et succomba à la tentation, perdant peu après complètement le contrôle de ses réactions.

Quelque temps après, lorsqu'elle remonta à sa hauteur pour se pelotonner contre lui, il passa un bras autour de ses épaules et la serra tendrement.

— Quelle volupté incroyable… murmura-t-il d'une voix hésitante. Merci.

— Ton plaisir est le mien, répliqua-t-elle en pressant ses lèvres humides à la base de son cou.

Le cœur de John se serra d'une émotion indicible.

C'est moi qui vais devenir dépendant, songea-t-il, désemparé. *Complètement à sa merci et incapable de maîtriser mes émotions.*

A l'idée de tomber amoureux de Scarlet, John se sentit brusquement très vulnérable et complètement affolé. Cela lui ressemblait si peu ! Il n'était pas homme à éprouver des sentiments ou à se lier. Cependant, petit à petit, cette perspective perdit de son étrangeté. Il se demanda même s'il n'était pas secrètement amoureux d'elle depuis son adolescence.

— Tu vas me trouver terriblement naïve, dit brusquement Scarlet en le fixant droit dans les yeux. Mais jusqu'à présent, je pensais qu'il me faudrait aimer un homme très profondément pour être capable d'avoir du plaisir sexuellement. Un plaisir vraiment intense, comme celui que j'éprouve avec toi.

Elle posa le visage sur son torse en ajoutant :

— En fait, j'étais victime de mon incorrigible romantisme. Je ne me rendais pas compte qu'il suffisait de coucher avec un homme expérimenté et sûr de lui.

L'ironie de la situation n'échappa pas à John. Mais d'une certaine manière, les paroles tout à fait sensées de Scarlet le soulagèrent en le ramenant sur terre. Elle avait évidemment raison. Entre eux, ce n'était pas de l'amour, mais de la lubricité. Le plaisir effréné qui l'emportait finissait par lui brouiller le cerveau. Il avait besoin d'une pause.

— Merci pour le compliment, Scarlet, répondit-il. Grâce à toi, je viens également de faire une découverte sur mon propre fonctionnement.

— Ah bon ? Quoi donc ?

— Je ne peux pas continuer indéfiniment à faire l'amour. Je ne suis pas infatigable.

— Moi non plus, avoua-t-elle. En fait, je tombe littéralement de sommeil.

— Je ferais bien de dormir aussi, dit John avec une moue de dépit.

En réalité, il en était absolument incapable avec le corps de Scarlet ainsi lové contre le sien. Il demeura longtemps sans bouger, à essayer de calmer sa respiration pour la rendre paisible et régulière. Heureusement, elle finit par sombrer dans le sommeil, et il la couvrit avec le drap avant de s'écarter résolument.

C'est seulement quand il eut mis un peu de distance entre eux qu'il parvint à se détendre. Mais il dut attendre encore une éternité avant de tomber à son tour dans les bras de Morphée.

20.

En se réveillant, Scarlet fut complètement stupéfaite de voir le soleil si bas dans le ciel. Elle avait dû dormir au moins deux heures !

Cela ne lui ressemblait guère de passer l'après-midi au lit. Ou de faire l'amour dans la journée. Elle s'était écroulée…

John, lui, dormait encore profondément.

A cause de moi, ou plutôt grâce à moi, songea Scarlet béatement.

— Pauvre chéri, murmura-t-elle en lui caressant doucement le bras.

Il finit par rouler sur le dos et ouvrir les yeux.

— Il est temps de se lever, paresseux. Je meurs de faim. Il faut absolument faire quelque chose.

Troublé par la vue de ses seins nus, John résista néanmoins à la première impulsion qui s'empara de lui. Plus tôt ils dîneraient, plus longue serait la soirée.

— Le club de voile est à quelques minutes seulement en voiture, l'informa-t-il. On y mange en plein air, face au coucher de soleil. Tu pourras prendre des photos.

— Parfait. Je te retrouve dans le salon dans un quart d'heure, dit-elle en sautant au bas du lit pour se diriger vers sa salle de bains.

— Scarlet !

Elle s'arrêta sur le seuil et se retourna, plus du tout intimidée par sa nudité, ce qui était plutôt bon signe.

— Qu'y a-t-il ? demanda-t-elle.

— Mets une robe. Mais sans rien dessous, s'il te plaît.

Elle cligna les paupières en rougissant.

— Pas de mais, pas de discussion, ajouta-t-il.

Elle releva le menton d'un air de défi.

— Non, protesta-t-elle. Pas question.

— Pourquoi ? Tu trouveras cela très agréable.

— Cela m'étonnerait.

— Qu'en sais-tu ? Essaye. A part moi, personne ne s'en doutera.

— Je ne veux pas, c'est tout. Tu as vraiment des goûts bizarres.

Il haussa les sourcils.

— Comme tu voudras. Je ne veux pas te forcer.

— Heureusement. A tout à l'heure.

John se leva avec irritation et s'habilla d'un jean et d'un T-shirt noir. Visiblement, Scarlet n'était pas encore totalement folle de lui... Alors qu'il était, lui, complètement tombé sous sa coupe. Son agitation s'accrut lorsque la jeune femme apparut dans une ravissante robe fleurie, à la taille marquée et au corsage décolleté très ajusté. Elle avait relevé ses cheveux blonds en un chignon flou, d'où s'échappaient des boucles folles qui auréolaient son visage. Elle ne portait apparemment pas d'autre maquillage que du gloss sur ses lèvres, mais elle avait les pommettes roses et les yeux brillants. Sa beauté fraîche et spontanée lui coupa le souffle.

— Tu ne portes pas de soutien-gorge, remarqua-t-il avec une sorte de grognement.

Elle haussa les épaules avec une expression désinvolte.

— Certaines robes se portent mieux ainsi.

John fit de son mieux pour feindre l'indifférence. Il commençait à se rendre compte que son plan pour séduire Scarlet entraînait des conséquences fâcheuses pour lui-même. Il avait un mal fou à se contrôler.

Scarlet ne prononça plus un mot, ni dans l'ascenseur, ni dans la voiture. A la vérité, elle se sentait terriblement coupable et mal à l'aise. Parce que, obéissant au souhait que John avait si arrogamment exprimé, elle n'avait pas mis de sous-vêtements.

Mais elle n'était pas près de le lui avouer. Dans son esprit, il s'agissait seulement de vérifier si l'expérience était aussi agréable qu'il le prétendait.

Ce n'était pas le cas. Même si, en haut, cela ne la gênait pas vraiment, en bas, elle se sentait affreusement vulnérable avec ses fesses nues sous sa jupe. Elle avait l'impression qu'un coup de vent malencontreux risquait de l'exposer à tout moment à la vue de tous.

Elle était donc très crispée lorsqu'ils arrivèrent au yacht-club. Dieu merci, il n'y avait pas un souffle d'air pour l'inquiéter. Comme il était très tôt, ils obtinrent une table tout au bord de l'eau, sous les palmiers. Le soleil qui rougissait à l'horizon, embrasant l'eau et le ciel, se chargea heureusement de distraire son attention, et elle prit des photos en rafale. Elle n'en revenait pas de la vitesse avec laquelle le globe écarlate sombrait dans la mer.

— Oh ! Déjà… soupira-t-elle au moment où il disparut.

— Darwin est célèbre pour ses somptueux couchers de soleil, observa John après avoir commandé du *fish and chips* et une bouteille de vin blanc.

— Quel spectacle magnifique ! Maman sera émerveillée par les photos. D'ailleurs, fais-moi penser à l'appeler en rentrant.

— Tu vas lui téléphoner tous les jours ? demanda John un peu impatiemment.

Scarlet but une gorgée de vin et compta jusqu'à dix avant de répondre. Même si John entretenait des relations très distantes avec sa propre famille, cela ne l'autorisait pas à critiquer sa façon d'être à elle.

— Oui, John, dit-elle enfin très calmement. J'appellerai ma mère tous les soirs. Je l'aime énormément et je sais que je lui manque. Désolée si cela t'ennuie.

Il hocha la tête, sans proférer le sarcasme qu'elle attendait.

— J'ai toujours admiré ta franchise, dit-il plutôt.

— Je ne suis pas toujours très honnête, avoua-t-elle.

John lui lança un regard surpris.

— Vraiment ? Raconte.

Scarlet songea avec embarras à tous les mensonges qu'elle avait dits à sa mère au sujet de ce voyage et qu'elle aurait encore besoin d'inventer. D'ailleurs, elle ne savait pas du tout comment elle lui annoncerait sa grossesse si cela se produisait.

Elle était choquée de ne pas y avoir réfléchi jusqu'à présent. Choquée aussi d'avoir presque oublié le motif de sa venue à Darwin. Elle ne pensait quasiment plus qu'au sexe, ce qui était très inquiétant. Ce désir allait-il devenir une addiction ? Elle avait envie de tout essayer avec John, de tout expérimenter, depuis les jeux préliminaires jusqu'aux positions les plus étonnantes. Une sorte d'érotisme débridé l'habitait tout entière.

Brusquement, sa gêne d'être assise là sans culotte en face de John disparut totalement. Non seulement elle n'avait plus honte, mais elle ressentait une délicieuse excitation en haut des cuisses.

— Scarlet ? reprit John. En quelles occasions as-tu manqué de franchise ?

— Je… euh… Cela va être un peu compliqué de dire la vérité à maman.

— Quand tu seras enceinte.

— Si je suis enceinte, corrigea-t-elle.

— Quand. Si. Peu importe. Il est encore un peu tôt pour y réfléchir. Nous nous en inquiéterons le moment venu.

— Désolée de paraître angoissée, mais j'ai vraiment besoin de trouver un scénario plausible assez vite.

— A mon avis, tu as le choix entre deux possibilités. Soit tu dis la vérité à ta mère, soit tu lui racontes que tu m'as rencontré par hasard à Darwin et que nous avons eu une aventure.

Scarlet secoua la tête.

— Maman n'y croira pas. Ni tes parents. De toute façon, ils se demanderaient ce que tu faisais à Darwin alors que tu es supposé être au Brésil.

— Dans ce cas, mieux vaut s'en tenir à la vérité.

— C'est-à-dire ?

— Quand nous nous sommes revus, tu m'as avoué combien tu avais envie d'un bébé, et je me suis proposé comme géniteur, par pure amitié. Tu peux ajouter que nous avions prévu de nous retrouver à Darwin, mais que tu as préféré gardé le secret pour le cas où cela ne marcherait pas.

Scarlet fronça les sourcils.

— Cela me paraît raisonnablement plausible. Pour ma mère en tout cas. Mais tes parents nous ont toujours considérés comme des ennemis jurés.

— Pas du tout ! Ma mère n'a jamais cru cela. Quant à mon père, il ne pense rien. Optons pour la vérité, quand le moment sera venu. D'accord ?

— Tu as raison.

— Ecoute, Sacrlet, reprit John avec fermeté. Je t'ai amenée ici pour te détendre et te divertir. Oublie le futur pour quelques jours et contente-toi de t'amuser.

— C'est ce que je fais. Mais par moments, cela me semble dangereux.

— Comment cela ?

— J'ai peur d'y prendre goût.

Et de ne plus pouvoir me passer de toi, ajouta-t-elle intérieurement, pour elle-même.

— Tu parles de sexe ?

— Oui.

— Je ne vois pas pourquoi ce serait dangereux.

— Tu n'es pas une femme.

Comme tant d'autres avant elle, Scarlet risquait de s'éprendre de son bel amant. Ce qui ne serait pas du tout une bonne idée.

On leur apporta leurs plats à ce moment-là et tout en mangeant de bon appétit, elle parvint à refouler ses craintes. Elle n'était évidemment pas en train de tomber amoureuse de John. C'était ridicule et naïf d'imaginer toutes ces élucubrations. Malgré tout, puisque leurs relations sexuelles allaient se poursuivre, elle devait adopter une attitude plus désinvolte sur ce plan-là et prendre du recul avec ses émotions. Même si le sexe avec John représentait une expérience prodigieuse, renversante, elle ne devait pas pour autant perdre la tête. Elle avait juste beaucoup de chance.

Le cours de ses pensées ne réussit pas cependant à freiner l'escalade de son désir. En quittant le yacht-club, elle était en proie à une véritable obsession. A en juger par les coups d'œil que John jetait constamment à son décolleté, elle le soupçonnait d'ailleurs d'être dans le même état qu'elle. Cela ne laissait planer aucun doute sur la suite. A peine arrivés, John l'entraînerait dans la chambre à coucher. Scarlet n'y voyait qu'une objection : ses fesses nues sous sa robe. Son orgueil lui commandait de dissimuler qu'elle avait finalement cédé à ses instructions.

— Je vais d'abord appeler ma mère, annonça-t-elle dès qu'il referma la porte derrière eux.

— Très bien, maugréa-t-il. J'ai moi-même quelques coups de fil à passer.

Scarlet s'échappa dans sa chambre où elle commença par enfiler une petite culotte en dentelle. Puis elle s'assit au bord du lit pour composer le numéro de sa mère. Quand le répondeur se déclencha, elle hésita à laisser un message. Comme elle n'avait pas envie d'être dérangée plus tard dans la soirée si sa mère rappelait, elle décida d'essayer le portable, qui était probablement éteint, comme d'habitude.

— Maman ! s'écria Scarlet avec surprise quand sa mère décrocha presque tout de suite. C'est si rare d'arriver à te joindre sur ton portable !

— Je ne voulais pas risquer de manquer ton appel.

— Où es-tu ? J'entends beaucoup de bruit.

— A Erina Fair, en train de faire des courses. C'est la pluie qui fait tout ce raffut. Il tombe des trombes d'eau depuis que tu es partie.

— Ici il fait très beau, avec une température de

vingt-cinq degrés et une petite brise très agréable qui souffle de la mer.

— Tu as l'air contente.

Contente...

Ce n'était pas le mot qui lui serait tout de suite venu à l'esprit, songea Scarlet avec une pointe de culpabilité.

— Je n'ai pas fait grand-chose, dit-elle. Je me suis longuement promenée en ville et je viens de dîner au yacht-club.

— Waouh ! Superclasse !

— Non, pas vraiment, en fait. C'est très décontracté. Je t'enverrai des photos du coucher de soleil. A propos, as-tu vu celles de l'appartement ?

— Oui, c'est très joli.

— J'en ai fait d'autres que je t'enverrai tout à l'heure.

— Merci, ma chérie. Mais ce n'est pas la peine. Tu me les montreras à ton retour en les commentant. As-tu des projets pour demain ?

— Pas encore. Je me contenterai peut-être de flâner ici et là.

— Très bien, repose-toi et surtout détends-toi. Ne te sens pas obligée de me téléphoner tous les jours. Tu as besoin d'une vraie coupure. De toute façon, demain soir, je serai à mon club de patchwork, et samedi Carolyn m'a invitée à dîner. Elle a peur que je m'ennuie de toi. Tu me manques, bien sûr, mais je suis ravie que tu prennes de vraies vacances.

— D'accord. Je t'appellerai dimanche soir vers 7 heures. Au revoir, maman.

— Au revoir, ma chérie. Je t'aime.

Scarlet raccrocha en soupirant. Sa mère commençait à se languir de sa fille, même si elle n'en montrait rien. Il fallait bien qu'elle apprenne un peu à se passer d'elle.

Et il valait peut-être mieux qu'elle ne connaisse pas le but caché de ces vacances. Cela l'aurait sûrement choquée.

Scarlet avait quant à elle dépassé ce stade depuis longtemps. La lubricité qui la consumait avait balayé toute honte et toute retenue qu'elle aurait pu éprouver. Son cœur battait la chamade lorsqu'elle rejoignit John dans le salon. Il était au téléphone, mais raccrocha dès qu'il la vit.

— Cela n'a pas duré très longtemps, s'étonna-t-il.

— La ligne était mauvaise, l'informa-t-elle avec un calme qui la surprit elle-même. Et toi, à qui parlais-tu ?

— A Jim, un copain qui possède un hélicoptère. J'ai aussi appelé un autre ami, Brad, afin d'organiser notre programme pour les trois jours à venir. Demain, nous ferons une croisière dans le port. Samedi, nous visiterons Kakadu ainsi que quelques autres sites touristiques et à la fin de l'après-midi, Jim nous déposera dans un endroit magnifique, en pleine nature, où nous camperons pour la nuit. Dimanche matin, il reviendra nous chercher pour une partie de pêche et le soir, nous cuisinerons les poissons que nous aurons attrapés. Qu'en dis-tu ?

— Magnifique.

En réalité, elle se moquait complètement de ce qu'ils feraient dans les prochains jours. Elle ne pensait qu'aux instants qui allaient suivre. Un mélange de feu et de glace irradiait son ventre et sa poitrine.

— John ? lança-t-elle d'une voix rauque de désir.

— Oui ?

— Ne dis plus rien, arrête-toi de parler, le supplia-t-elle. J'ai trop envie de faire l'amour avec toi.

Il la fixa longuement, de ses beaux yeux de braise.

— Alors enlève ta robe, commanda-t-il gravement.

La gorge de Scarlet se noua. Dieu merci, elle avait remis une culotte. Même dans l'état où elle se trouvait, pantelante et suffoquée d'émotion, elle n'avait toujours pas envie que John découvre qu'elle lui avait obéi docilement. Sa pudeur s'en serait offensée.

Elle descendit la fermeture Eclair de sa robe qui tomba à ses pieds.

— Le reste, maintenant, ordonna-t-il.

Elle ôta sa culotte avec des mains qui tremblaient, non de nervosité, mais d'excitation. Puis elle se redressa, totalement nue devant lui, avec seulement ses chaussures aux pieds.

— Scarlet King, tu es diaboliquement belle ! s'écria John en s'approchant.

Avant même qu'il la prenne dans ses bras, elle sut qu'il pouvait lui demander n'importe quoi. Ce soir-là, elle dirait oui à tout.

21.

Dimanche en fin d'après-midi

— J'ai adoré cette partie de pêche ! déclara Scarlet comme ils rentraient à l'appartement. Encore plus que la journée de vendredi.

L'hélicoptère les avait déposés au bord d'une rivière où les barramundi pullulaient. Ils en avaient pêché un si grand nombre qu'après en avoir donné quelques-uns à Jim il leur en restait encore cinq. Ils en avaient mis quatre au congélateur, et Scarlet s'apprêtait à cuisiner le cinquième pour le dîner. Ils avaient fait un saut jusqu'à l'épicerie du coin de la rue pour acheter les ingrédients nécessaires.

— Et j'ai beaucoup aimé la nuit de camping en pleine nature aussi, ajouta-t-elle.

John avait choisi un endroit vraiment magnifique, un billabong enserré par de hautes falaises, alimenté par une cascade d'eau translucide.

John lui lança un regard malicieux.

— Tu as surtout aimé partager mon sac de couchage.

Certes. Cela avait été un vrai bonheur de dormir avec lui. Etroitement enlacés, ils s'étaient fait des câlins toute la nuit. Contrairement aux fois précédentes, la tendresse avait prévalu sur la passion fébrile, et Scarlet s'en était émue. Ils avaient aussi beaucoup parlé, évoquant des souvenirs d'enfance, riant tous les deux d'incidents qui les avaient ennuyés ou irrités autrefois.

Pouvait-elle espérer un changement dans leur relation ? Une évolution vers quelque chose de plus profond ? John était-il en train de s'attacher à elle ?

Pour Scarlet, en tout cas, il n'était plus question de se voiler la face. Ce n'était pas uniquement de l'attirance sexuelle qu'elle éprouvait. Elle appréciait la compagnie de John, et pas seulement au lit. Ses amis lui plaisaient aussi beaucoup. Elle aimait infiniment sa façon d'être, chaleureuse et décontractée à la fois.

— Ton penchant pour la vie sauvage m'a étonné, observa John sur un ton amusé.

— Que veux-tu dire ?

— Dès que tu as été convaincue que nous étions absolument seuls, tu n'as plus hésité à vivre nue. Ton côté nature me plaît bien, décidément.

Je lui plais bien, se dit Scarlet en revenant brutalement à la réalité. C'était tout et rien de plus. Même si John était sûrement capable de tomber amoureux, il n'en avait pas envie.

Pour elle, malheureusement, c'était tout le contraire. Non seulement elle avait besoin d'être amoureuse, mais elle avait clairement conscience d'avoir largement dépassé ce stade. Depuis le soir où ils avaient dîné au yacht-club. Quelle sotte d'avoir cru qu'elle saurait rester maîtresse de ses sentiments...

Comment, dans ces conditions, envisager que John soit le père de son enfant ? Et, en même temps, comment ne pas le souhaiter ?

L'une ou l'autre des deux éventualités l'effrayait également.

Elle scruta l'expression de John dans l'espoir d'y lire une émotion qui serait passée inaperçue. Mais elle n'y découvrit qu'un mélange d'irritation et d'impatience. Apparemment, il était demeuré indifférent à l'échange subtil qui s'était produit entre eux au cours de la nuit dernière.

— Tu n'as pas l'intention d'entamer une dispute, j'espère ? lança-t-il d'une voix méfiante.

Le cœur de Scarlet se serra. Quelle question bizarre... Bien sûr que non ! En tout cas, pour elle, rien ne serait plus vraiment pareil, désormais. Elle ne pourrait plus s'empêcher de guetter vainement les signes d'un amour qui jamais n'existerait. Son espoir serait toujours déçu. Pourtant, si elle avait cet enfant, John serait pour toujours dans sa vie, et elle serait à jamais et secrètement amoureuse de lui.

— Dépêchons-nous de rentrer, dit-elle avec raideur, en pressant le pas.

John secoua la tête. Tout s'était déroulé exactement selon ses plans. Non seulement Scarlet avait découvert le vrai plaisir sexuel, mais elle le réclamait à présent de tout son être, et il était absolument ravi de se plier à ses désirs. Il lui suffisait d'un regard pour l'enflammer. Il avait l'impression que jamais il ne serait rassasié. Oui, tout s'était très bien passé.

Jusqu'à cette saute d'humeur imprévue...

— Que se passe-t-il ? demanda-t-il dans l'ascenseur.

Encore sous le choc de la révélation intérieure, Scarlet ne savait pas du tout quoi répondre.

— Rien, répondit-elle sèchement.

— Ne me prends pas pour un idiot, Scarlet. J'ai dit quelque chose qui t'a contrariée, apparemment.

— Je ne suis peut-être pas aussi nature qu'il te semble. Pour moi, le sexe n'est pas quelque chose de purement physique, et les rencontres sans lendemain ne m'intéressent pas. La relation que nous avons commence à me peser.

— Je vois.

John sortit les clés de sa poche. Scarlet venait de lui fournir une bonne excuse pour suspendre leurs rapports sexuels jusqu'au mercredi, le jour le plus fécond de son cycle. Non qu'il ait envie de s'abstenir. Il lui serait même incroyablement difficile de ne pas la toucher. Elle se donnait à lui si totalement... Elle ne disait plus jamais non, quoi qu'il lui demande.

Dans les circonstances présentes, il serait préférable

qu'elle dorme ce soir dans la chambre d'amis. Mais comment le lui suggérer sans la froisser ? Bien qu'elle prétendît le contraire, elle avait physiquement envie de lui.

Il ouvrit la porte sans dire un mot. Juste à ce moment-là, le portable de Scarlet sonna, et elle partit dans sa chambre pour répondre.

Dix minutes plus tard, elle réapparut. Immédiatement, John sut qu'il se passait quelque chose.

— C'était Joanna, annonça-t-elle. L'une des employées du salon. Maman est tombée jeudi en faisant ses courses et s'est cassé le poignet. Je dois rentrer, John.

— Attends une minute, protesta-t-il aussitôt. Pourquoi devrais-tu rentrer ? Ce n'est rien de grave. Ta mère a des amis et des voisins qui l'aideront. L'as-tu appelée, au moins ?

— Bien sûr que non. Elle me dira bien évidemment de rester en vacances. Mais je me sens obligée de repartir. Elle a besoin de moi au salon. Sinon, nous perdrons des clients. Les journées de vendredi et samedi ont déjà été catastrophiques.

— Elles ne peuvent pas engager une intérimaire ?

— Nous avons eu les pires problèmes l'an dernier quand une des filles est partie en congé de maternité. De toute façon, ce n'est pas la peine de discuter, John. Ma décision est prise. J'ai déjà téléphoné et réservé pour le vol de demain matin. Je dois être à l'aéroport pour 6 h 30 au plus tard.

— Quoi ? Pour l'amour du ciel, Scarlet ! explosa John. C'est complètement ridicule. Il te reste seulement trois jours à passer ici. Trois petits jours qui vont bouleverser ton existence en t'apportant ce dont tu rêves depuis si longtemps. Tu ne vas pas tout gâcher stupidement. Pense à toi, pour une fois. Ta mère survivra. Le salon aussi, même si vous perdez un peu d'argent. Et toi, tu auras enfin un bébé, ton bébé.

Intérieurement, Scarlet était partagée. Egoïstement, elle avait envie d'écouter John. Mais d'un autre côté, puisque les filles avaient réclamé son aide, elle ne pouvait pas les laisser tomber. De plus, maintenant qu'elle avait pris conscience de ses sentiments pour John, elle préférait s'en aller.

C'était sa planche de salut. Il fallait saisir cette chance. Sinon, elle n'aurait pas réussi à prendre seule cette décision. A présent, elle s'étonnait presque du calme qu'elle ressentait.

— Même si j'étais restée trois de jours de plus, John, rien ne dit que je serais tombée enceinte.

Il la considéra d'un air presque féroce, en plissant les yeux.

— Tu n'as même pas l'air chagrinée !

— Je le suis, rétorqua-t-elle.

Après tout, elle n'avait pas choisi de tomber amoureuse. Mais c'était arrivé, et elle allait s'en mordre les doigts...

— Non, tu ne l'es pas. La vérité, c'est que tu bondis sur cette excuse parce que tu as envie de repartir. Tu ne veux plus de moi comme père. C'est le fond du problème, n'est-ce pas ?

A quoi cela aurait-il servi de mentir ?

— Oui, confessa-t-elle. C'est cela.

Une fureur d'une violence inouïe s'empara de John.

— Qu'ai-je fait pour que tu changes d'avis ?

— Rien. Il s'agit uniquement de moi.

— C'est-à-dire ?

Scarlet élabora une version proche de la vérité.

— Aussi improbable que cela semble, je risque de m'attacher à toi sentimentalement et je ne le souhaite pas.

— Pourquoi ? demanda-t-il, piqué au vif.

Elle le foudroya du regard, comme confondue par la stupidité de sa question.

— D'après toi ? Tu n'es pas fait pour l'amour, ni pour le mariage. Tu es un grand solitaire, incapable de s'occuper de quelqu'un d'autre que toi-même. Tu n'as pas vraiment envie d'être père. Je n'arrive pas à comprendre comment tu as pu me faire cette proposition. Cela n'a aucun sens.

— Tu as raison, c'est totalement absurde, acquiesça-t-il en donnant libre cours à son humeur rageuse. C'était un geste impulsif et inconsidéré que j'ai immédiatement regretté. Mais quand tu m'as contacté, j'ai cédé à tes instances. Après tout, j'ai toujours eu le béguin pour toi. Et tu t'offrais à moi sur un plateau d'argent.

Scarlet cilla. Même si elle l'avait bien cherché, ce coup de poignard faisait horriblement mal.

— Charmant ! commenta-t-elle en relevant le menton pour cacher sa douleur sous une ultime provocation. Cela ne devrait pas trop t'ennuyer que nous nous arrêtions à ce stade, alors. Tu as déjà obtenu ce que tu voulais.

— Absolument.

Les larmes montèrent aux yeux de Scarlet, mais elle refusa de se mettre à pleurer devant lui.

— Tu n'es qu'un salaud. Je ne ferai pas la cuisine ce soir. De toute façon, je serais incapable d'avaler une bouchée. Et je coucherai dans la chambre d'amis.

— Vraiment ? Une scène d'adieux torride ne te tente pas ?

Elle le dévisagea furieusement, en se disant que l'amour et la haine étaient vraiment les deux faces d'une même médaille.

— Ne te donne pas la peine de me conduire à l'aéroport demain matin, lança-t-elle sur un ton mordant. Je commanderai un taxi.

Il faillit la rappeler quand elle tourna les talons. Pour lui dire… quoi ?

Qu'il regrettait ses propos ? Qu'il ne pensait pas un mot de ce qu'il lui avait dit ? Qu'il tenait à elle et voulait vraiment être le père de son enfant ?

Laisse-la partir. Elle a raison. Tu es un beau salaud. Tu ferais un père lamentable. Pire que le tien. Retourne outre-mer. En Afrique, peut-être. Eloigne-toi le plus possible de Scarlet.

Oui, c'est ce que je vais faire, résolut John sombrement. *Dès que possible.*

22.

L'avion décolla peu après 7 h 30.

Scarlet s'adossa contre son siège et ferma les yeux. La nuit avait été longue. Elle n'avait pas trouvé le sommeil. Elle avait l'impression qu'une dépression épouvantable la guettait.

Elle avait appelé sa mère à 7 heures, la veille, pour lui annoncer son retour. Malgré ses protestations, elle avait immédiatement perçu son soulagement et sa gratitude.

Scarlet avait éclaté en larmes peu après avoir raccroché et s'était relevée vers minuit pour se faire une tasse de thé dans la cuisine. Dieu merci, John ne s'était pas montré. Il ne s'était pas non plus manifesté au petit matin, lorsqu'elle avait quitté l'appartement sur la pointe des pieds pour attendre son taxi sur le trottoir. Elle ne l'aurait pas supporté.

Une fois de plus, ses yeux s'embuèrent de larmes quand elle repensa à leur dispute. Malgré leur cruauté, les propos de John n'étaient pas dénués de vérité. C'était bien elle qui l'avait contacté. Et elle avait pris un plaisir intense à leurs relations sexuelles, avant de tomber amoureuse.

En tout cas, la révélation qu'elle avait eue lui avait permis une autre prise de conscience. Jamais elle n'avait été amoureuse de Jason. Sinon, sa trahison l'aurait bouleversée. La déception qu'elle avait ressentie avec lui n'avait rien à voir avec le bouleversement qui l'étreignait en ce moment. Qu'allait-elle devenir, à présent ? Aurait-elle jamais le courage de retourner à la clinique ? Pas tout de suite, de toute façon. Il faudrait d'abord qu'elle retrouve un équilibre. Une mère célibataire avait besoin de toutes ses forces, et Scarlet n'était plus sûre de rien. Elle se sentait juste… anéantie.

Les larmes se mirent à ruisseler sur ses joues. La dame assise à côté d'elle appela l'hôtesse qui lui apporta une boîte de mouchoirs et un cognac. Scarlet pleura encore un peu de temps en temps avant l'arrivée à Sydney, mais plus discrètement.

Après l'atterrissage, elle prit le train dans un état semi-comateux jusqu'à Gosford et héla un taxi, bien déterminée à ne rien dire ou manifester qui puisse éveiller les soupçons de sa mère. Il lui en coûta beaucoup pour cacher sa détresse derrière un sourire, et ce fut encore pire quand sa mère insista pour voir toutes les photos.

A bout de forces, Scarlet finit par prétexter l'épuisement du voyage pour s'échapper et prendre un bain chaud. Après quoi, elle prépara le dîner et se retira pour la nuit. Heureusement, elle dormit comme une souche.

Le lendemain matin, elle se rendit au salon de bonne heure, et tout le monde se réjouit de sa présence.

— Ta mère était ennuyée que je t'ai appelée, lui dit Joanna en privé. Mais je me suis sentie obligée de le faire.

— Et tu as eu raison, la rassura Scarlet fermement.

Elle eut beaucoup de mal à se concentrer sur son travail. Un frêle espoir palpitait encore au fond de son cœur, et elle ne pouvait s'empêcher de guetter un appel ou un texto de John. En même temps, elle savait combien c'était vain et ridicule. Tout était fini. Irrémédiablement.

Le mercredi, sa mère insista pour l'accompagner au salon, arguant qu'elle pourrait au moins répondre au téléphone et faire le café. Son plâtre lui laissait les doigts libres, et elle apprenait aussi à se servir de sa main gauche. Scarlet apprécia d'ailleurs sa compagnie, surtout sur le trajet du retour, ralenti par d'épouvantables embouteillages.

— En tout cas, tu nous as rapporté le soleil, lui dit sa mère avec un sourire.

A leur arrivée, une superbe voiture gris métallisé était garée devant leur maison.

— A qui est-ce ? demanda Scarlet.

— Je n'en ai pas la moindre idée.

Scarlet haussa les épaules en actionnant la télécommande du garage. Pendant que la porte se relevait lentement, elle jeta un coup d'œil dans le rétroviseur et faillit s'évanouir sous le choc. Vêtu d'un élégant costume gris, d'une chemise et d'une cravate assorties, John traversait tranquillement la rue à leur rencontre. La gorge sèche, elle le vit s'approcher et taper à la fenêtre du passager.

— Dieu du ciel ! s'exclama sa mère. C'est John Mitchell ! Scarlet, ouvre la vitre, s'il te plaît.

Scarlet s'exécuta, assaillie par un mélange d'émotions contradictoires, parmi lesquelles dominait une joie totalement irrationnelle.

— Oui, John ? lança Janet.

— Bonsoir, madame King, répondit-il avec un sourire chaleureux. Maman m'a dit pour votre accident. J'espère que cela ne vous handicape pas trop.

— Merci, John. Je me débrouille. Mais toi, quel bon vent t'amène ? Je pensais que tu étais reparti au Brésil.

— C'était mon intention, mais un événement imprévu me contraint à modifier mes projets. J'ai décidé de m'installer à Terrigal. D'ailleurs, puisque Scarlet a travaillé dans l'immobilier, je suis venu lui demander des conseils. Je vous l'enlève quelques heures, nous discuterons tranquillement au restaurant. Si vous n'y voyez pas d'inconvénients, bien sûr. Vous êtes d'ailleurs invitée à dîner chez nous. Maman vous attend.

Il se pencha pour s'adresser à Scarlet, avec une expression totalement indéchiffrable.

— Tu n'es pas trop fatiguée, j'espère ?

Scarlet était bien trop impatiente d'en apprendre davantage pour refuser. Elle n'en croyait pas ses oreilles. John ne pouvait pas réellement s'installer dans le coin. Ce n'était qu'un prétexte pour lui parler seul à seule. Mais qu'est-ce que cela signifiait ?

— Laisse-moi juste une demi-heure pour me doucher et me changer, dit-elle très posément, en s'étonnant d'être si calme.

— D'accord. A tout à l'heure.

— Eh bien ! murmura Janet King en le regardant s'éloigner, songeuse. Quel événement ! Mais je ne suis qu'à moitié surprise. John a toujours eu un faible pour toi.

— Oh maman, ne sois pas ridicule ! protesta Scarlet en rentrant la voiture dans le garage.

— Je sais ce que je dis et j'ai des yeux pour voir. D'ailleurs, il ne t'est pas indifférent non plus. Je vous ai observés, tous les deux, pour les quarante ans de mariage de Carolyn. Tu as toutes tes chances avec lui, si tu ne veux pas retourner dans cette maudite clinique.

— Maman, je suis choquée !

Sa mère leva les yeux au ciel.

— Scarlet, tu as trente-quatre ans ! Bientôt trente-cinq. Tu n'as plus de temps à perdre. Que vas-tu mettre ? Quelque chose de sexy, j'espère.

Scarlet avait du mal à croire à l'ironie de la situation. C'était John qui voulait probablement la séduire, et non l'inverse. Il n'avait sans doute pas supporté d'être plaqué. C'était sûrement la première fois que cela lui arrivait.

En même temps, elle ne pouvait pas nier la petite flamme tremblotante qui se ranimait dans son cœur, au mépris de toute logique. Elle était sans doute comme toutes les femmes, irrémédiablement et absurdement éprises de belles histoires romanesques qui finissaient bien, comme dans les contes de fées. Peu importait la réalité.

Contrairement aux conseils de sa mère, elle s'habilla avec une élégance discrète et sans ostentation, d'un pantalon marron avec un pull en mohair crème, à encolure bateau. Elle enfila des bottines assorties, roula ses cheveux en un chignon banane, accrocha des perles à ses oreilles et vaporisa quelques gouttes de son parfum préféré, aux senteurs de vanille.

John sonna avec quelques minutes d'avance, et elle prit sa veste en cuir sur son bras. Sa mère, qui venait d'ouvrir la porte à John, lui cria de ne pas oublier ses clés. Elle était déjà partie chez Carolyn quand Scarlet descendit.

Son cœur battait sourdement dans sa poitrine. Même en s'approchant, elle ne distingua aucune expression sur le visage de John, plus fermé et énigmatique que jamais.

— Je veux savoir pourquoi tu es là, lança-t-elle. Et ne t'avise pas de me raconter dieu sait quels mensonges.

— Je ne t'ai jamais menti, répliqua-t-il avec un calme irritant.

Elle faillit s'étouffer.

— Quoi ! Tu veux me faire croire que tu vas acheter une maison à Terrigal !

— Peut-être pas à Terrigal, mais dans les environs. Sur la Gold Coast, en tout cas.

— Mais… tu as toujours dit que… que…

Il posa une main sur son bras.

— Scarlet, ne restons pas là pour discuter.

— Très bien, acquiesça-t-elle faiblement.

Elle tourna la clé dans la serrure, et John la prit par le coude pour la guider jusqu'à sa voiture. Elle monta docilement et boucla sa ceinture de sécurité sans prononcer un mot.

— J'ai réservé une table au Crown Plazza, annonça-t-il en s'installant au volant. Je n'y suis encore jamais allé, mais maman me l'a recommandé.

— Peux-tu m'expliquer ce qui se passe ? demanda Scarlet en recouvrant l'usage de la parole.

— Chaque chose en son temps, Scarlet.

— Pourquoi pas maintenant ? insista-t-elle, incapable de refréner sa curiosité et son impatience. Pour l'amour du ciel, gare-toi et explique-toi.

— Certainement pas ici. Ce n'est pas le lieu qui convient.

— Mais pourquoi ?

— Je ne veux que tu racontes plus tard à nos enfants que je t'ai demandée en mariage au bord d'une route et dans l'obscurité.

— C-comment ? bredouilla Scarlet, médusée.

— Tu as parfaitement entendu, Scarlet.

Elle ne savait pas si elle devait rire ou pleurer. Parlait-il sérieusement ?

Evidemment, lui souffla la voix de sa conscience.

Quand elle étouffa un sanglot, John donna un coup de volant et freina abruptement pour se garer sur un trottoir avant de couper le moteur.

— Malheureusement, ma mise en scène tombe à l'eau. J'avais pourtant tout prévu, le dîner aux chandelles, la musique, le champagne... Tu ne sais vraiment pas attendre.

Il sortit un écrin de sa poche et ouvrit le couvercle.

Un nouveau sanglot s'échappa de la gorge de Scarlet quand elle aperçut la bague qui brillait sur le velours bleu nuit. Un bonheur intense l'étreignit, presque suffoquant.

— Oh ! John... murmura-t-elle.

— Je t'aime, Scarlet King, déclara-t-il solennellement. Non, c'est trop banal de s'exprimer ainsi. Je suis fou de toi. Je ne peux pas vivre sans toi. Veux-tu me faire l'honneur d'être ma femme ?

Comme elle était trop émue pour parler, il poursuivit :

— Un jour, tu m'as dit que tu n'avais que faire des diamants, sauf sur une bague de fiançailles.

Lorsqu'elle put enfin sourire, une joie éperdue illuminait son visage radieux.

— Elle est si belle, murmura-t-elle en la caressant du bout du doigt. Est-ce un diamant que tu as trouvé toi-même ?

— Non, je n'en avais pas d'assez gros dans ma collection. Je l'ai acheté à Sydney hier, en même temps que cette voiture et ces vêtements. Je voulais t'impressionner.

— Tu as réussi. Mais...

— Pas de mais. Je sais, je prétendais être un célibataire endurci. Mais aucun homme amoureux ne résiste au mariage. Tout ce dont je rêve, c'est de passer le reste de mon existence avec toi.

— Oh...

En écoutant cette magnifique déclaration d'amour, elle fondit littéralement de bonheur.

— Non, ne dis rien. Laisse-moi finir, reprit John. Tu t'inquiètes des mauvaises relations que j'entretiens avec ma famille, surtout avec mon père, et je veux te rassurer à ce sujet. J'ai eu une longue discussion avec papa cet après-midi et j'ai appris des choses que j'ignorais totalement. Après la mort de Josh, papa a souffert d'une grave dépression qui n'a jamais été vraiment bien soignée. Il ne s'en est sorti qu'en se jetant à corps perdu dans le travail. Cependant, depuis qu'il a pris sa retraite, il a consenti à consulter un excellent médecin qui a posé un bon diagnostic et l'a beaucoup aidé. Il m'a avoué combien il regrettait de s'être si mal comporté avec moi et aussi avec maman. Il est sincèrement désolé. Donc, tu n'as plus aucune raison de t'inquiéter. J'ai vraiment l'intention de me rapprocher des miens. Plutôt que de continuer à travailler dans la recherche de minerais, je compte monter une agence touristique et louer des bateaux de pêche. Un père de famille ne doit pas courir le monde en s'exposant à toutes sortes de dangers. Qu'en penses-tu ?

— Je suis tout à fait d'accord, répondit Scarlet, d'une voix brisée par les sanglots.

— Pourquoi pleures-tu ? Tu n'es pas heureuse ?

— Si, très... Et, John...

— Oui ?

— Je t'aime aussi. Passionnément.

Une lueur s'alluma dans les yeux de John.

— Je l'ai compris à peu près en même temps que j'ai pris conscience de mes sentiments. Peu après le départ de ton avion. Mais avant de me lancer à ta poursuite, il fallait que je prépare un plan d'action.

— Oh ! Toi et tes plans ! D'ailleurs, je n'ai jamais su ce que tu mijotais, à Darwin.

— Mmm. C'est toujours d'actualité.

— Comment cela ?

— Je t'expliquerai tout à l'heure. Donc, c'est oui ? Je peux glisser cette bague à ton doigt ?

Elle hocha la tête, et il garda un instant sa main entre les siennes, tout en la fixant droit dans les yeux.

— Je suis sincèrement désolé pour toutes les horreurs que j'ai dites l'autre soir, Scarlet. C'était impardonnable…

— Chut ! l'interrompit-elle doucement. L'amour excuse tout.

— Tant mieux. Sinon, j'aurais passé la nuit entière à te demander pardon.

— Je préfère aller dîner.

— Moi aussi.

— Il ne reste qu'un problème à résoudre, reprit Scarlet.

— Lequel ?

— Qu'allons-nous dire à nos familles respectives et à nos amis ? Ils ne croiront jamais à des fiançailles aussi soudaines et précipitées.

John fronça les sourcils.

— Tu as sans doute raison. Peut-être vaudrait-il mieux cacher cette bague pendant quelque temps. Au moins jusqu'à ce que tu sois sûre d'être enceinte.

Comme elle le regardait avec une expression interloquée, John poursuivit en souriant :

— Comme je le disais, le plan que j'avais élaboré à Darwin tient toujours. Il s'agissait de vivre intensément notre sexualité pendant plusieurs jours d'affilée, et d'entamer ensuite une période d'abstinence, juste avant le jour le plus propice…

— Grand dieu !

— Oui, cela paraît un peu trop calculateur, exprimé ainsi, mais cela reste une excellente stratégie. Comme nous arrivons à son échéance, j'ai non seulement réservé une table au Crown Plazza, mais aussi une chambre. Et avant que tu n'émettes des réserves, ma chérie, je sais parfaitement que nous n'avons aucune garantie de réussite.

Malgré tout, tu bénéficies d'un sérieux atout. Cette nuit, tu feras l'amour avec un homme qui t'aime. Tu seras à l'abri et en sécurité entre mes bras, et tu le resteras, avec ou sans bébé, jusqu'à ce que la mort nous sépare.

Une fois de plus, Scarlet refoula ses larmes. Jamais elle n'avait été autant émue de sa vie. Et jamais elle n'oublierait ces instants bouleversants.

— John Mitchell, articula-t-elle enfin à mi-voix. Ce sont les mots les plus merveilleux que j'aie jamais entendus. Et tu es absolument adorable. J'ai vraiment beaucoup de chance de te connaître.

— De nous deux, c'est moi qui suis le plus de chanceux, protesta-t-il. Mais je propose de passer à l'action et de commencer par prendre des forces avec un bon repas.

Scarlet lui sourit d'un air radieux.

23.

Quinze mois plus tard

Scarlet pénétra sur la pointe des pieds dans la chambre d'enfants et s'immobilisa à côté du grand berceau, le cœur rempli de joie comme chaque fois qu'elle contemplait ses deux filles. Car le sort s'était montré clément la nuit où John et elle avaient conçu non pas un bébé, ainsi qu'ils l'espéraient secrètement, mais deux.

L'anxiété qu'ils avaient ressentie au début avait vite disparu, surtout à l'annonce qu'il s'agissait de filles et qu'elles n'étaient pas identiques.

Jessica et Jennifer étaient nées avec un mois d'avance et en excellente santé. Leurs parents n'avaient pas tardé à les ramener à la maison, une imposante bâtisse idéalement située sur la côte, entre les plages de Terrigal et Wamberal. Ce n'était pas très loin de chez les grands-parents, mais assez tout de même pour assurer leur tranquillité. Pour l'instant, John n'avait pas encore réalisé son projet professionnel. Les travaux de restauration et de bricolage dans sa nouvelle demeure suffisaient à l'occuper pleinement. Scarlet n'avait pas non plus repris son travail au salon de coiffure. Ils menaient une existence paisible et bien remplie de parents heureux.

Les deux grands-mères et le grand-père gâtaient beaucoup les bébés et aidaient de leur mieux les parents. Le père de John s'était considérablement rapproché de son fils, pour le plus grand plaisir de Scarlet. *Mieux vaut tard que jamais*, se disait-elle, rassurée.

Une main sur son épaule la fit sursauter.

— Ta maman est là, annonça John en se penchant pour déposer un baiser sur sa joue. Puisque les jumelles dorment, je lui ai dit de rester en bas dans le salon pour regarder la télévision. Quant à nous, ma chérie, il est temps de partir. D'abord, laisse-moi te dire combien tu es belle.

— Merci, murmura-t-elle.

— Nous sommes un vieux couple, maintenant, reprit-il. Mariés depuis un an aujourd'hui. Douze mois entiers. Trois cent soixante-cinq jours et tu ne parles toujours pas de divorce. Cela mérite une récompense, tu ne crois pas ?

Le cœur de la jeune femme se serra quand il sortit un écrin de sa poche. Ce n'était pas un diamant, cette fois-ci, mais trois pierres précieuses, une émeraude, un rubis et un saphir, serties dans un anneau à la forme incurvée, spécialement dessiné pour aller avec sa bague de fiançailles.

— Elles proviennent de ma collection personnelle, cette fois-ci, dit John.

— C'est magnifique, mais la maison est déjà remplie de fleurs.

— Tu mérites bien ce gage d'amour éternel.

— Tu me gâtes trop.

— C'est vrai. Mais j'ai tellement d'argent… Il faut bien que je l'utilise à quelque chose.

— Ce ne sont pas tes cadeaux qui me rendent heureuse, John. C'est ton amour, et ce berceau avec nos deux filles. Moi aussi, j'ai un cadeau, mais il ne tient pas dans un coffret.

— Qu'est-ce que c'est ?

— Nous ne rentrerons pas chez nous après dîner. En plus d'une table, j'ai réservé une chambre au Crown Plazza.

— Mais…

— Pas de mais, John. Maman restera ici pour garder les filles. Nous, nous dormirons dans la suite nuptiale.

— Eh bien !

Scarlet haussa les épaules avec une fausse désinvolture.

— L'argent n'achète pas le bonheur, mais nous procure certains plaisirs. Si tu te rappelles, nous n'avons pas fait l'amour depuis au moins une semaine.

— Mmm. Oui, je sais. Tu prétendais être trop fatiguée.

— Je t'ai menti. Je voulais être sûre que tu ne me résisterais pas ce soir.

Il secoua la tête.

— Quelle intrigante, tu fais.

— Et toi tu es un merveilleux amant.

— Où veux-tu en venir, avec tes flatteries ?

— C'est bien ce que je pensais. Tu résistes et tu fanfaronnes. Pour être plus sûre, je n'ai pas mis de sous-vêtements.

Il la fixa longuement, avec un sourire malicieux.

— En tout cas, il n'est pas question de nous priver de dîner.

— Tu veux parier ?

— D'accord.

Il gagna le pari.

Neuf mois plus tard naquit un garçon. Ils le prénommèrent Harry, comme le grand-père de John.

140

HELEN BIANCHIN

Un passé obsédant

éditions **HARLEQUIN**

*Cet ouvrage a été publié en langue anglaise
sous le titre :*
THE MARRIAGE CAMPAIGN

Traduction française de
MARIE CHABIN

Ce roman a déjà été publié en mars 2000 et décembre 2007

1.

Qu'il est agréable de retrouver son pays, songea Francesca comme l'avion amorçait sa descente vers l'aéroport. Elle éprouvait chaque fois le même bonheur en contemplant Sydney par le hublot. L'océan bleu turquoise qui scintillait sous le soleil estival, les petites criques qui entaillaient la côte, les gratte-ciel qui se découpaient sur le ciel limpide, le fameux pont, l'Opéra… Tout lui était si familier !

Le Boeing approcha de la piste d'atterrissage et, quelques instants plus tard, ses roues heurtèrent le tarmac. Les moteurs rugirent de plus belle avant de se taire progressivement, jusqu'à ce que l'appareil s'immobilise enfin sur l'emplacement qui lui avait été attribué.

Francesca récupéra ses bagages, préparés la veille dans son appartement romain, et passa les formalités en un temps record. Puis elle traversa le hall des arrivées, indifférente aux regards qui la suivaient avec admiration.

De coupe à la fois sobre et élégante, le tailleur-pantalon vert d'eau qu'elle arborait allongeait encore sa silhouette déliée ; elle n'était quasiment pas maquillée et avait rassemblé sa lourde chevelure cuivrée en un chignon lâche sur la nuque, offrant ainsi l'image d'une jeune femme séduisante, mais très éloignée du top model glamour et sexy qu'elle incarnait dans les pages des plus grands magazines de mode.

Il n'y avait ni photographe ni caméra de télévision lorsqu'elle émergea sur le trottoir. Et nulle trace de la limousine avec chauffeur qui l'attendait d'habitude dans les aéroports de toutes les capitales de la mode.

Francesca chercha ses lunettes de soleil dans le grand fourre-tout qui lui servait de sac à main.

Plus que tout au monde, elle désirait s'accorder quelques jours de vacances avant de replonger dans le cercle infernal des castings, des séances photo et des défilés.

A la station de taxis, le nombre des véhicules décroissait rapidement. Elle s'approcha de la première voiture à grandes enjambées et s'y engouffra en indiquant au chauffeur son adresse de Double Bay.

L'instant d'après, ils quittaient le terminal des vols internationaux, se mêlant au flot de voitures, d'autobus et de camions qui encombraient les axes principaux de la ville. Des bureaux, des grands magasins, des parcs plantés d'arbres, des murs couverts de graffitis... Comme dans n'importe quelle ville du monde, songea Francesca en esquissant un sourire.

A la différence que c'était sa ville, celle où elle était née d'un père d'origine italienne et d'une mère australienne qui n'avaient jamais pu se plier aux contraintes du mariage.

De son enfance, Francesca se souvenait de disputes pleines de reproches et d'amertume au terme desquelles on l'avait envoyée en pension. Finalement, elle avait partagé ses vacances entre ses deux parents.

La famille modèle ! pensa-t-elle avec une moue désabusée en se remémorant les années qui avaient suivi. Trois beaux-pères : deux qui lui avaient prodigué une affection sincère et un qui avait avoué un petit faible pour les jeunes filles à peine pubères peu de temps après avoir convolé avec sa mère. Il y avait eu aussi des demi-frères et sœurs qui avaient brièvement traversé sa vie. Et puis, de l'autre côté, il y avait Madeline, la belle épouse blonde et svelte de son père.

Choisie sur un coup de tête, sa carrière de mannequin avait démarré sur les chapeaux de roues. Paris, Rome, New York. Un appartement l'attendait dans chaque ville et les plus grands couturiers se battaient pour signer avec elle des contrats d'exclusivité.

— Vingt-cinq dollars.

La voix du chauffeur de taxi l'arracha à sa rêverie. Elle fouilla dans son porte-monnaie et en sortit deux billets.

— Gardez la monnaie.

Le généreux pourboire lui valut un large sourire et une carte de visite professionnelle.

Arrivée devant une double porte de verre fumé, Francesca glissa une carte magnétique dans la fente prévue à cet effet et pénétra dans le hall d'entrée.

A la réception, l'hôtesse lui adressa un sourire chaleureux.

— Je suis heureuse de vous revoir, madame Angeletti.

Elle ouvrit un tiroir et en sortit un jeu de clés et un mince paquet de courrier.

— La voiture de location est garée à sa place habituelle. Vous trouverez les papiers dans la boîte à gants.

— Merci.

Francesca se dirigea vers les ascenseurs, appuya sur le bouton du dernier étage, désactiva le système d'alarme et entra dans son appartement.

L'odeur de la cire se mêlait au délicat parfum de fleurs fraîchement coupées. Et pour cause : un magnifique bouquet de roses saumon trônait sur la table basse du salon. Un mot de sa mère l'accompagnait. « Bienvenue chez toi, ma chérie », énonçait-elle gentiment.

Une audacieuse composition de tournesols et d'iris mauves l'attendait dans la salle à manger, avec une carte de son père contenant des souhaits similaires.

Le répondeur avait enregistré cinq messages, qu'elle écouta sans tarder. Il y avait un appel de son agence de mannequins. Les autres provenaient d'amis ou de parents. Elle trouva également sept fax qu'elle feuilleta rapidement avant de décider qu'aucun n'était urgent. Elle les relirait après s'être douchée et avoir défait ses valises. Sur sa lancée, elle ouvrirait son courrier.

C'était bon de se retrouver chez soi. De contempler de

nouveau des objets familiers et de savoir qu'elle pourrait les apprécier durant plusieurs semaines.

Des tapis persans réchauffaient le sol de marbre et trois grands canapés de cuir moelleux occupaient le salon. Une salle à manger, une cuisine entièrement équipée, deux chambres disposant chacune d'une salle de bains et partout, d'immenses baies vitrées. Des rideaux en léger voile ivoire flottaient contre les murs tendus de soie crème, et, au sol, les dalles de marbre étaient également ivoire. Plusieurs aquarelles dans des tons pâles de bleu, de rose, de vert d'eau et de lilas ornaient les murs. Quelques coussins joufflus jetés avec une nonchalance étudiée sur les canapés et les fauteuils rappelaient les mêmes teintes.

Le résultat était étonnant d'élégance, de simplicité et de bon goût. De plus, détail non négligeable, on sentait que l'endroit était habité, songea Francesca en transportant ses bagages dans sa chambre.

Là, elle se dirigea aussitôt vers la salle de bains et se déshabilla rapidement.

Une longue douche l'aida à effacer la tension accumulée au cours de ce voyage interminable. Quelque peu revigorée, elle fit coulisser la porte de la penderie qui occupait tout un pan de mur et choisit un simple pantalon en lin ficelle qu'elle assortit à un chemisier sans manches blanc. Puis elle enfila une paire de sandales plates de cuir naturel.

Après avoir attrapé son sac et ses clés, elle descendit jusqu'au parking en sous-sol.

A Sydney, la circulation était souvent dense mais jamais désordonnée — à des années-lumière des files de voitures bruyantes qui peuplaient les rues de la capitale italienne, noyées dans un concert de Klaxon et de jurons.

L'Italie. La terre natale d'une partie de ses ancêtres. Le pays où elle avait rencontré le pilote de course mondialement connu, Mario Angeletti. C'était il y a trois ans, au cours d'une séance photo organisée à Milan… Quelques mois après leur mariage, sa vie s'arrêtait, en même temps que celle de Mario, tragiquement emporté dans un terrible accident de voiture, en pleine course. La semaine précédente, elle s'était recueillie devant la tombe de la mère de Mario, qui avait à son tour rendu l'âme.

Reprends-toi, Francesca, tu sais parfaitement que ça ne sert à rien de se morfondre, s'admonesta-t-elle en prenant la direction du centre commercial le plus proche.

Avant toute autre chose, elle devait tirer de l'argent et faire quelques courses pour remplir son garde-manger.

Dix minutes plus tard, elle garait sa voiture puis se dirigeait vers la banque. Elle poussa un soupir en apercevant la longue file d'attente qui zigzaguait devant les distributeurs automatiques installés dans le hall climatisé.

Tant pis. Elle n'avait pas le choix, jugea-t-elle en prenant place dans la queue. L'instant d'après, l'homme qui se tenait devant elle avança d'un pas ; aussitôt, une bouffée de son eau de toilette enveloppa Francesca. C'était un parfum à la fois léger et musqué qu'elle avait toujours aimé et, presque malgré elle, son attention se concentra sur celui qui le portait.

Très grand, doté d'épais cheveux bruns soigneusement disciplinés, et de larges épaules dont la puissante musculature était accentuée par un polo bleu marine. Une taille marquée, un pantalon de toile impeccablement coupé. Des fesses bien fermes.

Quelle profession exerçait-il ? Etait-il directeur financier ? Ou avocat ? Probablement ni l'un ni l'autre, songea-t-elle, piquée dans sa curiosité. Si tel avait été le cas, il aurait arboré le costume de rigueur pendant les heures de bureau.

La file se résorbant plus vite qu'elle l'avait espéré, elle le vit s'approcher d'un distributeur libre.

Un peu plus de trente-cinq ans, estima Francesca en découvrant son profil. La mâchoire au contour ferme, le nez aquilin, les pommettes légèrement saillantes et la bouche finement ciselée révélaient un héritage méditerranéen. Italien, peut-être ? Ou grec ?

Le distributeur adjacent se libéra, et elle s'approcha de l'écran. Insérant sa carte bancaire dans l'appareil, elle tapa son code secret, choisit un montant et rangea soigneusement les billets dans son portefeuille.

Pivotant sur ses talons, elle se heurta à une imposante silhouette.

— Excusez-moi, murmura-t-elle machinalement tandis que ses yeux s'agrandissaient de surprise en sentant des doigts fermes et chauds se refermer autour de son bras.

Dominic fit tranquillement glisser son regard sur la silhouette élancée de la jeune femme avant de remonter vers sa bouche rose et charnue. Finalement, il planta son regard dans le sien.

Quelque chose en elle titillait sa mémoire. Elle avait des traits fins qui reflétaient une beauté classique, un teint de porcelaine, un tantinet trop pâle à ses yeux, et des yeux noisette pailletés d'or. Mais ce fut sa chevelure qui le fascina. Elle était nouée en chignon sur sa nuque gracile, et son étonnante couleur cuivrée captait chaque rai de lumière. Soudain, de manière tout à fait incongrue, l'image de cette cascade de cheveux coulant sur des draps ivoire jaillit dans son esprit.

Image chargée d'érotisme, terriblement troublante, qu'il s'empressa d'effacer.

Francesca retint son souffle, consciente de la tension qui s'était installée entre eux, et, pendant quelques instants — une éternité, aux yeux de la jeune femme —, la pièce et ses occupants semblèrent se fondre dans un brouillard insondable.

C'était complètement absurde de se sentir aussi… subjuguée par un parfait inconnu, décida Francesca en s'efforçant de retrouver une respiration normale.

Avec le métier qu'elle exerçait, elle était amenée à côtoyer des hommes séduisants tous les jours. Alors, qu'y avait-il de tellement spécial au sujet de cet homme-là ? Rien, excepté qu'il exerçait sur elle une attirance physique incontrôlable, quasi magnétique.

Et sa propre réaction ne lui plaisait pas. Pas du tout.

Or il le savait. Elle le voyait à la moue imperceptible qui plissait sa bouche sensuelle comme à la lueur sauvage qui dansait dans ses yeux sombres, presque noirs. Il esquissa un léger sourire puis inclina la tête en relâchant son bras.

Au prix d'un effort méritoire, Francesca parvint à afficher une expression distante. D'un geste sec, elle enfouit son portefeuille dans son sac en bandoulière puis tourna les talons.

L'inconnu marchait à quelques mètres devant elle, et il eût été difficile de ne pas remarquer la grâce féline de son corps souple et musclé.

Un homme que la plupart des femmes auraient rêvé de conquérir, aussi bien sur le plan physique qu'intellectuel. Juste pour voir si la sensualité qui imprégnait chaque fibre de son être leur aurait apporté la plénitude qu'il semblait promettre.

Ne sois pas ridicule, voyons !, s'exhorta-t-elle en feignant d'ignorer le trouble qui grandissait en elle. C'était encore un tour de son imagination trop fertile, stimulée par les effets d'un vol fatigant et du décalage horaire.

Comme pour s'en persuader, elle releva légèrement le menton en émergeant sur le trottoir. Un soleil ardent inondait la ville, et elle abaissa vivement les lunettes de soleil qu'elle avait remontées sur ses cheveux.

La tête haute, le regard braqué droit devant elle, un sourire de circonstance accroché aux lèvres, elle traversa la chaussée d'une démarche étudiée. *Comme sur le podium d'un défilé de mode*, songea-t-elle avec une pointe d'humour.

Au supermarché, elle se dirigea directement vers le rayon des fruits avant de sélectionner quelques produits frais. Etant donné le nombre important de parents et d'amis qu'elle devait voir au cours de son séjour à Sydney, le petit déjeuner serait vraisemblablement le seul repas qu'elle prendrait chez elle.

D'ailleurs, elle appellerait sa famille dès qu'elle aurait regagné son appartement, décida-t-elle en posant deux bouteilles de lait dans son chariot. Elle prit aussi du fromage blanc, des yaourts aux fruits et une tranche de brie, son fromage préféré.

— Aucun péché mignon ?

Basse et sensuelle, la voix légèrement traînante trahissait un soupçon de moquerie.

Habituée à attirer l'attention des hommes, Francesca connaissait tous les coups montés, et elle savait également les gérer à la perfection. Elle pivota lentement sur ses talons… mais la réplique qu'elle s'apprêtait à lancer mourut instantanément sur ses lèvres.

Devant elle se tenait l'inconnu brun de la banque.

Il possédait une bouche fascinante, des dents blanches parfaitement alignées et un sourire qui devait faire craquer toute la gent féminine. Mais c'était son regard pénétrant, direct et franc qui troublait le plus.

L'avait-il suivie ? Elle jeta un rapide coup d'œil à son chariot et aperçut quelques denrées de consommation courante. Peut-être sa présence ici était-elle une coïncidence.

Dans ce genre de situation, l'humour se révélait toujours être l'arme gagnante. Un petit sourire fleurit sur ses lèvres.

— La glace, avoua-t-elle sur un ton de défi. A la vanille avec des morceaux de caramel et de grosses pépites de chocolat.

Le rire rauque qu'il laissa échapper fit courir un drôle de frisson le long de son dos.

— Mmm… Vous ne dédaignez pas le sucre, on dirait…

Dominic remarqua qu'elle portait un jonc d'or à l'annulaire gauche et, chassant la déception qui commençait à l'envahir, il se pencha pour poser un doigt sur le bijou. Après tout, il n'avait pas la réputation de baisser les bras rapidement…

— Cette bague signifie-t-elle quelque chose ? s'enquit-il en la regardant droit dans les yeux.

Francesca retira vivement sa main.

— Cela ne vous regarde pas.

Ainsi, son tempérament correspondait bel et bien à sa chevelure de feu, songea Dominic en réprimant un sourire. Son intérêt pour elle grandit encore d'un cran.

— Je vous en prie, répondez-moi.

Francesca aurait voulu tourner les talons mais une force invisible l'empêchait de bouger.

— Pourquoi le devrais-je ? s'enquit-elle sèchement.

— Parce que je n'ai pas l'habitude de courtiser la femme d'un autre.

Prononcées d'un ton parfaitement posé, ces paroles ne comportaient aucune ambiguïté. Décidément, cet homme avait une audace inouïe !

Gagnée par une bouffée de colère, Francesca se força à prendre une longue inspiration avant de détailler avec une lenteur délibérée le personnage qui se tenait devant elle. De la tête aux pieds, puis des pieds à la tête.

— L'emballage est attrayant, concéda-t-elle avec un détachement suave.

Elle rencontra son regard, qu'elle soutint sans ciller.

— Toutefois, son contenu ne m'intéresse absolument pas.

— Dommage, répondit-il sur le même ton. La découverte pourrait se révéler passionnante.

Il y avait une note d'humour dans sa voix — mêlée à une autre intonation qu'elle ne parvenait pas à définir.

— Pour tous les deux.

— Dans vos rêves, peut-être, répliqua-t-elle légèrement.

La caisse se trouvait au bout de l'allée, et elle avait terminé ses emplettes.

Contre toute attente, il n'essaya pas de la retenir lorsqu'elle s'éloigna ; toutefois, pendant une fraction de seconde, elle eut la troublante impression qu'il avait lu dans les profondeurs de son âme, percé à jour ses moindres secrets, revendiqué un droit sur elle avant de se retirer, convaincu de son pouvoir de conquête.

Complètement absurde, se persuada Francesca en chargeant les paquets dans le coffre de sa voiture. Elle alla ranger son chariot puis se glissa au volant et mit le contact.

Elle se sentait épuisée, tout à coup. Epuisée, et à bout de nerfs. Tout cela à cause d'un homme qu'elle n'avait aucune envie de revoir.

Une fois chez elle, elle entreprit de ranger ses courses puis remplit un grand verre d'eau glacée qu'elle but d'un trait avant de se diriger vers le téléphone.

Un quart d'heure plus tard, elle avait appelé tous les membres de sa famille ainsi que ses meilleurs amis, et s'était arrangée pour les rencontrer au cours des jours à venir. Elle composa alors le numéro de Lauren, son agent.

Le travail. Au cours des trois dernières années, il avait constitué son seul salut. Elle avait parcouru le monde, arboré les tenues des plus grands créateurs de la planète, évolué avec aisance dans le petit cercle très fermé de la mode. Elle possédait un visage d'une beauté irréprochable, une silhouette sculpturale et un charme indéfinissable qui faisait cruellement défaut à d'autres mannequins, si jolies soient-elles. Mais combien de temps encore parviendrait-elle à se maintenir parmi les rares élues ?

Plus important encore, était-ce réellement ce qu'elle désirait ?

D'autres très jeunes femmes se pressaient en coulisses, avides de gloire et d'argent. Les créateurs toujours en quête d'autres looks, recherchaient en permanence de nouveaux visages.

La mode était capricieuse. Quant à la haute couture, c'était un véritable nid de vipères qui abritait des êtres souvent dotés d'un ego surdimensionné, portés aux nues par une clientèle fortunée et une poignée de luxueux magazines.

Malgré tout, lorsqu'elle fermait les yeux sur le côté

extravagant, « champagne et paillettes », de ce petit monde, Francesca éprouvait un réel plaisir à porter les fruits de l'imagination féconde d'artistes souvent visionnaires. Et puis, la sensation de faire partie d'un spectacle continuait à lui procurer la même exaltation qu'à ses débuts.

Tout ceci contribuait à rendre plus supportables les longues heures d'avion, l'anonymat des chambres d'hôtel — aussi luxueuses soient-elles —, l'atmosphère confinée des salons d'essayage et le vent de panique qui planait invariablement dans les coulisses de chaque défilé. Et puis, songea-t-elle avec un brin de cynisme, il y avait aussi les cachets plus que généreux — parfois scandaleux — que certaines maisons de couture n'hésitaient pas à verser à leur mannequin vedette…

A quoi bon le nier ? La sécurité matérielle représentait un atout essentiel aux yeux de Francesca. Enfant, elle avait vécu dans une grande et belle demeure pleine de domestiques et suivi sa scolarité dans les plus prestigieuses écoles privées de la région. Cependant, alors que sa mère n'avait reculé devant rien pour lui assurer une existence dorée, son père, lui, avait veillé à ce qu'elle gardât les pieds bien sur terre.

C'était d'ailleurs sur ses conseils qu'elle avait procédé à une série d'investissements dès qu'elle avait perçu ses premiers cachets. L'acquisition de biens immobiliers et la constitution d'un portefeuille d'actions conséquent, dont les seuls revenus suffisaient largement à son train de vie, avaient rapidement suivi.

Malgré tout, l'idée de devenir une de ces femmes oisives qui passent leur temps à parader dans les cocktails et les soirées lui avait toujours répugné.

Peut-être étaient-ce les gènes italiens que lui avait transmis son père qui l'avaient poussée à concentrer ses efforts sur le but qu'elle s'était fixé. L'échec était un mot qui ne faisait pas partie du vocabulaire de Rick.

Ce qui ramena Francesca à la réalité.

— Une semaine de repos, insista-t-elle avant d'écouter

les plaintes de son agent… Bon, nous parlerons de tout ça demain matin devant une bonne tasse de café, d'accord ? enchaîna Francesca. Dans ton bureau. Disons à… 10 heures, ça te va ?

Elle reposa le combiné, s'étira longuement et sentit la fatigue engourdir tous ses membres. Après un dîner léger, elle se déshabillerait et prendrait un plaisir infini à se glisser entre les draps de son grand lit.

Un sourire mutin éclaira ses lèvres pleines. Même l'inconnu aux yeux noirs ne serait pas parvenu à lui gâcher ce plaisir…

2.

Francesca se pencha au-dessus du bureau de son agent et posa un ongle opalescent sur la liste des missions qui lui avaient été attribuées.

— Tu peux confirmer le déjeuner organisé par la Ligue contre le cancer et le dîner de la fondation contre la leucémie. J'irai à la séance de photo de Tony et j'accepte aussi de faire partie du jury du concours des jeunes mannequins. Oh… J'assisterai également à la réception à l'hôtel de ville.

Elle marqua une pause, parcourut trois cartons d'invitation et en écarta deux.

— Je prends aussi le défilé qu'organise Margo dans sa boutique de Double Bay.

Elle saisit son verre et avala une gorgée de thé glacé.

— Voilà.

— Anique Sorensen comptait beaucoup sur ta présence, fit remarquer Lauren d'un ton neutre.

Lorsqu'elle revenait à Sydney, Francesca avait pris l'habitude de participer à de nombreuses manifestations locales en échange de cachets dérisoires. Il en découlait chaque fois un flot d'invitations et de sollicitations en tout genre.

— Quel jour ?

— Lundi, à l'hôtel Marriott.

— De quoi s'agit-il, exactement ?

— D'un défilé organisé en faveur des enfants malades.

— C'est bon. J'y serai, fit Francesca, vaincue.

155

Un sourire satisfait éclaira le visage de Lauren.

— J'en étais sûre. Merci, Fran.

— De rien, c'est normal.

Sur ce, elle se leva et s'empara de son sac.

— Faxe-moi les détails de chaque mission, d'accord ?

— D'accord. Quel est ton programme pour la journée ?

Le visage de Francesca s'illumina.

— Une plage déserte, un bon livre et mon téléphone portable.

— N'oublie pas l'écran total.

La jeune femme ne put s'empêcher de rire.

— Bien, chef !

Une heure plus tard, allongée à l'ombre d'un parasol sur une petite crique au nord de Sydney, elle mettait son programme en pratique. Les yeux rivés sur la ligne d'horizon qui s'étalait au-delà de l'océan bleu cobalt, elle croqua avec gourmandise dans une pomme joufflue.

Une légère brise montait des flots, atténuant agréablement la chaleur ambiante. Dans l'air iodé seul le bruissement des vagues, accompagné parfois d'un cri de mouette, perturbait le silence.

La tranquillité des lieux l'aida à se détendre. Ce petit moment volé de solitude lui permit de faire le vide dans son esprit.

Avec un soupir, Francesca s'empara du livre qu'elle avait emporté et lut pendant plus d'une heure. Puis elle sortit une pêche et une banane qu'elle mangea de bon appétit avant de prendre son téléphone portable.

Avant tout, elle désirait appeler sa meilleure amie, Gabbi, qu'elle avait rencontrée au collège, alors qu'elles étaient toutes deux pensionnaires et qu'elles traversaient des crises familiales importantes.

Elle composa le numéro, parla à l'hôtesse d'accueil puis à la secrétaire et pouffa de rire lorsque la voix enthousiaste de Gabbi retentit dans le combiné.

— Fran, quand pouvons-nous nous voir ? demanda cette dernière sans ambages.

— Ce soir, si Benedict et toi assistez à l'exposition qu'organise Léon.

L'exubérant galeriste français était réputé pour donner de somptueuses soirées réservées à des invités triés sur le volet.

— Vous y allez ? Formidable ! s'exclama Francesca quelques instants plus tard. Je serai un peu en retard car je dois dîner avec ma mère d'abord, mais...

— Oh... Amuse-toi bien ! interrompit Gabbi d'un ton taquin.

Francesca riait encore en raccrochant.

Elle ne s'ennuya pourtant pas du tout en écoutant les derniers potins dont l'abreuva sa mère. D'un commun accord, elles avaient commandé un consommé de poulet, une salade verte et une coupe de fruits. Le régime permanent de Sophy la contraignait à se contenter d'infimes portions de nourriture allégée en sucre et en matières grasses.

Dotée d'une langue bien acérée, elle parvenait à rendre drôlissime et palpitante l'anecdote la plus banale. Pas étonnant qu'elle collectionnât les hommes comme d'autres femmes les parures de bijoux ! Tous ses amants demeuraient cependant d'excellents amis lorsque leur liaison prenait fin. A l'exception de Rick, son premier mari et le père de Francesca. Il était le seul à demeurer imperméable aux machinations de Sophy.

Il était 21 heures passées lorsque le serveur leur apporta l'addition. Francesca alla régler puis accompagna Sophy jusqu'à la file de taxis avant de gagner sa propre voiture.

Vingt minutes plus tard, elle cherchait une place de parking à proximité de la galerie de Léon, en plein cœur de Double Bay. Alors qu'elle commençait à désespérer, elle en trouva finalement une, gara sa voiture et se dirigea vers l'entrée brillamment éclairée du dernier lieu à la mode de Sydney.

Il y avait des gens partout, en train de bavarder, de boire, de déambuler, et le brouhaha des conversations couvrait presque la musique baroque que diffusaient de discrets haut-parleurs.

— Francesca, *darling*!

C'était Léon, bien sûr. Elle accepta de bonne grâce les baisers sonores dont il la gratifia et réprima un sourire comme il prenait le temps de la dévisager d'un air grave.

— Bois quelque chose avant la visite.

Une lueur amusée brilla dans le regard de Francesca.

— J'ai l'air si mal en point?

— Oh! non, pas du tout! se récria le galeriste. Mais tu sais… Un verre à la main donne toujours une contenance, n'est-ce pas? Même si ce n'est que de l'eau minérale, ajouta-t-il avec un clin d'œil espiègle.

Sans attendre de réponse, il leva discrètement la main et un serveur, surgi de nulle part, se matérialisa devant eux.

Francesca saisit délicatement le pied d'une flûte en cristal.

— Y aurait-il une pièce particulière que tu me recommanderais afin de compléter ma collection? s'enquit-elle avant de porter le verre à ses lèvres.

Léon hocha la tête.

— Une sculpture, répondit-il sans hésiter. D'un style un peu brut, mais d'un talent…

Il porta ses doigts à ses lèvres et y déposa un baiser.

— C'est magnifique, tout simplement. Dans quelques années, cette pièce vaudra dix, voire vingt fois plus que le prix demandé aujourd'hui.

Il sourit et effleura sa joue d'une légère caresse.

— Allez, *darling*, va jeter un coup d'œil. C'est la pièce n° 14. Elle ne te subjuguera peut-être pas tout de suite mais tu verras, la fascination croît lentement… et sûrement!

C'était exactement ça, admit Francesca un moment plus tard, quelque peu désemparée par le style de la sculpture. Quoique très dérangeante, elle possédait un je-ne-sais-quoi qui ne cessait d'attirer son regard.

Léon était un marchand d'art respecté dans le monde

entier. Aussi se fiait-elle entièrement à son jugement. Elle avait fait l'acquisition, grâce à lui, de plusieurs pièces dont la valeur avait augmenté de façon spectaculaire depuis qu'elle les avait achetées. Elle décida donc de découvrir le reste de l'exposition et de revenir ensuite vers la fameuse sculpture afin de la contempler sous un angle différent. Une chose était sûre : elle ne possédait encore rien de tel.

Elle sourit à des visages familiers, salua plusieurs personnes de sa connaissance et échangea quelques mots avec certaines d'entre elles puis poursuivit sa visite. Tout à coup, une séduisante jeune femme blonde se planta devant elle. Un sourire radieux illuminait son visage.

— Francesca !

— Gabbi…

Elles s'étreignirent chaleureusement.

— Comme c'est bon de te revoir !

— Ça me fait un immense plaisir à moi aussi. Benedict n'est pas avec toi ?

Cela ne ressemblait guère au mari de Gabbi de s'éloigner de sa femme, ne fût-ce que pour quelques minutes.

— Regarde à droite, à environ cinq mètres d'ici.

La pointe de sécheresse qui aiguisait la voix de Gabbi n'échappa pas à Francesca, qui braqua son regard dans la direction indiquée. La haute silhouette de Benedict entra dans son champ de vision, juste à côté de celle d'une jeune femme qu'elle connaissait bien. C'était Annaliese Schubert, un mannequin avec qui elle avait fait quelques défilés en Australie et en Europe.

— Oh… Je vois que ta chère demi-sœur est en ville et qu'elle continue à faire les yeux doux à ton mari…

Dès leur première rencontre, Annaliese avait jeté son dévolu sur Benedict. Cependant, même avant son mariage avec Gabbi, ce dernier n'avait jamais répondu à ses avances. Malgré tout, Annaliese ne semblait pas avoir abandonné la partie, au grand dam de Gabbi.

— Fran, ta perspicacité me surprendra toujours, répondit

cette dernière d'un ton narquois. Alors, comment s'est passé ton séjour à Rome ?

Francesca hésita un instant tandis qu'une ombre passait sur son visage.

— Les défilés ont été épuisants.

Elle eut un léger haussement d'épaules.

— Et la mère de Mario a perdu une longue et douloureuse bataille contre le cancer.

Gabbi s'abstint de tout commentaire, mais le regard compatissant dont elle l'enveloppa lui réchauffa le cœur.

— Déjeunons ensemble, d'accord ? suggéra-t-elle avec douceur. Tu es libre demain midi ?

— A ton entière disposition.

— Génial !

Tout sourires, elle glissa son bras sous celui de Francesca.

— Allons dénicher les chefs-d'œuvre de demain, proposa-t-elle d'un ton léger.

Bras dessus bras dessous, elles firent lentement le tour de la galerie. Puis, comme Gabbi s'arrêtait pour parler à une de ses amies, Francesca s'éloigna afin d'examiner de plus près une toile couverte de couleurs éclatantes.

Elle inclina légèrement la tête de côté, s'efforçant de discerner des formes ou une symétrie cohérente.

— C'est un abstrait, fit observer une voix masculine teintée d'un léger accent et d'une bonne dose d'ironie.

Francesca sentit son estomac se nouer comme elle pivotait lentement sur ses talons.

La banque, le supermarché et maintenant la galerie d'art !

Posté dans un coin de la pièce, Dominic ne l'avait guère quittée des yeux depuis qu'elle était arrivée. Un sentiment de satisfaction intense l'avait envahi lorsque l'épouse d'un de ses associés l'avait accueillie avec effusion. Cela rendrait les présentations plus faciles.

Francesca le dévisagea silencieusement. Les traits fermement ciselés, l'impressionnante carrure adoucie par un costume impeccablement coupé n'avaient pas changé. Complétaient le tableau une paire de mocassins de cuir cousus main, une cravate Hermès et une pochette de soie assortie.

Un sourire éclaira son regard sombre, sans parvenir à atténuer l'énergie presque animale qu'il dégageait — en complet décalage avec son apparence très soignée.

C'était un homme sûr de lui, un homme qui n'avait pas besoin de signes extérieurs pour affirmer son statut social ou sa virilité.

A son grand désarroi, Francesca sentit son cœur s'emballer.

— Francesca.

En entendant le léger accent américain, elle fit volte-face.

— Benedict !

Elle gratifia le nouveau venu d'un sourire chaleureux et accepta le baiser qu'il planta sur sa joue.

— Ça fait tellement longtemps…

— C'est vrai, n'est-ce pas ?

Gabbi lui rendit son sourire avant de porter son attention sur l'homme qui se tenait à côté d'elle.

— Ainsi, tu as fait la connaissance de Dominic…

— Pas vraiment, non. En fait, nous étions sur le point de nous présenter.

Une petite lueur vacilla dans le regard de Benedict, une lueur fugitive qui disparut presque aussitôt.

— Dominic Andrea. Francesca Angeletti, annonça-t-il d'un ton neutre.

Son nom n'était pas italien mais grec, songea Francesca. Et, à l'évidence, les deux hommes se connaissaient bien ; du moins semblaient-ils entretenir des rapports amicaux.

— Francesca.

Sur ses lèvres, son prénom sonnait… différemment. Il devenait tout à coup sensuel, mélodieux, presque érotique. Et ceci lui déplaisait fortement.

Savait-elle que les fines paillettes d'or qui tachetaient son regard brillaient de plus belle lorsqu'elle était sur la défensive… et qu'elle déployait de gros efforts pour n'en rien laisser paraître ? se demanda Dominic, en proie à une bouffée de désir d'une étonnante violence. Dieu, comme il avait envie de poser ses lèvres sur les siennes, de forcer leur tendre barrage et d'explorer sa bouche…

— Alors, vous sentez-vous suffisamment courageuse pour me livrer votre opinion sur mon exposition ?

Francesca retint son souffle. Ainsi, c'était lui, l'auteur des œuvres qui se trouvaient ce soir dans la galerie de Léon… Jamais elle ne l'aurait deviné. La première surprise passée, elle le gratifia d'un sourire doucereux.

— J'aurais bien trop peur d'égratigner votre ego.

Son rire rauque la fit tressaillir.

— J'aimerais que vous veniez dîner chez moi avec Benedict et Gabbi demain soir, déclara-t-il.

— Ah oui ? Et pourquoi ?

— Parce que vous m'intriguez, répondit-il simplement.

Il vit ses pupilles se dilater et perçut l'incertitude derrière le masque de froide indifférence.

— Non. Merci.

— Vous n'êtes pas curieuse de découvrir l'antre de l'artiste ?

— L'endroit où vous habitez ne m'intéresse pas.

Vous non plus, d'ailleurs, aurait-elle voulu ajouter. Tout en sachant pertinemment qu'elle aurait menti. Comment aurait-elle pu ignorer la force quasi magnétique qui la poussait vers lui ?

Elle se força à soutenir son regard. Un regard bien trop sombre, bien trop perspicace à son goût. Un regard dangereux.

A cet instant, un curieux sentiment de peur l'assaillit. Elle devait à tout prix se méfier de cet individu si elle ne voulait pas tomber dans le piège qu'il semblait déterminé à lui tendre.

— 18 h 30. Gabbi vous donnera mon adresse.

Un léger sourire courut sur ses lèvres comme il l'enveloppait d'un regard moqueur.

— A présent, si vous voulez bien m'excuser…

162

— Quel homme étonnant ! commenta Francesca lorsqu'il se fut éloigné.

Redoutable et terriblement déterminé, ajouta-t-elle *in petto* en le regardant se frayer un chemin pour gagner l'autre extrémité de la galerie.

— Un homme talentueux et extrêmement apprécié, l'informa Benedict. Il s'est lancé récemment dans la création artistique et fait don de la plupart de ses créations à des œuvres de charité.

— Je t'en prie, Fran, accepte l'invitation de Dominic. Si tu ne viens pas, je serai la seule femme, et les conversations ne tourneront qu'autour des affaires. Je risque de mourir d'ennui avant la fin de la soirée.

Francesca leva les yeux au ciel.

— Arrête, Gabbi, tu es toi-même une femme d'affaires chevronnée et tu adores te confronter aux hommes dans ce domaine !

Le regard bleu de son amie pétilla.

— Un peu d'audace, voyons ! Dis oui, pour une fois. Et puis, qui sait, tu passeras peut-être une excellente soirée.

Francesca hésita. Tout son être lui criait de ne pas céder. La vie qu'elle menait lui plaisait. Pourquoi aller au-devant de complications qui viendraient bouleverser ce fragile équilibre ?

Pourtant… Il serait sans doute… intéressant de prendre Dominic Andrea à son propre jeu et de lui damer le pion…

— Que pensez-vous de cette sculpture d'acier ? s'enquit soudain Benedict, manifestement désireux de changer de conversation.

Un quart d'heure plus tard, Francesca décida de rentrer chez elle.

— Je te vois demain pour déjeuner, dit-elle à Gabbi en l'embrassant.

A grand renfort de mimiques et de plaintes, Léon tenta de la retenir plus longtemps lorsqu'elle alla le remercier de l'invitation. Tandis qu'elle se dirigeait finalement vers la porte, elle aperçut Dominic Andrea en pleine conversation avec une petite jeune femme blonde d'une beauté à couper le souffle.

Comme s'il avait senti son regard, il releva la tête et ses yeux noirs plongèrent dans les siens avec une intensité troublante.

Il n'y avait rien de provocant dans son expression, mais la détermination inébranlable qui l'animait la fit frissonner violemment. A cet instant, il ressemblait à un rapace tournoyant lentement au-dessus de sa proie. Un rapace qui savourait d'avance sa victoire…

Tu as bien trop d'imagination, ma fille, se réprimanda-t-elle en traversant le hall d'entrée. Avec une feinte assurance, elle dévala la volée de marches qui donnait sur la rue et se dirigea vers sa voiture.

Il n'y avait pas de place dans sa vie pour Dominic Andrea, décréta-t-elle en son for intérieur tandis qu'elle roulait en direction de son appartement de Double Bay.

Francesca acheva de se maquiller, inspecta une dernière fois le chignon souple qu'elle avait attaché sur sa nuque puis recula d'un pas, satisfaite de l'image qu'elle renvoyait.

Elle avait choisi une tenue à la fois simple et sophistiquée : une robe noire maintenue par de fines bretelles, des bas noirs et une paire d'escarpins à très hauts talons. Son maquillage était soigné et une légère couche de brillant beige rosé recouvrait ses lèvres. Un épais bracelet en diamants et de petites boucles d'oreilles assorties complétaient le tout.

Tout en évitant soigneusement de penser à la soirée qui s'annonçait, elle s'empara d'un réticule matelassé et descendit chercher sa voiture.

La circulation était encore dense dans le centre-ville. Au bout de ce qui lui parut une éternité, elle laissa derrière elle Harbour Bridge et s'engagea sur la voie express en direction de Beauty Point.

Les quartiers les plus huppés de Sydney épousaient la côte nord de la ville, offrant des vues imprenables sur la marina.

Bon sang… Qu'était-elle en train de faire ? Déguisée en vamp, elle s'apprêtait à participer à un dîner qu'elle avait d'abord eu la ferme intention de boycotter, en compagnie d'un homme qu'elle avait souhaité ne plus jamais revoir.

Il était encore temps de rebrousser chemin, de rentrer chez elle et d'appeler son hôte en invoquant une excuse quelconque.

Mais alors, pourquoi était-elle en train de franchir l'imposant portail en fer forgé, pourquoi se rapprochait-elle irrémédiablement de la vaste maison de style colonial bâtie au bout d'une allée de gravier en demi-lune ?

Tout cela à cause du subtil défi lancé par Gabbi la veille au soir, relancé et appuyé de maints arguments au cours du déjeuner.

Voilà. Maintenant, les dés étaient jetés.

Francesca se gara derrière l'élégante Jaguar de Benedict et jeta un rapide coup d'œil à l'horloge digitale de son tableau de bord avant de couper le moteur.

Parfait. Le temps de sortir de la voiture, de remettre un peu d'ordre dans sa tenue et de gravir les marches du perron, elle serait en retard de dix minutes.

Histoire de faire comprendre qu'elle agissait comme bon lui semblait…

Elle appuya sur la sonnette, et un carillon aux accents cuivrés et mélodieux retentit derrière l'impressionnante porte de chêne massif. L'instant d'après, une femme d'une cinquantaine d'années en robe bleu marine et tablier blanc venait lui ouvrir.

— Madame Angeletti ? Entrez, je vous prie.

De hauts plafonds et d'immenses baies vitrées accentuaient l'impression d'espace et de lumière que venaient harmonieusement briser, çà et là, de grands stores de bois blanc. Des tableaux de valeur ornaient les murs et quelques tapis persans aux tons riches et chauds recouvraient le sol de marbre clair.

La gouvernante la conduisit jusqu'à un vaste salon où la haute silhouette de Dominic attira son regard comme un aimant.

Un pantalon sombre et une chemise de coton bleu pâle lui prêtaient une élégance qu'elle savait à présent dangereuse ; derrière cette apparence sophistiquée se cachait une force extraordinaire, aussi bien physique que mentale.

— Excusez-moi, je suis un peu en retard.

Sombre, indéchiffrable, le regard de Dominic soutint le sien. Sa voix était douce comme du velours lorsqu'il s'approcha d'elle pour la saluer.

— Vous êtes tout excusée.

Elle embrassa Gabbi et Benedict, puis Dominic tendit la main en direction d'un canapé en cuir.

— Asseyez-vous, je vous en prie.

Francesca opta plutôt pour un fauteuil et s'y installa d'un mouvement souple.

— Que puis-je vous servir à boire ?

Un verre de vin lui aurait sans doute fait le plus grand bien. Résistant à la tentation, elle gratifia son hôte d'un sourire sirupeux.

— Un verre d'eau glacée, merci.

— Plate ou pétillante ?

Francesca se retint de justesse de demander une marque d'eau spécifique.

— Plate, merci.

Une fois de plus, il posa sur elle son regard perçant, infiniment troublant, puis, arquant un sourcil moqueur, il se dirigea vers le bar.

L'échange sembla amuser Benedict. Quant à Gabbi, elle se contenta de secouer la tête d'un air légèrement réprobateur. Impassible, Francesca continua à sourire.

Quelques minutes plus tard, Dominic s'approcha d'elle et posa un grand verre d'eau fraîche sur la table basse.

— Merci.

Puis ce fut au tour de la gouvernante de faire son apparition. D'un ton enjoué, elle annonça que le dîner allait être servi, et le petit groupe suivit le maître des lieux dans la salle à manger adjacente.

Au centre de la pièce trônait une grande table drapée de damas blanc. Un délicat service en porcelaine de Chine voisinait avec des couverts en argent et de magnifiques verres à pied en cristal.

Le regard de Francesca balaya le vaisselier en acajou, le long buffet assorti, les chaises de style plus contemporain, et elle applaudit en silence le goût affirmé de Dominic pour les beaux objets. Rien n'avait été laissé au hasard : la couleur des rideaux était en harmonie avec celle du tapis, et des contrastes admirables opposaient les tableaux et les miroirs qui occupaient les murs.

Dominic plaça Francesca à côté de lui, en face de Gabbi et de Benedict.

Une salade verte artistiquement décorée de fines tranches d'avocats et de mangues, saupoudrée de pignons de pin, ouvrit le dîner.

— Vous avez une maison magnifique, fit observer Francesca en promenant son regard sur les nombreux tableaux.

Bizarrement, aucun d'entre eux n'était abstrait. Comme s'il lisait dans ses pensées, Dominic déclara :

— Je cache mon travail dans mon atelier.

Francesca arqua un sourcil narquois et demanda, une pointe de moquerie dans la voix :

— Serait-ce une invitation à venir admirer vos toiles ?

Ses longs doigts hâlés effleurèrent les siens lorsqu'il se pencha pour remplir son verre et, à son grand désarroi, un léger frisson courut sur sa peau.

Le regard de Francesca se fit méfiant en rencontrant celui de Dominic.

— Voici un cliché tout à fait dépassé, ma chère, répondit-il d'un ton suave. Au risque de vous décevoir, je travaille dans mon atelier et je fais l'amour dans la chambre à coucher.

Luttant contre la rougeur qui menaçait d'envahir son visage, Francesca s'empara de son verre et avala une grande gorgée d'eau avant de lâcher d'un ton faussement désinvolte :

— Comme c'est… prosaïque.

Il laissa échapper un rire amusé.

— Vous trouvez ? Vous ne pensez pas que le confort doit passer avant toute autre considération ?

L'image d'un grand lit garni de draps en satin surgit dans son esprit… Une vision spontanée, terriblement nette, qu'elle s'empressa de chasser avec une détermination farouche.

Elle brûlait d'envie de lancer une réplique cinglante ; seule la présence de ses amis l'en dissuada.

— Pas toujours, répondit-elle simplement, un sourire entendu aux lèvres.

— Le poulet est délicieux.

Chère Gabbi, qui tentait toujours de désamorcer les conflits. Pourtant, Francesca lui lança un bref regard chargé d'un message très clair : « Je m'amuse, Gabbi », précisa-t-elle en silence. Cette dernière écarquilla les yeux, visiblement surprise.

— Comment s'est passé ton séjour en Italie, Francesca ? s'enquit Benedict. Tu as pu t'échapper de Rome de temps à autre ?

— Non, je n'ai pas eu le temps. Mais je dois retourner à Milan le mois prochain pour les collections printemps-été. Ensuite, ce sera Paris.

La conversation se poursuivit ensuite autour de sujets anodins.

— Avez-vous réussi à vendre quelques pièces chez Léon ? s'enquit Francesca en se tournant légèrement vers son voisin.

— Elles n'étaient pas à vendre, répondit-il avec nonchalance.

L'étonnement qui se peignit sur son visage le fit sourire.

— Ah bon ?

Elle le dévisagea longuement, prenant le temps d'admirer ses traits rudes, comme taillés à la serpe, avant de croiser son regard de braise.

— Vous ne ressemblez pas à un artiste.

Un sourire incurva ses lèvres au contour ferme.

— Puis-je savoir à quoi ressemble un artiste ?

Troublée par la tension presque palpable qui était née entre eux, Francesca se contenta de hausser les épaules. Elle jouait un jeu dangereux avec un homme visiblement habitué à gagner. Et perdre n'était pas du tout ce qu'elle souhaitait. Pas du tout.

— Allons prendre notre café dans le salon, suggéra finalement Dominic avec une douceur trompeuse.

Soulagée de la diversion, Francesca se leva aussitôt. La soirée touchait à sa fin, Dieu merci…

Cette fois, la jeune femme ne résista pas à la tentation de demander une tisane à la place du café. Qui sait ? Dominic Andrea la trouverait peut-être tellement agaçante qu'il finirait par se désintéresser d'elle… ?

— Pas de problème, répondit son hôte sans manifester le moindre signe d'impatience.

Et, quelques minutes plus tard, il lui tendit une tasse emplie d'un liquide jaune pâle qu'elle n'avait aucune envie de goûter.

L'arroseur arrosé, songea-t-elle en sirotant consciencieusement l'innocent breuvage pendant que ses compagnons savouraient un café dont l'arôme corsé se répandait dans toute la pièce.

— Désirez-vous une autre tasse ?

— Non merci. C'était délicieux, mentit-elle avec conviction.

Benedict se leva d'un mouvement souple et lança un regard en direction de sa femme.

— Si tu veux bien nous excuser, je crois que nous allons rentrer, Dominic.

— J'ai passé une excellente soirée, fit Gabbi en saisissant son sac à main.

Leur départ permettait à Francesca de prendre congé à son tour. C'était en tout cas ce que Dominic attendait. Eh bien, elle ne lui donnerait pas cette satisfaction !

Idiote, railla une petite voix comme Dominic raccompagnait à la porte Gabbi et Benedict. *Récupère ton sac et suis-les.*

Trop tard, décida-t-elle une minute plus tard lorsqu'il regagna le salon. Elle le regarda prendre place dans le fauteuil en face du sien.

— Vous connaissez Gabbi depuis longtemps ?

— L'interrogatoire commence, c'est ça ? répliqua Francesca d'un ton narquois.

Un bref silence accueillit ses paroles.

— Je connais déjà votre parcours professionnel, répondit Dominic avec une désinvolture irritante. Parlez-moi plutôt de votre mariage.

Francesca tressaillit. Elle aurait voulu l'accabler de mots durs et violents pour expulser l'horrible sensation de douleur qui lui déchirait le cœur. Au lieu de quoi, elle opta plutôt pour l'ironie.

— Gabbi ne vous a donc pas tout raconté ?

Son regard ne cilla pas.

— Elle ne m'a livré que les grandes lignes.

— Je vois. Mon mariage pourrait se résumer en une phrase : le champion de course automobile Mario Angeletti a trouvé la mort sur le circuit du Grand Prix de Monaco quelques mois seulement après son mariage avec le célèbre top model Francesca Cardelli.

Trois années s'étaient écoulées depuis cette journée fatidique. Pourtant, le chagrin était toujours là, intact, aussi vivace que lorsqu'elle avait appris la terrible nouvelle. Elle ne se trouvait pas sur le circuit lorsque le drame s'était produit ; toutefois, les médias ne lui avaient épargné aucun détail sordide, aucune image choc.

Meurtrie au plus profond de sa chair, Francesca s'était

effondrée. La sentant au bord de la dépression, sa famille et ses amis lui avaient témoigné une sympathie extraordinaire tandis qu'une certaine presse racoleuse et sans scrupule tentait d'analyser ses états d'âme. Même après qu'elle eut repris ses activités professionnelles, chacun de ses gestes, chacune de ses expressions avaient été soigneusement décortiqués et analysés.

Malgré ces provocations délibérées, Francesca avait toujours réussi à maîtriser ses émotions en public. Seuls ceux qui la connaissaient bien auraient pu dire que son sourire n'éclairait plus son regard comme avant.

— Ça a dû être un choc terrible pour vous, commenta simplement Dominic avant d'enchaîner. Aimeriez-vous autre chose à boire ? Une autre tisane, une tasse de café ? Quelque chose de plus fort, peut-être ?

Francesca se leva. Presque malgré elle, elle lui était reconnaissante de ne pas s'être étendu sur ce douloureux épisode de sa vie.

— Non merci. Je vais rentrer.

— Vous ferais-je peur, par hasard ?

Son ton suave, légèrement provocateur, la stoppa dans son élan. Elle se tourna lentement vers lui et chercha son regard.

— Non, affirma-t-elle.

Le regard noir de Dominic demeura rivé au sien, et elle eut l'impression qu'il retirait une à une les couches protectrices dont elle avait enveloppé son cœur glacé.

Bon sang, que lui arrivait-il ? Que se passait-il, exactement ? Dès l'instant où elle avait posé les yeux sur lui, elle avait su qu'il serait source de complications. *Va-t'en*, la pressa la même petite voix sur un ton grave cette fois. *Tout de suite.*

Un léger sourire joua sur les lèvres sensuelles de son compagnon tandis qu'une lueur d'espièglerie traversait ses yeux sombres.

— Vous m'en voyez soulagé, déclara-t-il enfin.

— Ah oui ? Pourquoi ?

Il la considéra longuement.

— Parce que j'ai envie de vous, répondit-il avec douceur en faisant glisser son index le long de sa joue.

Ce simple contact lui fit l'effet d'une brûlure.

— Je vois... Des draps froissés et un échange de fluides corporels, c'est ça ? riposta-t-elle avec une désinvolture qu'elle était loin d'éprouver.

A l'instant où elle prononçait ces paroles, un flot d'émotions mitigées déferlait en elle. Avec le peu de courage qui lui restait, elle planta son regard dans le sien et recula d'un pas en prenant soin de garder la tête haute.

— Désolée, je ne suis pas du genre à offrir une nuit d'amour à un inconnu.

Il demeura de marbre.

— Moi non plus.

La détermination qui teintait ses paroles la fit frémir. Que voulait-il exactement si une simple nuit d'amour ne l'intéressait pas ? En proie à une sourde appréhension, elle ressentit le besoin urgent de battre en retraite et murmura de vagues paroles de remerciement avant de prendre la direction du hall d'entrée, consciente de sa présence derrière elle.

Elle s'immobilisa lorsqu'il tendit la main vers la poignée et ouvrit la lourde porte.

Tout à coup, impromptue, une question franchit ses lèvres :

— Au fait, que faisiez-vous l'autre jour au supermarché alors que vous avez une cuisinière à demeure ?

La réponse ne se fit pas attendre.

— J'avais envie de vous revoir, tout simplement.

L'estomac de Francesca chavira, et un frisson glacé courut sur sa peau tandis qu'elle s'efforçait de soutenir son regard pénétrant.

— Bonne nuit.

Sur cette brève salutation, elle franchit le seuil et gagna sa voiture d'un pas rapide, déverrouilla la portière et se glissa au volant.

Le doux ronron du moteur déchira le silence de la nuit et, refrénant l'envie de partir sur les chapeaux de roues, elle remonta lentement l'allée jusqu'au portail. Alors seulement, elle appuya sur l'accélérateur et rejoignit rapidement la voie express qui menait à Harbour Bridge.

Qu'il aille au diable ! En l'espace de quelques jours, cet homme surgi de nulle part avait réussi à occuper une place dans sa vie. Sans qu'elle puisse s'expliquer pourquoi… Quoi qu'il en soit, elle n'avait pas dit son dernier mot. S'il continuait à se montrer insistant, elle lui ferait comprendre au plus vite qu'elle n'avait pas besoin de lui.

Il était encore tôt mais, déjà, les rues s'emplissaient de touristes, de badauds et d'insomniaques. La tête lourde, Francesca traversa le Domain, contourna Kings Cross et prit la direction de Double Bay.

Elle aurait donné cher pour laisser sa voiture quelque part et rentrer à pied dans la fraîcheur de la nuit. Au lieu de quoi, elle accéléra légèrement et exhala un soupir de soulagement en appuyant sur la télécommande de son garage privé.

Une longue douche tiède suivie d'un grand verre de thé glacé devant la télévision suffirait à la détendre.

Hélas, elle se trompait. Car rien ne parvint à chasser Dominic Andrea de ses pensées.

Elle eut beaucoup de mal à s'endormir et lorsque, enfin, elle y parvint, ce fut pour sombrer dans un sommeil peuplé de rêves confus et insensés. A l'exception d'un, à la suite duquel elle se réveilla en sueur, les yeux pleins de larmes. C'était une image d'une étonnante acuité ; le visage souriant de Mario s'apprêtant à monter dans sa formule 1, juste avant qu'il enfile son casque et qu'il se lance dans l'ultime course de sa vie.

De l'autre côté de la ville, Dominic contemplait d'un air absent les lumières scintillantes qui irisaient le port.

Toutes ses pensées étaient tournées vers la femme qui avait quitté sa demeure un moment plus tôt.

Il était inutile d'essayer de dormir. Le sommeil ne viendrait pas. Pas tout de suite, en tout cas. En principe, il se contentait de cinq ou six heures de repos. Mais ce soir, il avait l'intuition qu'il devrait se débrouiller avec deux ou trois heures, au grand maximum.

La sonnerie du fax retentit dans une pièce voisine mais il l'ignora.

Ce qu'il lui fallait, c'était une stratégie particulièrement élaborée. Un plan de campagne qui ne laisserait à Francesca aucune chance de lui échapper.

Dès demain, il appellerait Gabbi et tenterait de lui soutirer le plus habilement possible quelques informations concernant l'emploi du temps de la jeune femme.

Repoussant résolument les scrupules qui commençaient à le tarauder, il laissa échapper un long soupir.

A en croire le dicton, « la fin justifie les moyens »... n'est-ce pas ?

3.

Francesca passa les jours suivants à rencontrer ses amis, à faire quelques courses et à parcourir les expositions d'art. Elle donna également rendez-vous à son père dans un luxueux restaurant proche de son bureau. La nourriture y était un pur délice, et une ambiance plaisante et détendue planait sur les lieux.

— Comment va Madeline ?

Sa belle-mère, fort sympathique au demeurant, avait tendance à la considérer comme une rivale avec qui elle devait lutter afin d'obtenir les attentions de Rick. Attitude totalement dénuée de fondement, bien entendu.

— Elle se porte comme un charme.

La chaleur qui perçait dans la voix de son père était évidente et, tant qu'elle y resterait, Francesca était prête à tout pardonner à Madeline.

— Et Katherine et John ?

Elle se sentait très proche de sa demi-sœur et son demi-frère.

— Il faut absolument que j'arrive à les voir bientôt, poursuivit-elle.

— Pourquoi pas ce soir ? suggéra son père. D'après ce que j'ai cru comprendre, Katherine meurt d'envie d'arborer une nouvelle robe, et John a hâte d'aller dîner dans le dernier restaurant à la mode, accroché au bras de son top model de sœur, dans l'espoir qu'un photographe qui traînerait par là le prenne en photo… ce qui ferait de lui le célibataire le plus convoité de sa promo à l'université !

Francesca pouffa.

— Si je comprends bien, je vais encore être obligée de porter une tenue incroyablement sexy afin de soutenir son plan… ?

Un sourire espiègle flotta sur les lèvres de Rick Cardelli.

— Outrageusement sexy, plutôt…

— Marché conclu.

Elle leva son verre, qu'elle fit tinter contre celui de son père.

— *Salute*, papa, murmura-t-elle d'un ton solennel.

— *Ecco*. Santé et bonheur, ajouta-t-il avec douceur.

S'emparant de sa fourchette, la jeune femme piqua une des crevettes charnues qui reposaient sur un lit de salade verte et de tomates cerises. L'assaisonnement était délicieux, et elle prit le temps de savourer chaque bouchée.

Ils avaient presque terminé le plat principal lorsqu'elle sentit un drôle de picotement dans le creux de sa nuque.

Un peu comme si quelqu'un était en train de l'observer.

Au fil des ans et du développement de sa carrière, elle avait pris l'habitude d'être reconnue un peu partout. Elle répondait toujours avec le même mélange de courtoisie et de détachement aux attentions de ses admirateurs.

Mais, cette fois, c'était différent. Elle se sentait sur le qui-vive, comme si une force irrésistible l'attirait.

La gorge nouée, tous ses sens en alerte, elle se retourna lentement. Son regard noisette erra sur la salle de restaurant… et se posa, à quelques tables de la leur, sur Dominic Andrea qui déjeunait en compagnie de deux autres hommes !

A cet instant précis, il leva la tête et son regard noir, toujours aussi perçant, heurta le sien. Il la gratifia alors d'un sourire rêveur qui ne lui valut en retour qu'un bref hochement de tête. Très vite, Francesca reporta son attention sur le contenu de son assiette. Son cœur battait à tout rompre, et elle dut prendre une profonde inspiration pour se retenir de crier.

Malheureusement, cet incident lui avait coupé l'appétit,

et elle refusa de commander un dessert, optant plutôt pour un *cappuccino*.

— Francesca ?

Elle leva les yeux à l'appel de son nom et se rendit compte qu'elle n'avait pas écouté un traître mot de ce que lui avait dit son père.

— Désolée, papa. Je n'ai pas entendu.

— Tu m'as l'air bien distraite, tout à coup ! Y a-t-il une raison particulière à ton changement d'humeur ?

Francesca plissa le nez dans une grimace cocasse.

— Une raison tout à fait importune.

Son père émit un petit rire.

— Bon, maintenant que j'ai de nouveau ton attention, je te disais que Madeline désirait t'inviter à dîner à la maison. Est-ce que mercredi soir te conviendrait ?

— J'en serais ravie.

Le serveur débarrassa leur table avant d'apporter le café. Consciente de l'examen que lui faisait subir Dominic Andrea, Francesca se prit à surveiller chacun de ses gestes. C'était la première fois qu'elle ressentait aussi intensément le regard d'un homme posé sur elle.

— Un autre café ?

— Non, merci.

Elle adressa à son père un sourire affectueux.

— Ça m'a fait plaisir de te voir, papa.

Ce dernier fit signe au serveur d'apporter l'addition.

— Rick, comment vas-tu ?

Si les senteurs subtiles de son eau de toilette ne lui avaient pas signalé sa présence, l'onde de chaleur qui se propageait lentement dans ses veines l'aurait sûrement fait.

Dominic Andrea. Regard d'encre et expression insondable derrière un sourire chaleureux.

— Francesca.

Le ton suave sur lequel il prononça son prénom l'emplit d'irritation.

— Bonjour, Dominic, répondit-elle néanmoins sans chercher à dissimuler son impatience.

Avant qu'elle ait eu le temps de réagir, Dominic se pencha vers elle et effleura sa tempe de ses lèvres. Ce fut un contact bref, une caresse aérienne. Mais quelque chose s'enflamma, quelque chose qui courut dans ses veines, une sorte de courant puissant, vivant — électrique.

A cet instant précis, elle aurait aimé l'étrangler. D'ailleurs, c'était exactement ce qu'elle ferait la prochaine fois qu'elle le rencontrerait. Ou plutôt si elle le rencontrait de nouveau. Comment osait-il insinuer devant son propre père qu'ils étaient proches alors qu'ils se connaissaient à peine... et qu'ils ne se connaîtraient pas davantage ?

— Vous vous connaissez ? demanda Rick au même instant, manifestement intrigué.

— Nous avons dîné ensemble il y a quelques jours, expliqua Dominic avec désinvolture.

Francesca étouffa un juron, consciente du sous-entendu qui perçait sous ses paroles.

— Ah bon ? fit Rick. Voulez-vous vous joindre à nous pour le café ?

— C'eût été avec plaisir mais je suis avec des amis. Une autre fois, peut-être ?

Son regard se posa sur Francesca, qui le soutint sans ciller.

— Si vous voulez bien m'excuser... Bon après-midi.

Il la faisait décidément penser à un fauve. Tout en force et en puissance sous une façade de grande décontraction.

Fascinée malgré elle, elle le suivit des yeux comme il regagnait sa table avec nonchalance.

— J'ignorais que tu connaissais Dominic Andrea, fit observer son père. Tu sais, j'ai un de ses tableaux à la maison.

La jeune femme fronça les sourcils. Elle avait peine à imaginer son père jetant son dévolu sur les toiles abstraites éclaboussées de couleurs vives qu'elle avait contemplées à la galerie de Léon, l'autre soir. En tout cas, elle n'avait rien vu de tel sur les murs de la maison qu'il partageait avec Madeline.

— Le bouquet de roses dans la salle à manger, indiqua-t-il devant son air perplexe. Madeline trouve qu'il est absolument parfait pour la pièce.

Pour avoir admiré le tableau à maintes reprises, Francesca dut admettre qu'elle avait entièrement raison. C'était une peinture à l'huile de toute beauté qui alliait minutie et précision dans une subtile harmonie de couleurs. Délicatement recourbés, les pétales semblaient doux comme du velours tandis que les feuilles, parsemées de gouttes de rosée, étaient ciselées à la perfection. Les fleurs étaient rassemblées dans un vase en terre cuite qui se détachait somptueusement sur le fond plongé dans la pénombre.

Incontestablement, c'était là le travail d'un homme qui possédait une patience et un talent infinis. Montrait-il les mêmes qualités lorsqu'il faisait l'amour à une femme ? A cette pensée, un frisson lui parcourut l'échine. Sans qu'elle puisse s'expliquer pourquoi, elle en était intimement convaincue.

— Tu es prête ? demanda son père lorsqu'il eut réglé l'addition.

Ensemble, ils se dirigèrent vers la sortie et s'embrassèrent affectueusement sur le trottoir.

Quelques courses, un rendez-vous chez le coiffeur puis à l'institut de beauté occupèrent le reste de son après-midi. Ensuite, elle rentra chez elle et se prépara pour la soirée.

Outrageusement sexy. C'était tout à fait le qualificatif qui convenait à sa robe. De la dentelle indigo sur de la soie sauvage, moulante comme une seconde peau. Un petit boléro en dentelle, des escarpins à talons hauts et une pochette de satin. La touche finale : une bouffée de son parfum préféré. Voilà, elle était prête !

Un flot d'affection familiale baigna toute la soirée, et Francesca n'eut aucun mal à se détendre dans cette atmosphère chaleureuse. Elle distribua les cadeaux qu'elle avait apportés de Rome et ne put s'empêcher de sourire devant l'enthousiasme qu'ils déclenchèrent. Et, comme prévu, un photographe s'arrêta devant leur table juste au bon moment, alors que John la gratifiait d'un tendre baiser sur la joue pour la remercier...

Il fit une chaleur torride le dimanche suivant, et Francesca se félicita d'avoir accepté de se joindre à sa mère pour une promenade le long de la côte sur le yacht d'un ami. Les conditions météorologiques étaient idéales, une légère brise rafraîchissait l'air et, pour la première fois depuis des années, elle dormit d'une traite, se réveillant plus tard que d'ordinaire le lundi matin, prête à affronter ce qui promettait d'être une semaine harassante.

Les doigts fins de Francesca tambourinaient nerveusement le volant tandis qu'elle attendait, au beau milieu d'une longue file de voitures, que le feu se décide enfin à passer au vert.

La circulation était plus dense que d'habitude, et ses lèvres articulèrent un juron tandis que, pour la troisième fois consécutive, le feu passait du vert au rouge sans qu'elle parvienne à franchir le carrefour.

Elle était censée se présenter dans un peu moins de cinq minutes en salle d'essayage pour le défilé organisé au profit d'une œuvre de charité.

Le premier d'une longue série qu'elle s'était engagée à assurer lors de son séjour en Australie.

Bon sang ! Encore un feu rouge. A croire que tout se liguait contre elle...

Dix minutes plus tard, elle franchissait enfin les grilles de l'hôtel. Après avoir tendu les clés de son véhicule au voiturier, elle se hâta en direction des vastes portes de verre fumé.

La salle de réception était située au premier étage, et ce fut sans hésiter qu'elle dédaigna l'ascenseur pour s'élancer vers l'escalier. Elle se fraya un chemin à travers la foule des invités qui attendaient devant les portes d'entrée en bavardant avec animation. A l'intérieur, des serveurs en uniforme terminaient de préparer le buffet tandis que plusieurs membres de l'association vérifiaient scrupuleusement le placement des invités.

— Francesca, *chérie* !

Anique Sorensen, membre respecté de la bonne société de Sydney et collectrice de fonds très active, avait coutume de parer son imposante stature de un mètre quatre-vingt-dix de vêtements à la fois coûteux et extravagants. A en juger par le nombre de chaînes et de gourmettes en or qui ornaient son cou et ses poignets, c'était sur les bijoux qu'elle avait décidé de se concentrer pour la saison. Sur une autre femme, cette débauche d'or aurait sans aucun doute paru exagérée, voire un tantinet vulgaire. Mais Anique, forte de son élégance naturelle, parvenait toujours à imposer son style et même à lancer des modes.

— Fran, je suis si heureuse que tu aies pu te libérer aujourd'hui. Tu as l'air radieuse. Tout simplement éblouissante.

Elle attira Francesca dans ses bras et planta un baiser sur sa joue avant de la libérer.

— Alors dis-moi, comment vas-tu ?

En mondaine avertie, Francesca prononça les mots qu'Anique souhaitait entendre.

— Très bien. Et toi ?

— Repose-moi la question après le défilé, d'accord ?

Un sourire flottait sur ses lèvres mais la tension qui perçait dans sa voix n'échappa pas à Francesca.

— J'attends encore deux autres mannequins.

Vu du dehors, un défilé de mode paraissait toujours très organisé, calculé à la seconde près, mais un chaos total régnait bien souvent en coulisses.

— Il y a une circulation terrible aujourd'hui, fit remarquer Francesca. Avec qui vais-je travailler ?

— Annaliese et Cassandra.

D'une nature assez réservée et d'un professionnalisme exceptionnel, Cassandra était une jeune femme adorable.

Annaliese, en revanche, était une créature prétentieuse et arrogante qui aimait jouer à la diva aussi bien sur le podium que dans la vie.

— Elles vont arriver, ne t'inquiète pas, assura Francesca.

— Je sais, chérie. Mais quand ?

Elle balaya la salle de son regard perçant.

— Les invités vont investir les lieux d'une minute à l'autre. Dans un quart d'heure tout au plus, la présidente de l'association prononcera son discours de bienvenue et, cinq minutes plus tard, ce sera à nous de jouer.

— Et nous serons tous fins prêts.

— Comme toujours, admit Anique avec une pointe d'autodérision dans la voix. Bon sang, je donnerais tout pour fumer une cigarette et avaler un double gin.

Elle laissa échapper un soupir sonore.

— En tout cas, une chose est sûre : c'est la dernière année que je m'occupe d'une association caritative.

Francesca pouffa.

— J'ai déjà entendu ça l'an dernier, il me semble. Allons, Anique, un peu de courage ! Tu sais pertinemment que toutes ces associations ont terriblement besoin de toi. Tu es la seule à pouvoir attirer autant de gens aux événements que tu organises.

Le regard d'Anique s'adoucit.

— Tu es adorable, Fran, déclara-t-elle avec une sincérité touchante.

Le chaos habituel régnait dans les coulisses. Entre des portants croulant sous les vêtements et les accessoires, plusieurs mannequins en petite tenue étaient déjà en train de se maquiller. De leur côté, les assistants des créateurs et les organisateurs procédaient aux dernières vérifications avant le lancement du défilé. Bien entendu, il y avait toujours des petits changements de dernière minute, de légères modifications que chacun devait prendre en compte. Mais, la plupart du temps, tout se déroulait sans incident majeur.

Francesca passa en revue les tenues qu'elle allait devoir

porter ainsi que l'ordre de passage puis elle se déshabilla et entreprit de se maquiller.

— Fran !

Cassandra, grande, svelte et blonde comme les blés, se laissa tomber sur le tabouret voisin, devant l'immense miroir éclairé par une rampe de spots.

— J'ai besoin que quelqu'un me dise que je suis encore saine d'esprit, ajouta-t-elle dans un soupir.

— Tu me sembles tout à fait saine d'esprit, répliqua Fran d'un ton conciliant. Pourquoi, que se passe-t-il ?

Cassandra ouvrit sa trousse de maquillage et, quelques instants plus tard, ses doigts voletaient sur son visage avec rapidité et précision — une touche de blush sur les pommettes, un soupçon de fard à paupières, une double couche de mascara noir sur les cils.

— Ma fille a une angine, je me suis cassé un ongle en claquant la portière de ma voiture, j'ai filé mes bas dans la foulée et, pour couronner le tout, je suis restée coincée une demi-heure dans les embouteillages.

Elle souligna le contour de ses lèvres d'un trait de crayon pourpre avant d'appliquer une couche de rouge assorti.

— Annaliese n'est toujours pas arrivée et Anique…

Elle s'interrompit et leva les yeux au ciel dans une expression merveilleusement éloquente.

— Est à deux doigts de craquer ? compléta Francesca d'un ton amusé.

— Tu as tout compris.

Par-dessus le brouhaha qui régnait dans la salle d'essayage, elle entendit la présidente de l'association entamer son discours de bienvenue.

— Cinq minutes, annonça l'une des assistantes avant de pivoter sur ses talons comme une silhouette entièrement vêtue de rouge faisait irruption dans la salle. Annaliese ! On ne t'attendait plus, tu sais.

Tout en jambes, la splendide jeune femme brune haussa les épaules et essaya de prendre un air désolé — sans succès.

— C'est la faute du chauffeur de taxi.

— Bon, tu apparaîtras en dernière position lors de la première partie, déclara l'assistante. Mais je t'en prie, dépêche-toi de te préparer, d'accord ?

Elle griffonna quelque chose sur son bloc-notes avant de s'éloigner d'un pas rapide vers une autre assistante.

Impeccablement maquillée, Francesca enfila un short en fine cotonnade ivoire et un petit corsage en organza cintré à la taille, chaussa une paire de sandales à talons compensés et jeta sur son épaule la jupe portefeuille qu'elle devait nouer ensuite sur le short, devant le public.

Une fois le discours de la présidente achevé, l'animateur prit le micro et annonça le début du défilé.

— O.K., les filles, cria une des coordinatrices. A vous de jouer ! Cassandra, tu ouvres la marche. Francesca, tu entres immédiatement après.

De la musique forte et rythmée. Les flashes des appareils photo. Que le spectacle commence…

Les défilés se suivaient et se ressemblaient ; seules changeaient les villes et la configuration des lieux. Francesca attendit son tour, sourire plaqué aux lèvres. Quelques instants plus tard, elle quittait les coulisses. Chaque mouvement, chaque expression étaient soigneusement calculés, et elle gagna le centre de l'estrade d'une démarche chaloupée, marqua une pause puis remonta le podium.

Des tenues de sport, de plage, de ville, de soirée… Des tailleurs très « femme d'affaires », quelques pièces uniques et enfin les robes de mariée. Tout s'enchaînait dans un ordre mûrement réfléchi.

Les créateurs retenaient leur souffle, et les assistantes fronçaient les sourcils tandis que les coordinatrices s'efforçaient de temporiser afin que tout se déroulât sans incident.

Francesca se changea plusieurs fois, troquant machinalement une tenue contre une autre, accessoires et chaussures compris. Selon un rituel longuement éprouvé, le final était toujours réservé aux robes de mariée et chaque mannequin défilait seul afin de provoquer un impact maximum. La musique se fit alors plus douce, et la progression plus lente.

Lorsque chaque robe eut été exhibée, tous les mannequins accompagnés des créateurs envahirent la scène tandis qu'une salve d'applaudissements éclatait dans l'assistance.

Ainsi se termina le spectacle.

Dans la salle, les serveurs firent leur apparition portant d'impressionnants plateaux chargés de canapés et de petits-fours tandis que d'autres proposaient aux convives un large choix de boissons.

De retour dans les coulisses, Francesca entreprit aussitôt de se débarrasser de la somptueuse robe de satin brodée de perles qu'elle avait arborée. Comme ses vêtements lui semblaient confortables, en comparaison ! Soulagée, elle se dirigea vers le miroir afin d'atténuer son maquillage.

A présent, il ne lui restait plus qu'à avaler un repas léger, retourner chez elle, enfiler un maillot de bain et descendre à la piscine privée de l'immeuble afin de faire quelques longueurs. La nage avait toujours eu sur elle un effet bénéfique et relaxant. Et c'était exactement ce dont elle avait besoin : se détendre.

— Seras-tu chez Margo demain ?

Elle leva les yeux en entendant la voix de Cassandra.

— Oui. Toi aussi ?

— Mmm-mmm.

— Personnellement, je ne travaille jamais gratuitement, déclara Annaliese d'un ton compassé en se joignant à elles.

— Ah bon ? fit Cassandra sans parvenir à dissimuler la pointe de moquerie qui perçait dans sa voix. Sans être indiscrète, puis-je savoir à combien s'élève ton cachet ?

Les pupilles d'Annaliese se rétrécirent dangereusement tandis que la colère donnait un pli dur à sa bouche charnue.

— Serais-tu jalouse, chérie ?

— Oh ! pas le moins du monde, trésor, rétorqua Cassandra sur le même ton fielleux. Je ne suis pas du genre à redouter l'avenir au point de réclamer des cachets à une association caritative.

— Quel dommage justement que tu n'aies pas un peu plus songé à l'avenir lorsque tu as choisi d'assumer ton rôle de mère célibataire...

Oh ! oh ! songea Francesca en rassemblant ses affaires. Un bel orage risquait d'éclater d'ici à quelques secondes si le ton continuait de monter ainsi...

— Fais-moi plaisir, Annaliese, ferme ta grande bouche avant que je me charge moi-même de te clouer le bec, riposta Cassandra d'un ton suave.

— Tu ferais mieux de garder tes menaces pour toi, ma belle. Je n'hésiterais pas une seconde à porter plainte contre toi, tu sais.

— Garce, marmonna Cassandra dès qu'Annaliese eut disparu dans le salon d'essayage. Elle n'arrête pas de me provoquer.

— C'est son passe-temps préféré, renchérit Francesca en glissant la bandoulière de son sac sur son épaule. Je file.

Un sourire amical joua sur ses lèvres pleines.

— A demain, Cassie.

A peine avait-elle émergé des coulisses qu'Anique l'enlaçait par la taille et l'abreuvait de félicitations. Puis elle s'arrêta à plusieurs reprises pour saluer quelques convives, prit le temps de bavarder avec certains d'entre eux et atteignit enfin la sortie.

— J'ai un message pour vous, madame, annonça le portier lorsqu'il la vit.

Francesca fronça les sourcils, intriguée, avant d'accepter l'enveloppe qu'il lui tendait.

— Merci.

Elle brancha son téléphone portable, interrogea sa boîte vocale puis ouvrit l'enveloppe et en sortit une carte de visite.

C'était celle de Dominic Andrea. Deux mots — « Appelez-moi » — y étaient inscrits d'une écriture ferme et volontaire, suivis d'une série de chiffres. Partagée entre l'irritation et l'amusement, elle glissa la carte dans son sac et descendit les marches du perron.

Quelques secondes plus tard, son coupé s'immobilisa devant elle. Le voiturier bondit à terre et lui tint obligeamment la portière ouverte.

Dès qu'elle fut chez elle, elle enfila son maillot de bain et descendit à la piscine. L'eau claire, délicieusement tiède, chassa bientôt la tension qui nouait ses muscles et elle nagea une bonne demi-heure, savourant la caresse de l'eau sur sa peau.

Il était presque 17 heures lorsqu'elle regagna son appartement, en proie à une saine fatigue. Après une douche rapide, elle se sécha vigoureusement, enfila un peignoir blanc bien moelleux et se dirigea vers la cuisine.

Une omelette, voilà ce qui lui ferait le plus grand bien, décida-t-elle en passant derrière le comptoir. Une omelette qu'elle mangerait dans le salon, douillettement installée devant la télévision.

Le téléphone sonna deux fois au cours de la soirée. Ce fut d'abord sa mère qui lui proposa de déjeuner avec elle, puis Gabbi qui voulait l'inviter au théâtre.

Dominic Andrea ne se manifesta pas.

A l'évidence, c'était à elle de le faire. Mais le souhaitait-elle réellement ?

4.

Margo's était une des boutiques les plus luxueuses de Double Bay, et les défilés de mode trimestriels qui y étaient organisés s'adressaient à une clientèle aisée et sophistiquée. A chacune de ses invitées, Margo demandait de venir accompagnée d'une amie. Le champagne et les jus de fruits fraîchement pressés coulaient à flots, accompagnés d'exquises mignardises. Pour l'occasion, Margo proposait une réduction de dix pour cent sur tous les articles de son magasin et elle reversait elle-même dix pour cent des bénéfices réalisés au cours de la journée à l'œuvre de charité qu'elle avait choisi d'aider pour la saison.

C'était un peu grâce à Margo que Francesca avait débuté dans le métier ; par la suite, son ascension avait été fulgurante et l'avait très vite propulsée sur la scène internationale. Pour cette raison, Francesca avait pris l'habitude de participer bénévolement à chacun de ses défilés si elle se trouvait à Sydney, un peu en guise de remerciement bien sûr, mais aussi par respect pour une femme exceptionnelle, d'une générosité et d'une discrétion admirables.

Après avoir garé sa voiture, Francesca traversa le square d'un pas rapide en prenant garde à éviter les petites flaques qu'avait laissées derrière elle l'averse matinale. Une vendeuse élégamment vêtue se tenait à la porte, accueillant les invités et cochant leur nom sur un registre.

Tailleurs haute couture, parures de bijoux, diamants, soie et cachemire se volaient la vedette au seuil de la boutique. Francesca compta également deux Rolls Royce et trois chauffeurs en train de discuter sur le trottoir.

A l'intérieur, l'air climatisé contrastait agréablement avec l'atmosphère humide et étouffante du dehors.

— Francesca !

L'accueil que lui réserva Margo était plein de chaleur et d'entrain.

— Quelle joie de te voir ! Cassandra vient tout juste d'arriver, et les trois nouvelles tremblent comme des feuilles dans les salons d'essayage.

Un sourire fleurit sur les lèvres de Francesca.

— A ce point ?

Les grands yeux noirs de Margo pétillèrent d'amusement.

— Je crois, oui… A mon avis, elles ont terriblement besoin des précieux conseils de leurs aînées.

En une fraction de seconde, Francesca se revit neuf ans plus tôt, consumée par le trac, recroquevillée au fond de cette même boutique. Rien ni personne n'aurait pu la rassurer, à l'époque…

Elle haussa néanmoins les épaules avec désinvolture.

— Je vais faire de mon mieux, Margo.

— Je compte sur toi, Fran.

Francesca se dirigea vers les salons d'essayage, salua Cassandra ainsi que la coordinatrice chargée des habillages et du bon déroulement du défilé, puis adressa un sourire chaleureux aux trois jeunes filles qui, assises côte à côte sur le même banc, arboraient des expressions de pure panique.

— Laissez-moi deviner ! commença-t-elle d'un ton léger. Vous avez déjà oublié tous les bons conseils que vous a prodigués Margo et vous êtes convaincues que vous allez vous transformer en bloc de glace à l'instant où vous ferez votre apparition… ou bien que vous allez trébucher et vous étaler lamentablement sur le podium devant un public hilare.

Un sourire espiègle dansa sur ses lèvres.

— C'est ça, n'est-ce pas ? Eh bien, sachez que rien de

tout cela n'arrivera, vous verrez. Faites-moi confiance : dès que vous serez lancées, vous oublierez votre trac et vous serez magnifiques !

Margo possédait d'immenses talents d'organisatrice et était épaulée par un nombre impressionnant d'assistants si bien que le défilé put commencer à l'heure dite. Le champagne pétillait déjà dans les flûtes en cristal et les convives, installés dans de confortables fauteuils, scrutaient le podium avec impatience et intérêt mêlés.

Francesca apparut la première. Une main sur la hanche, elle s'immobilisa quelques instants, effectua lentement un tour sur elle-même puis s'avança.

Ce fut lorsqu'elle s'approcha du bout de l'estrade qu'elle le vit. Dominic Andrea, vêtu d'un élégant costume de ville, chemise blanche, cravate bleu marine. Apparemment très à son aise au milieu d'un public presque exclusivement féminin.

Que diable fabriquait-il ici ?

Sans se départir de son sourire, Francesca continua à évoluer sur le podium, tête haute, dos droit comme un i.

Malgré tout, sans chercher à le croiser, elle ne pouvait s'empêcher de sentir le regard sombre de Dominic Andrea posé sur elle et elle dut fournir un effort considérable pour maîtriser les légers frissons qui lui parcoururent l'échine à plusieurs reprises.

— Alors, l'ambiance est bonne ? s'enquit Cassandra lorsqu'elle regagna les coulisses.

Avec des gestes rapides, Francesca fit glisser la fermeture Eclair de la courte jupe noire qu'elle venait de présenter et déboutonna prestement la veste assortie.

— Ça a l'air d'aller, répondit-elle en s'emparant d'un tailleur-pantalon en lin.

— Tu verras, Fran, il y a un type au milieu du troisième rang qui te dévore littéralement des yeux, poursuivit Cassandra en remontant la fermeture à glissière d'un pantalon bleu ciel.

Plus le défilé avançait, plus Francesca ressentait

physiquement la présence de Dominic. Sa présence et son attention.

Elle continuait à éviter soigneusement de croiser son regard et, pourtant, elle savait qu'il ne la quittait pas des yeux un seul instant. Car, malgré ses efforts soutenus, les frissons continuaient à courir le long de son dos tandis qu'une onde de chaleur irradiait dans tout son être.

C'était absurde, complètement stupide, voyons ! Elle connaissait à peine cet homme... Elle n'avait passé que quelques heures en sa compagnie et, pourtant, plus elle y songeait, plus elle avait l'impression — terrifiante, grisante aussi — de s'être engagée dans une voie sans issue.

Arrête tes sottises, s'exhorta-t-elle avec véhémence. Elle menait une vie plaisante dont elle possédait l'entière maîtrise. Et, surtout, le souvenir de Mario l'habitait encore. De quoi donc avait-elle besoin ?

D'une passion partagée. D'un corps chaud et vibrant à étreindre pendant ses longues nuits sans sommeil.

Francesca retint son souffle, désarçonnée par la tournure de ses pensées. Son regard noisette se voila tandis que la culpabilité, les remords et la colère lui tordaient le cœur. L'espace d'une seconde, elle eut envie de prendre la fuite pour aller se réfugier loin, très loin d'ici.

Elle n'en fit rien, bien entendu. Au contraire, ayant recours à tout son professionnalisme, elle releva la tête, donna davantage d'éclat à son sourire et continua à marcher en ondulant gracieusement des hanches, pivota sur ses talons, marqua une pause, reprit sa progression avec une aisance admirable.

Ambiance intime, chic, un tantinet élitiste, nota Francesca comme le défilé touchait à sa fin. Un défilé qui remporta un franc succès. Tous les convives présents dans la salle firent des achats conséquents. Des tenues complètes, des chaussures, des sacs, des foulards. Chaque article fut emballé avec soin dans des feuilles de papier de soie et placé dans un des grands sacs en papier glacé portant le sigle de Margo's.

Dans le salon d'essayage, Francesca revêtit son tailleur-pantalon, chaussa une paire de mocassins en daim et récupéra son sac fourre-tout.

Le salon attenant à la boutique résonnait de conversations animées, et la jeune femme parcourut des yeux les petits groupes. Son cœur fit un bond dans sa poitrine lorsqu'elle aperçut Dominic Andrea, en pleine discussion avec une séduisante jeune femme blonde, à l'autre bout de la pièce.

Pourquoi se trouvait-il encore là ?

Il leva la tête au même instant et l'enveloppa d'un regard pénétrant avant de reporter son attention sur sa compagne.

Cet homme avait décidément sur ses sens un effet dévastateur, songea Francesca en faisant le tour du salon pour échanger quelques politesses avec les clientes de Margo.

— Francesca.

Aussi discret qu'un chat… Francesca pivota lentement sur ses talons.

— Dominic, murmura-t-elle d'un ton neutre.

Son sourire était plein de chaleur, et son regard pétillait de malice lorsqu'il prit sa main et la porta doucement à ses lèvres.

Caresse fugitive mais terriblement troublante qui lui fit perdre tous ses moyens…

Dominic Andrea dégageait un magnétisme redoutable et il ne faisait aucun doute qu'il avait l'habitude de contrôler toutes les situations, même les plus délicates.

Dominic perçut le léger tremblement de ses doigts et décida de la libérer. Pour le moment, en tout cas.

Au cours de l'heure qui venait de s'écouler, il l'avait vue évoluer dans différentes tenues, avait admiré la souplesse de son corps élancé, son port de tête gracieux, son sourire généreux.

— Si vous voulez bien m'excuser, je dois partir, annonça Francesca en s'efforçant d'adopter un ton ferme.

— Non.

Les yeux de la jeune femme s'arrondirent de surprise.

— Je vous demande pardon ?

— Non, je ne veux pas que vous partiez, répéta-t-il calmement.

— Ah oui ? Et puis-je savoir pourquoi ?

Il soutint son regard.

— Parce que je vous invite à déjeuner.

Cette fois, c'était à son tour de se rebeller.

— Non.

Les yeux noirs de Dominic pétillèrent de plus belle.

— Je possède quelques méthodes de persuasion très efficaces, vous savez, murmura-t-il d'une voix suave. Je pourrais par exemple vous attirer dans mes bras et capturer vos lèvres dans un baiser fougueux, ici, devant tout le monde.

Francesca s'empourpra violemment.

— Levez ne serait-ce qu'un petit doigt sur moi, et je vous giflerai de toutes mes forces, riposta-t-elle, en proie à une bouffée d'indignation.

— Ah oui ? Mmm, je suis curieux de voir ça...

Sans lui laisser le temps de réagir, il emprisonna son visage et se pencha vers elle. Ce fut un baiser dénué de douceur, un baiser qui se prolongea dangereusement. Une caresse exigeante, provocatrice, d'un érotisme débridé.

Profondément choquée, Francesca plaqua instinctivement ses mains contre son torse pour le repousser. Dominic relâcha légèrement son étreinte, et elle s'arracha brutalement à ses bras.

— Vous n'êtes qu'un...

Posant un index contre ses lèvres, il la réduisit au silence.

— Chut... Vous n'avez tout de même pas l'intention de faire une scène ici, n'est-ce pas ?

Les yeux de Francesca lancèrent des éclairs. Mais lorsqu'il l'attrapa par le bras pour l'entraîner vers la sortie, elle ne parvint plus à maîtriser sa fureur.

— Espèce de sale macho arrogant ! lança-t-elle dès l'instant où ils furent seuls.

— Vous n'avez pas répondu à mon message, et comme

je ne connaissais pas votre adresse et que vos numéros de téléphone figurent sur la liste rouge, il ne me restait pas d'autre choix que de venir vous voir sur votre lieu de travail, expliqua-t-il avec désinvolture.

— Vous voulez dire que vous avez réussi à obtenir une invitation chez Margo simplement pour me voir ?

Il haussa les épaules.

— Ce fut une expérience intéressante. Et puis, ça m'a donné l'occasion de vous admirer en plein travail.

Allons donc ! Etre l'un des seuls hommes perdus au milieu d'une horde de femmes fascinées par la mode et ses nouvelles tendances avait dû le barber au plus haut point, songea Francesca, partagée entre la colère et l'amusement.

— Dites plutôt que vous vous êtes mortellement ennuyé !

Une lueur dansa dans le regard de Dominic tandis que ses lèvres esquissaient un sourire énigmatique.

— Ce fut parfois le cas, rassurez-vous. Dès que vous quittiez le podium, par exemple.

Excédée par sa nonchalance, Francesca releva le menton et inspira profondément.

— Ecoutez-moi bien, Dominic : vous perdez votre temps à me poursuivre ainsi. C'est pourtant clair, non ?

— Ça l'est peut-être pour vous, rétorqua-t-il d'un ton sibyllin.

Francesca ferma brièvement les yeux.

— Certes, vous connaissez mon père, et il semblerait que nous ayons des amis communs comme Gabbi et Benedict mais...

— Ce que nous partageons n'a rien à voir avec votre père ou Gabbi et Benedict. Avec personne, en fait.

Un voile d'émotion assombrit les traits de la jeune femme, bientôt remplacé par une douleur aiguë.

— Nous ne partageons rien, Dominic, martela-t-elle avec fermeté.

— Pas encore, fit ce dernier sans se départir de son calme. Mais ça viendra.

Comme pour appuyer ses paroles, il posa une main

sur sa joue et en suivit le contour de son pouce. La jeune femme avala sa salive. La détermination et l'assurance qu'elle lut dans ses yeux noirs firent naître en elle un étrange mélange de peur et d'excitation.

— Laissez-moi partir, je vous en prie, chuchota-t-elle, pressée de rompre le charme.

Avec une lenteur délibérée, il continua à promener ses doigts le long de sa joue et traça le contour de ses lèvres du bout de l'index avant de laisser retomber sa main, un sourire indéchiffrable aux lèvres.

— Si je comprends bien, nous ne déjeunerons pas ensemble… ?

— Je dois être en ville dans une demi-heure.

— Un autre défilé ?

— Une séance photo.

Elle recula d'un pas puis en esquissa un autre de côté.

— Il faut vraiment que j'y aille.

Sans attendre de réponse, elle tourna les talons et traversa la rue. Un léger picotement lui chatouillait la nuque, et elle pressa l'allure, sentant peser sur elle le regard brûlant de Dominic.

La tension ne se dissipa qu'une fois qu'elle fut assise derrière le volant. Quand elle atteignit enfin le centre-ville, Dominic Andrea avait été fermement chassé de son esprit.

La séance photo fut longue et épuisante. D'une rare exigence, le créateur insista pour que le photographe effectuât des prises de chaque tenue sous tous les angles possibles et imaginables ; les accessoires furent remplacés d'innombrables fois, son maquillage retouché tous les quarts d'heure, ses cheveux tantôt laissés libres dans un désordre étudié, tantôt tressés, tantôt rassemblés en un chignon banane ultrasophistiqué.

— As-tu prévu quelque chose, ce soir ? s'enquit le photographe en abaissant son appareil photo. J'ai très envie de faire quelques prises dehors, sur une plage déserte avec le soleil couchant pour toile de fond.

Il était plus de 18 heures, et un mal de tête lancinant la

taraudait. Pour sa part, elle n'avait qu'une envie : sauter dans ses vêtements, rentrer chez elle et prendre un long bain bien chaud en sirotant un jus d'orange fraîchement pressé.

Mais, pour avoir travaillé avec lui à plusieurs reprises, elle savait que Tony était un photographe bourré de talent, toujours en quête de la perfection. Et elle-même était suffisamment professionnelle pour aller jusqu'au bout de ses engagements sans protester.

— M'accorderas-tu la permission de manger un morceau ? demanda-t-elle, déjà résignée.

— Bien sûr, mon ange, répondit le photographe en la gratifiant d'un sourire espiègle. Je ne suis tout de même pas un monstre, voyons !

— Peut-être, mais je sais déjà que tu vas me demander d'être là aux premières lueurs de l'aube demain matin pour compléter tes prises de vue, rétorqua Francesca, une pointe de cynisme dans la voix.

— Tu me connais par cœur, Fran… Mais n'oublie pas que je suis le meilleur !

Simple constatation, dénuée de fausse modestie… mais aussi de vanité. Tony faisait partie des plus grands dans son domaine, tout le monde le savait.

Travaillant comme une équipe bien soudée, ils entreprirent de ranger les vêtements et le matériel photo puis entrèrent dans le restaurant le plus proche où ils commandèrent tous deux une salade composée.

Lorsqu'ils eurent terminé, le petit convoi de véhicules s'ébranla en direction d'une crique au nord de la ville. Un abri de fortune fut rapidement érigé afin que Francesca puisse changer de tenue.

La brise océane caressait sa peau et balayait quelques boucles échappées de son chignon tandis qu'elle évoluait lentement selon les indications de Tony. Les poses se succédaient au rythme du cliquetis de l'appareil.

— Encore quelques-unes, Francesca. J'aimerais faire un peu de noir et blanc.

Le crépuscule les enveloppait peu à peu, dessinant des ombres qui grandissaient et s'allongeaient sans cesse, atténuant les couleurs et effaçant les contours des silhouettes.

— C'est terminé pour aujourd'hui ! annonça enfin Tony. Merci, Fran, tu as été parfaite.

Tout fut rangé en un temps record. Comme elle s'apprêtait à partir, Tony la retint par le bras.

— Ça te dirait d'aller prendre un verre ? Je connais un petit bar très sympa pas très loin d'ici.

— Seras-tu vexé si je refuse ?

— Aurais-tu un rendez-vous galant, par hasard ? s'enquit Tony d'un ton léger.

Francesca sourit comme ils quittaient le chemin sablonneux et abordaient la promenade pavée.

— Avec mon lit, oui. En solo, ajouta-t-elle en anticipant sa réaction. Je suppose que tu préfères me voir fraîche et dispose demain matin, non ?

— En tant que photographe, oui, concéda-t-il avec un petit rire. En tant qu'homme, en revanche, je prendrais un immense plaisir à te voir les traits légèrement tirés, lascive comme une chatte rassasiée de caresses après une longue nuit d'amour.

Une sourde douleur déchira le cœur de la jeune femme, et elle dut faire un effort surhumain pour conserver un ton léger.

— Tu n'abandonnes donc jamais, hein ?

Tony haussa les épaules.

— Qui sait ? Peut-être finiras-tu par me dire oui un de ces jours…

Tony était un type adorable. Doté d'une forte personnalité, intelligent, chaleureux. Pour toutes ces raisons, elle n'avait aucune envie de ternir la solide amitié qui les liait.

— Pour aller boire un verre ? lança-t-elle avec une fausse candeur.

Le rire spontané de Tony lui arracha un sourire.

— Tu connais toutes les ficelles, n'est-ce pas, Fran ?

— Presque toutes, répondit la jeune femme en riant à son tour.

Tout à coup, l'image de Dominic Andrea surgit dans son esprit, et son sourire s'effaça. Si elle connaissait toutes les ficelles, pourquoi se sentait-elle aussi vulnérable, aussi… exposée face à lui ? Pourquoi ne parvenait-elle pas tout bonnement à ignorer l'incroyable magnétisme qu'il dégageait ?

Pourquoi était-ce si différent avec lui ?

Croisant le regard intrigué de Tony, elle mit un terme à ses réflexions troublantes et se pencha vers lui pour le gratifier d'un petit baiser sur la joue.

— *Ciao*, Tony. A demain… Et prends tout de même le temps de te reposer un peu, toi aussi !

5.

Il était presque 8 heures lorsque Francesca monta dans sa voiture et prit la direction de son club de gym. La séance photo avec Tony avait débuté trois heures plus tôt et s'était déroulée sans problème. Comme chaque jour, elle consacra une heure à son programme d'exercice physique puis regagna son appartement où elle prit une douche rapide et s'habilla avant de se rendre au centre-ville.

La réception organisée pour le compte de la Ligue contre le cancer constituait un des événements majeurs de la vie sociale de Sydney. Donnée chaque année dans les hôtels les plus prestigieux de la ville, elle attirait toutes les personnalités riches et célèbres des environs.

Dans une ambiance détendue et solidaire, les discours d'ouverture se succédèrent puis les convives passèrent à table. A la fin du repas, juste avant le café, l'animateur annonça le début du défilé, et un flot de musique inonda la salle.

La lumière des lustres s'adoucit tandis que des spots situés à des endroits stratégiques éclairèrent le podium. Une fois de plus, le spectacle commençait.

Lorsque tout fut terminé, Francesca se brossa les cheveux et les noua en une simple queue-de-cheval. Puis elle retoucha légèrement son maquillage, rassembla ses affaires et quitta les vestiaires. Avec un peu de chance, elle parviendrait à s'éclipser discrètement sans que personne la retienne...

Elle avait presque atteint le hall d'entrée lorsqu'une voix familière la stoppa dans son élan.

— Francesca !

Sa belle-mère et Katherine, sa fille, étaient assises à une table voisine.

— Viens prendre le café avec nous, d'accord ?

Dans la bouche de Madeline, une invitation sonnait toujours comme un ordre, et Francesca n'eut d'autre choix que d'accepter. Katherine lui adressa un clin d'œil complice. Toutes deux savaient pertinemment que Madeline gagnerait encore en prestige en s'affichant avec un top model international... Francesca sourit à la dérobée. Sa belle-mère adorait être vue, mieux valait l'accepter telle qu'elle était !

Une demi-heure s'écoula avant qu'elle puisse prendre congé et se glisser dans la circulation dense de la fin d'après-midi. Il était presque 17 heures lorsqu'elle arriva enfin chez elle.

Après une journée passée à arborer des tenues plus élégantes les unes que les autres, elle aurait tout donné pour enfiler un peignoir et grignoter un sandwich devant la télévision avant d'aller se coucher. Tôt.

Hélas, le programme de la soirée s'annonçait plus animé. Un dîner chez son père l'attendait : pas question de se dédire au dernier moment ! Sans enthousiasme, elle choisit une combinaison pantalon de soie noire, compléta sa tenue de quelques bijoux en or, se maquilla légèrement et laissa ses cheveux flotter librement sur ses épaules.

Les réverbères scintillaient le long de l'allée qui conduisait à une imposante demeure de deux étages, édifiée dans le plus pur style Tudor en plein cœur de la banlieue chic de Vaucluse.

La décoration intérieure reflétait le goût sûr de Madeline, et Francesca admirait chaque fois la délicate harmonie qui régnait entre les objets anciens et les pièces plus contemporaines. Elle embrassa affectueusement Katherine et John, reçut le semblant de baiser qu'avait coutume de lui donner sa belle-mère et accepta l'étreinte chaleureuse de son père.

— Assieds-toi, Francesca, invita Madeline. Rick va te servir un verre.

Ce dernier se tourna vers elle.

— Que désires-tu boire ? Un jus d'orange ? Un porto ?

— Un porto, oui, s'il te plaît. Ce sera parfait.

Le carillon de la porte d'entrée résonna, et Madeline s'adressa à son époux.

— Ça doit être Dominic. Va lui ouvrir, s'il te plaît, chéri. La présence d'un autre invité ne te dérange pas, n'est-ce pas, Francesca ? ajouta-t-elle pour la forme.

Dissimulant à grand-peine sa stupeur, cette dernière parvint néanmoins à afficher un sourire de circonstance.

— Bien sûr que non.

Pourquoi diable avaient-ils invité Dominic Andrea précisément ce soir ? Rick n'était pas du genre à jouer les marieurs mais Madeline, elle, n'y verrait certainement aucun inconvénient… A moins qu'il ne soit venu uniquement dans un but professionnel. Tout était possible avec lui.

— Ce type est un véritable canon, tu ne trouves pas ? lança Katherine avec une ferveur d'adolescente.

Dieu merci, Francesca n'eut pas besoin de répondre ; Dominic pénétrait dans le salon, suivi de Rick. Une fois encore, Francesca eut l'étrange sensation d'être victime d'un envoûtement. Et, une fois encore, elle se surprit à admirer l'homme qui venait de faire son apparition. Il portait ce soir un costume anthracite superbement coupé, assorti d'une chemise de soie crème et d'une cravate parsemée de motifs discrets. Après cette brève inspection, son regard se posa sur les traits fermement sculptés de son visage.

Sa bouche généreuse, diablement sensuelle. Son regard sombre, tantôt expressif, tantôt impénétrable. A cet instant précis, c'était une lueur de satisfaction amusée qui l'éclairait.

— Madeline.

Il s'approcha de cette dernière d'une démarche souple,

serra longuement la main de son hôtesse puis se tourna vers Francesca.

— Bonsoir, Francesca.

— Dominic, dit-elle simplement en se contentant d'un bref hochement de tête.

Bon sang, elle nageait déjà en pleine confusion alors qu'il venait à peine de les rejoindre… Dans quel état serait-elle à la fin de la soirée ?

Complètement déboussolée ? A sa merci… ?

— Puis-je vous offrir quelque chose à boire, Dominic ? s'enquit Rick en se dirigeant vers le bar.

— Je prendrais volontiers un Perrier, merci.

Madeline esquissa un sourire.

— Vous préférez garder les idées claires ?

— Peut-être Dominic souffre-t-il d'un ulcère, intervint Francesca d'un ton mi-figue mi-raisin. Je suppose qu'un tempérament d'artiste associé au stress de l'homme d'affaires doit jouer des tours à la santé.

Dominic laissa échapper un petit rire.

— Eh bien non, figurez-vous que je suis en pleine forme. Je préfère simplement me limiter à un verre de vin au cours du repas.

Mue par un élan d'audace, Francesca inclina la tête de côté et le dévisagea longuement avant de lâcher d'un ton condescendant :

— Comme c'est triste !

Les lèvres de Dominic s'incurvèrent légèrement.

— Ne me dites pas que vous préférez qu'un homme perde le contrôle de ses paroles et de ses actes à cause de l'alcool, tout de même ?

A son grand désarroi, Francesca sentit ses joues s'enflammer. Les autres avaient-ils mesuré l'ambiguïté de sa réplique ? Mal à l'aise, Francesca croisa le regard de Dominic. Prenant soudain conscience du silence qui s'était abattu dans la pièce, elle préféra changer de sujet.

— J'ignorais que vous veniez ce soir, dit-elle, en panne d'inspiration.

Dominic ébaucha un sourire entendu.

— Madeline m'a invité car elle a besoin d'un conseil concernant l'emplacement de deux de mes toiles.

La jeune femme arqua un sourcil finement dessiné.

— Ah oui ? Cela fait-il partie du service après-vente que vous proposez à vos acheteurs ?

Le sourire de son compagnon s'épanouit.

— Pas vraiment, non. En fait, c'est très exceptionnel.

— Je vois... J'espère que Rick et Madeline ont conscience de l'honneur que vous leur faites, susurra-t-elle d'un ton railleur.

Contre toute attente, il émit un petit rire.

— Je l'espère aussi, fit-il sur le même ton en l'enveloppant d'un de ses regards pénétrants, terriblement troublants.

Soudain, il leva la main vers elle et repoussa une mèche de cheveux derrière son oreille dans un geste délibérément sensuel.

— Mais, si vous voulez la vérité, la principale raison de ma présence ici c'est vous, chuchota-t-il sans la quitter des yeux.

Subjuguée par l'intensité de son regard, électrisée par la caresse de ses doigts brûlants, Francesca ne sut que répondre. Comment aurait-elle pu prononcer le moindre mot alors qu'elle ne savait même plus où elle se trouvait ?

— Le dîner est servi, madame.

L'intervention de la cuisinière arriva à point nommé, et Francesca exhala un soupir de soulagement avant d'emboîter le pas à Madeline.

Assis chacun à un bout de table, Madeline et Rick se faisaient face. John et Katherine étaient installés côte à côte, Dominic et Francesca en face d'eux.

Une délicieuse vichyssoise fut suivie d'un méli-mélo de crevettes grillées et de poisson fumé soigneusement disposés sur un lit de riz blanc. Une salade verte accompagna le plateau de fromages, et le dessert se composa d'un assortiment de fruits et d'une crème caramel.

Hélas, Francesca fut incapable d'apprécier la délicatesse des mets, perturbée qu'elle était par la proximité de Dominic, consciente de chacun de ses gestes, grisée par les regards qu'il lui lançait.

Il savoura chaque plat de bon appétit tout en discutant à bâtons rompus avec ses compagnons. Visiblement très à l'aise… bien entendu.

— Si nous passions dans le salon pour le café ? suggéra Madeline en se levant.

Tous l'imitèrent. Francesca tressaillit lorsque la main de Dominic saisit son bras et elle eut soudain l'angoissante impression que le piège se refermait sur elle.

Un quart d'heure maximum, décida-t-elle en se laissant guider vers le salon. Ensuite, elle remercierait sa belle-mère et partirait. Forte de cette résolution, elle se laissa tomber dans un fauteuil et accepta une tasse de café.

La journée avait été longue et le lendemain, après un déjeuner en compagnie de sa mère, elle devait participer en tant que membre du jury à un concours de jeunes mannequins. Heureusement, elle avait réussi à s'octroyer trois jours de congé : vendredi, samedi et dimanche. Trois jours au cours desquels elle ne penserait qu'à elle.

Elle croisa le regard de Dominic et réprima un frisson. C'était un regard lourd de désir et de promesses sensuelles, assombri par une détermination farouche.

En proie à un malaise grandissant, Francesca avala rapidement son café, refusa une autre tasse et se leva.

— Je crois qu'il est temps pour moi de vous dire au revoir, annonça-t-elle en adressant un sourire à ses hôtes. J'ai passé une excellente soirée.

— Moi aussi, renchérit Dominic en se levant à son tour. Ce fut très agréable.

Sans chercher à dissimuler sa contrariété, Francesca traversa le salon au bras de son père, posa un léger baiser sur sa joue lorsqu'ils furent arrivés à la porte et s'empressa de dévaler les marches du perron.

— Vous fuyez ? fit la voix moqueuse de Dominic juste derrière elle.

Sans répondre, Francesca chercha son porte-clés et se dirigea vers sa voiture d'un pas décidé. Avec des gestes mécaniques, elle inséra la clé dans la serrure et ouvrit la portière.

Le bras de Dominic effleura sa hanche comme il se penchait pour saisir la poignée.

— Comment s'est passée votre journée ?

Francesca se glissa derrière le volant.

— Pour être franche, j'ai du mal à croire que cela vous intéresse, répliqua-t-elle d'un ton bref.

Il prit appui sur le toit de la voiture et s'inclina vers elle.

— Vous vous trompez. Tout ce qui vous concerne m'intéresse, précisa-t-il avec une sincérité désarmante.

Etouffant un soupir, Francesca boucla sa ceinture.

— Réveil à 3 h 30 pour une séance photo très matinale, défilé de mode au Hilton, dîner en famille, débita-t-elle d'un trait.

— Avec un invité.

— Un invité tout à fait inattendu, renchérit-elle.

— Un invité que vous auriez préféré ne pas voir.

Elle inclina la tête pour rencontrer son regard et le contempla avec attention, troublée malgré elle par son sourire penaud. Brusquement, comme si elle se sentait menacée par un danger imminent, elle voulut se révolter.

— Alors ? Qu'allez-vous me dire maintenant ? s'enquit-elle d'un ton froid. Allez-vous me proposer le classique : « chez vous ou chez moi ? »

Dominic demeura impassible.

— Complété par le fameux « glissons-nous entre les draps et je vous montrerai de quoi je suis capable » ? déclara-t-il en la fixant d'un regard indéchiffrable. Au risque de vous décevoir, Francesca, je ne joue pas à ce petit jeu-là.

— Avec aucune femme ?

— Avec vous, déclara-t-il d'un ton empreint de gravité.

D'un geste très doux, il saisit son menton entre son pouce et son index et se pencha davantage.

— Francesca…

— Pour une fois, votre ténacité ne vous servira à rien, déclara-t-elle précipitamment, le souffle court.

— Vous croyez vraiment ?

— Je ne le crois pas. J'en suis convaincue.

— Dans ce cas, prouvez-le-moi en acceptant de déjeuner avec moi. Quand vous voulez.

Il lui lançait un défi. Piquée dans son amour-propre, Francesca n'hésita qu'une seconde. Au fond, elle pourrait toujours profiter de l'occasion pour lui faire comprendre une bonne fois pour toutes qu'il ne l'intéressait pas. En outre, un déjeuner ne présentait aucun risque. En pleine journée, avec comme échappatoire un rendez-vous professionnel fictif ou réel.

Elle le toisa avec insolence.

— Très bien. Disons vendredi. Choisissez le restaurant, je vous rejoindrai là-bas.

— Chez Claude, Oxford Street, Woollahra. A 13 heures, annonça-t-il d'un ton affable.

Un restaurant français très à la mode où les tables devaient être retenues plusieurs semaines à l'avance.

— Parfait.

Elle mit le contact, le moteur vrombit. Dominic recula et ferma la portière.

Quelques instants plus tard, elle franchissait le portail de la propriété et s'engageait dans la vaste avenue en direction du centre-ville.

La lumière des lampadaires baignait Sydney d'une clarté uniforme, zébrée de temps à autre par le clignotement de panneaux publicitaires multicolores. Les ferries glissaient sur les eaux sombres de Port Jackson tandis qu'un yacht imposant, plein de bruit, de rires et de lumière, pénétrait dans l'enceinte de la marina.

Un instant magique, songea Francesca en se remémorant un autre port, dans une autre ville, à l'autre bout du monde. Une autre voiture, une Ferrari Testarossa, pilotée par Mario, qui sillonnait les collines escarpées surplombant Rome. Emerveillée par la beauté du paysage qui l'entourait, elle riait à gorge déployée, le visage offert aux caresses mordantes du vent. Et Mario avait appuyé sur l'accélérateur, impatient de rentrer enfin chez eux, brûlant d'envie de lui faire l'amour.

C'était l'époque du bonheur et de l'insouciance. Une époque forcément éphémère, comme elle l'avait pressenti avec angoisse dès le début de leur passion.

Il était un peu plus de 23 heures lorsqu'elle poussa la porte de son appartement. En proie à une grande lassitude, elle se démaquilla rapidement, ôta ses vêtements et se glissa dans son lit, fermement décidée à faire le vide dans son esprit.

Pour quelques heures au moins.

6.

« Dans ce cas, prouvez-le-moi en acceptant de déjeuner avec moi... » Les paroles de Dominic résonnaient dans l'esprit de Francesca, tenaillée par l'envie d'annuler son rendez-vous. Une envie qu'elle s'efforçait de faire taire. A quoi bon éviter cette rencontre, puisqu'il leur fallait absolument mettre les choses au point ?

Aussi irait-elle déjeuner avec lui. Bien entendu, ils entameraient une discussion, et Dominic s'apercevrait rapidement qu'il avait fait fausse route, qu'ils n'avaient rien en commun.

Balivernes, songea-t-elle soudain.

Elle ne pouvait nier l'attirance qui les entraînait l'un vers l'autre. La question était la suivante : comment pouvait-elle y remédier ?

De quoi as-tu peur, à la fin ? interrogea une voix narquoise au fond de son esprit comme elle poussait la porte du restaurant.

Bonne question...

Déjà, le maître d'hôtel venait à sa rencontre.

— M. Andrea vous attend, madame Angeletti, déclara-t-il en la gratifiant d'un large sourire. Si vous voulez bien me suivre...

Assis au fond de la salle, Dominic la regarda se frayer un chemin entre les tables. Il vit de nombreuses têtes se retourner sur son passage, remarqua l'étonnement et l'admiration sur le visage des clients et, bizarrement, il en conçut une certaine fierté.

208

Mais l'expérience lui avait appris à se méfier de l'apparence. Ce qui l'intéressait avant tout chez une femme, c'était la personnalité, le cœur, la sensibilité. Il savait à présent que le désir physique n'apportait que d'infimes satisfactions lorsqu'il n'était pas motivé par l'amour, le vrai. Et il ne supporterait pas de devoir se contenter avec Francesca d'une passion uniquement sensuelle, si enflammée fût-elle.

Comme elle approchait, il perçut une légère nervosité sous la façade distante et sophistiquée qui lui servait de bouclier. Et cela ne fut pas pour lui déplaire.

— Francesca, murmura-t-il en se levant.

— Bonjour, Dominic.

Le maître d'hôtel tira une chaise à son intention, et elle s'assit avec une grâce naturelle.

— Madame désire-t-elle commander un apéritif ?

— Je prendrais volontiers une orange pressée, merci.

Sur un hochement de tête, l'employé s'éclipsa.

Sous les lumières tamisées, les tables lui parurent très petites. Et Dominic semblait beaucoup trop proche.

Comme pour se donner du courage, elle le détailla longuement ; ses traits paraissaient plus fins, son ossature plus prononcée dans la faible luminosité. Cheveux noirs, yeux noirs, costume sombre qui accentuait encore son imposante carrure.

Un homme très complexe, songea-t-elle tout à coup — un homme capable de tendresse mais aussi de brutalité. Cette contradiction se lisait merveilleusement bien dans ses tableaux, pleins tantôt d'agressivité et de couleurs tranchantes, tantôt d'une délicatesse et d'une sensibilité extrêmes.

Et comme homme, comme amant ? Etait-il fougueux, passionné, impétueux ? Ou tendre, aimant et attentionné ?

Peut-être tout cela à la fois…

Les joues en feu, Francesca saisit le menu d'un geste sec et fit mine de le parcourir.

— Si je vous dis que vous êtes resplendissante, le retiendrez-vous contre moi ?

Une pointe de moquerie teintait sa voix. Abaissant la carte, Francesca rencontra son regard et lui adressa un sourire plein de défi.

— Sans doute.

Il laissa échapper un rire rauque.

— Voulez-vous que nous engagions une conversation courtoise ou préférez-vous opter pour un silence amical ?

Francesca haussa les sourcils.

— Vous pouvez toujours me raconter votre journée d'hier puis je vous dirai ce que j'ai fait de mon côté, répondit-elle en s'efforçant de garder son sérieux. Ça devrait au moins meubler dix minutes.

Dominic fit mine de réfléchir.

— Qu'ai-je fait hier ? Eh bien… j'ai pris l'avion très tôt le matin pour Melbourne où j'ai assisté à une réunion d'affaires puis j'ai déjeuné sur place avec un de mes associés. J'ai regagné Sydney en fin d'après-midi et je suis allé me défouler un peu en jouant au squash.

Francesca posa sur lui un regard réprobateur.

— Vous étiez censé ajouter quelques détails ! Vous n'avez parlé que trente secondes, montre en main.

Dominic s'empara de son verre de vin, le porta à ses lèvres et prit une longue gorgée.

— Et vous ? Qu'avez-vous fait hier ?

— J'ai participé en tant que membre du jury à un concours de jeunes mannequins, puis j'ai déjeuné avec ma mère.

— Et vous avez également imaginé mille prétextes pour annuler notre rendez-vous, n'est-ce pas ?

Décontenancée par tant de perspicacité, Francesca opta pour la franchise.

— Exact.

Dominic arqua un sourcil perplexe.

— Dois-je en conclure que je représente une menace à vos yeux ?

— Disons que vous me troublez.

Les mots lui avaient échappé malgré elle.

— C'est plutôt une bonne chose, fit Dominic d'un ton suave.

— Doucement… Nous ne faisons que déjeuner ensemble, rien de plus.

— Pour le moment, rectifia-t-il avant d'enchaîner habilement. Si nous passions notre commande ? Si vous en êtes friande, les escargots sont excellents ici.

C'était effectivement un mets qu'elle appréciait énormément. L'instant d'après, un jeune serveur s'approcha, prit leur commande et disparut.

Francesca saisit son verre et but une grande gorgée de jus d'orange.

— Avez-vous prévu quelque chose pour le week-end ? s'enquit Dominic un moment plus tard.

Prise de court, Francesca essuya ses lèvres du coin de sa serviette.

— Rien de particulier, non. Juste un peu de repos et de tranquillité.

— Vous n'avez pas d'engagement professionnel ?

Les longs doigts de Francesca jouèrent avec le pied de son verre.

— Non.

— Il y a une réception au Méridien, demain soir, pour laquelle j'ai reçu deux invitations. Gabbi et Benedict seraient ravis que nous nous joignions à eux.

Comme elle ne répondait pas, il s'adossa à sa chaise et l'enveloppa d'un regard perçant.

— A vrai dire, je n'assiste que très rarement à ce genre de mondanités mais cette fois, c'est différent, reprit-il. Ça me fournit l'occasion idéale de vous inviter.

— Et la présence de mes deux meilleurs amis est censée faciliter les choses, n'est-ce pas ? fit Francesca d'un ton lourd d'ironie.

Le serveur apporta leurs plats et acquiesça d'un signe

de tête comme ils refusaient de prendre un dessert et commandaient un café.

— Un simple oui ou non suffira, reprit Dominic, moqueur.

Francesca le gratifia d'un sourire éclatant. S'il croyait être le seul maître à bord, eh bien, il se trompait. Il était grand temps de lui montrer qu'elle aussi était capable de le prendre au dépourvu.

— Alors, c'est oui.

A sa grande déception, son visage ne trahit aucune émotion, aucun signe de surprise ou de satisfaction.

— Donnez-moi votre adresse, je passerai vous chercher, dit-il simplement.

Elle voulut protester ; au lieu de ça, elle lui livra docilement ses coordonnées qu'il nota rapidement dans son agenda.

Il était 14 heures passées lorsqu'ils sortirent du restaurant.

— Où êtes-vous garée ?

Francesca tressaillit en sentant la main chaude et ferme de Dominic se poser sur son bras nu.

— A l'angle de la rue, articula-t-elle avec peine, envahie par une soudaine vague de chaleur.

Pourquoi diable se sentait-elle à ce point menacée ? Il était 2 heures de l'après-midi, la rue était fréquentée par de nombreux passants, alors que craignait-elle, au juste ? Que Dominic lui saute dessus ? Ou plutôt qu'elle soit incapable de le repousser... ? C'était complètement absurde, à la fin !

D'un pas vif, elle se dirigea vers sa voiture, s'immobilisa devant la portière et fouilla dans son sac à la recherche de ses clés.

L'imposante silhouette de Dominic planait sur elle, plus intimidante que jamais... terriblement proche. Elle retint son souffle comme il se penchait lentement vers elle.

Un baiser, bref et léger, en guise d'au revoir. Elle accepterait la légère caresse de ses lèvres puis reculerait d'un pas, lui adresserait un dernier sourire et s'engouffrerait dans sa voiture.

Mais elle n'était pas du tout préparée à la douceur d'une bouche pleine et sensuelle qui semblait faite pour l'embrasser, pour deviner ses désirs les plus secrets et les assouvir.

Incapable de résister à l'appel de ses sens, elle noua ses mains sur la nuque de Dominic et s'arqua contre lui comme il l'attirait plus près encore. Un cri de protestation mourut sur ses lèvres, le baiser se fit plus intense, plus exigeant, et elle sentit chaque parcelle de son corps vibrer sous cet assaut passionné.

Au point d'oublier tout ce qui l'entourait...

Lorsqu'il mit un terme à leur baiser, elle chancela légèrement. Il lui fallut plusieurs secondes avant de reprendre contact avec la réalité. Le premier choc passé, ce fut un cuisant sentiment de honte qui l'envahit.

— A demain, murmura Dominic d'une voix étrangement enrouée. 18 h 30.

Ses lèvres pleines esquissèrent un sourire.

— Rentrez bien.

Il avait l'air totalement maître de lui ; sa respiration était lente et régulière tandis qu'elle avait l'impression d'avoir été engloutie par une lame de fond et propulsée sur la grève, à bout de souffle, complètement déboussolée.

Incapable d'émettre le moindre son, elle s'installa au volant de sa voiture et démarra.

Il lui fallut parcourir plusieurs kilomètres avant de retrouver une respiration normale. Beaucoup plus tard, allongée dans son lit, cherchant désespérément le sommeil, elle ressentait encore la caresse brûlante de la bouche de Dominic emprisonnant la sienne, la puissance de son corps plaqué contre le sien, et l'incroyable ivresse qui avait accompagné leur étreinte.

Francesca se leva tôt le lendemain matin. Après un solide petit déjeuner, elle prit une douche et s'habilla puis se rendit à son institut de beauté pour une séance de massage et de manucure.

Après le déjeuner, elle prit le temps de faire un peu de lèche-vitrines dans le quartier. Elle eut le coup de foudre pour une longue robe de soirée coupée dans un tissu fluide de couleur bronze, avec les escarpins et le sac assortis. Son œil averti l'avait aussitôt transposée sur la silhouette élancée de sa demi-sœur. Un sourire ravi flotta sur ses lèvres comme elle imaginait la réaction de Katherine lorsqu'elle ouvrirait le paquet.

Un peu plus tard, Francesca rejoignit Margo dans un petit bistrot où elles bavardèrent avec entrain devant une tasse de café. Il était presque 16 heures lorsqu'elle regagna sa voiture et prit la direction de son appartement. La réverbération du soleil sur le goudron était aveuglante et, d'un geste machinal, elle leva une main sur ses cheveux pour abaisser ses lunettes de soleil. Hélas, elle ne rencontra que le vide. Elle ne les trouva pas non plus dans son sac. Un juron s'échappa de ses lèvres. Où diable avait-elle pu les laisser ?

Extrêmement sensible aux fortes luminosités, elle souffrait souvent de migraines lorsqu'elle ne pouvait se protéger du soleil, particulièrement si elle était énervée ou fatiguée. Ce qui était le cas aujourd'hui.

Au moment où elle s'engagea dans sa rue, le martèlement douloureusement familier cognait déjà derrière son œil droit. Avec un peu de chance, deux cachets d'aspirine suffiraient à endiguer la douleur. Sinon, il lui faudrait prendre des médicaments plus forts prescrits par son médecin, et elle serait obligée de rester allongée plusieurs heures dans le noir, dans un silence total.

Francesca s'accorda encore une demi-heure avant de se mettre à la recherche de la carte de visite de Dominic.

En vain : la douleur, loin de s'atténuer, allait croissant. Autant dire qu'elle serait incapable de sortir ce soir. D'un geste las, elle décrocha le téléphone et composa le numéro de son portable.

Il répondit à la troisième sonnerie.

— Dominic Andrea à l'appareil.

Le son de sa voix accentua le martèlement douloureux qui heurtait à présent violemment les tempes de Francesca. Le seul fait de parler lui faisait mal, et elle se contenta de lui donner une brève explication sur son état.

— Je suis à cinq minutes de Double Bay, répondit-il. Attendez-moi, j'arrive.

— Non, ce n'est pas…

Trop tard, il avait déjà raccroché.

Elle n'avait aucune envie qu'il vienne chez elle. A dire vrai, elle n'avait envie de voir personne. La douleur s'intensifia soudain, et elle grimaça. Il était temps de prendre les antimigraineux que lui avait prescrits son médecin.

Lorsque la sonnerie de l'Interphone retentit, elle décrocha le combiné. En entendant la voix de Dominic, elle appuya sur le bouton qui commandait l'ouverture de la porte du hall.

Quelques instants plus tard, il émergea de l'ascenseur. Sans mot dire, il posa un regard soucieux sur son visage pâle, ses yeux cernés d'une ombre violacée, puis la poussa gentiment à l'intérieur et referma la porte derrière eux.

— Vous souffrez beaucoup, n'est-ce pas ?

Sans attendre de réponse, il effleura sa tempe d'un baiser aérien.

— Avez-vous déjà pris des médicaments ?

Francesca hocha la tête.

— Très bien. Dans ce cas, il ne reste plus qu'à aller vous coucher.

— Sur le divan, protesta-t-elle faiblement, brûlant d'envie de poser sa tête contre son torse vigoureux et de fermer les yeux.

Feignant de ne pas l'avoir entendue, il la souleva dans

ses bras, hésita quelques instants, comme pour repérer les lieux, et se dirigea finalement vers le vaste couloir.

Spacieuse et lumineuse, la chambre de Francesca était décorée dans un pâle camaïeu de pêche et de vert. Le mobilier était à la fois sobre et raffiné et un doux parfum de fleurs flottait dans la pièce.

Toujours en silence, il la posa doucement sur le lit et, indifférent à ses protestations, entreprit de lui ôter son pantalon puis rabattit le drap sur elle avant d'aller fermer les rideaux.

— Etes-vous bien installée ?

Les médicaments qu'elle avait pris la plongeaient dans une torpeur bienfaisante.

— Oui, répondit-elle dans un souffle.

Dominic s'installa sur une chaise, à son chevet, et la regarda sombrer dans le sommeil, une expression énigmatique inscrite sur le visage.

A priori, elle ne se réveillerait pas avant l'aube. Il décida de rester auprès d'elle pendant une petite heure, afin de s'assurer qu'elle dormait paisiblement.

Comme elle semblait sereine, à présent ! Ses traits parfaitement détendus reflétaient une beauté pure et naturelle, sa peau diaphane semblait aussi douce et veloutée que la soie. Et puis il y avait cette bouche rose et pulpeuse, tantôt rieuse et espiègle, tantôt sensuelle et provocatrice.

Mais, au-delà de cette apparente perfection, il décelait une vulnérabilité qu'elle cherchait désespérément à dissimuler. Une fragilité intérieure qui le bouleversait profondément. C'était la première fois qu'il éprouvait l'envie de se montrer protecteur envers une femme. Protecteur, tendre, aimant.

Bon sang, ce n'était pourtant pas compliqué : il voulait faire partie de sa vie. Il voulait gagner son respect, sa confiance. Et son amour. Le genre d'amour qui dure toute la vie. Avec elle, il éprouvait aussi le besoin de s'engager. Il pensait même au mariage, et c'était tout à fait nouveau pour lui...

Une ombre voila le beau visage de Dominic. Il était conscient qu'il ne serait pas facile de la convaincre de la sincérité de ses sentiments. Sa première union s'était terminée de façon si dramatique qu'elle était devenue réticente à tout lien amoureux.

Mais il n'était pas pressé. Il saurait se montrer patient.

Etouffant un soupir, il quitta l'appartement sur la pointe des pieds, veilla à refermer soigneusement la porte derrière lui, et rentra chez lui.

Le soleil filtrait à travers les rideaux quand Francesca se réveilla. Avec un gémissement, elle roula sur le côté et consulta le cadran de son réveil.

Elle avait faim. Et mourait de soif. Etouffant un bâillement, elle se leva et se dirigea vers la cuisine.

Un grand verre de jus d'orange commença par la revigorer. Avec des gestes mécaniques, elle brancha la cafetière, glissa une tranche de brioche dans le grille-pain et grignota une banane en attendant que tout soit prêt. Un bol de céréales, un œuf dur et une pomme compléteraient ce petit déjeuner pantagruélique, décida-t-elle en esquissant un sourire. Elle se servit une tasse de café et s'installa sur un tabouret devant le comptoir. La première gorgée de café lui apporta un vif plaisir, et elle ferma les yeux pour mieux l'apprécier.

Au même instant, le souvenir de la veille envahit son esprit. Elle se revit dans les bras de Dominic comme il la portait dans sa chambre. Combien de temps était-il resté ? Et pourquoi avait-il fait tout ça pour elle ?

En vérité, elle n'était pas sûre de vouloir connaître la réponse.

Le téléphone sonna à deux reprises alors qu'elle était sous la douche ; il y avait deux messages sur son répondeur : un de Dominic, l'autre de Gabbi.

Francesca commença par appeler son amie, inquiète

sur son état de santé. Après l'avoir rassurée, elle bavarda encore quelques minutes avant de raccrocher. Elle s'apprêtait à composer le numéro de Dominic lorsque la sonnerie de son téléphone la fit sursauter.

— Francesca.

Son pouls s'accéléra au son de cette voix basse et sensuelle.

— Avez-vous passé une bonne nuit ?

— Oui. Merci, ajouta-t-elle, la gorge soudain sèche.

Il y eut un bref silence, puis Dominic reprit :

— Aimeriez-vous vous joindre à moi pour un pique-nique ?

Décontenancée par la question, elle hésita puis décida de gagner un peu de temps en jouant la carte de l'humour.

— Si je refuse, irez-vous vous cloîtrer dans votre atelier pour peindre des jours durant, coupé du monde entier ?

Il partit d'un rire amusé.

— Quelque chose dans ce goût-là, oui.

— Que diriez-vous d'un compromis ?

— Je vous écoute.

— Je viens vous regarder peindre un peu et, ensuite, nous irons pique-niquer.

— Vous êtes simplement curieuse de voir mes estampes japonaises, fit-il d'un ton espiègle.

Francesca ne put s'empêcher de sourire.

— Vous m'avez vue en plein travail, non ? rétorqua-t-elle. Je trouve que c'est de bonne guerre.

— Votre travail est bien plus attrayant qu'une pile de toiles blanches et une montagne de tubes de peinture, je peux vous l'assurer.

Elle pouffa.

— Alors, marché conclu ?

— Marché conclu.

— Je me mets en route dans cinq minutes.

Avant de quitter son appartement, elle prit la précaution de glisser dans son sac une paire de lunettes de soleil de rechange et décida de s'arrêter en chemin pour faire quelques emplettes en vue du pique-nique.

Une demi-heure plus tard, elle sonnait à la porte de Dominic, chargée de deux gros sacs en papier kraft.

— Je vous ai invitée à un pique-nique, je ne vous ai pas demandé d'apporter votre repas, commenta Dominic d'un ton gentiment réprobateur avant de la débarrasser de son chargement.

Francesca esquissa une moue penaude.

— Je me suis laissé emporter. En outre, je vous dois un repas.

— Vous ne me devez rien du tout.

Elle le suivit dans la cuisine.

— Soyez gentil, laissez-moi m'accrocher à mon indépendance.

La pièce était chaleureuse, équipée des derniers appareils électroménagers, constata-t-elle tandis qu'il rangeait le contenu des deux sacs. Puis elle laissa son regard errer sur la silhouette athlétique. Vêtu d'un jean délavé, d'un T-shirt gris chiné qui avait connu des jours meilleurs et chaussé d'une paire de tennis, Dominic lui sembla plus séduisant que jamais.

Il arqua un sourcil moqueur.

— Qu'aviez-vous imaginé ? Une grande blouse noire et une écharpe blanche ?

Son regard pétillait d'espièglerie et, d'un geste lent, il tendit la main vers son visage et caressa doucement sa joue.

— Allons-y, suggéra-t-il soudain en la prenant par le bras.

Le cœur battant, Francesca se laissa guider vers un vaste atelier situé au-dessus du garage. C'était sans doute le rêve de tout artiste de pouvoir créer dans de telles conditions, songea la jeune femme en promenant autour d'elle un regard ébahi. De part et d'autre, d'immenses baies vitrées laissaient entrer la lumière, une lumière qui éclaboussait chaque centimètre carré de la pièce. Même le toit était incrusté de grands panneaux vitrés.

Contre le seul mur de pierre se dressaient une série d'étagères de bois brut croulant sous les outils de l'artiste peintre — des pots de pinceaux, des tubes de peinture à l'huile, des toiles soigneusement roulées. Quelques chevalets vides trônaient dans la pièce. Çà et là, le plancher était maculé de taches de couleur.

— Avez-vous besoin de silence pour travailler ? s'enquit-elle, fascinée par ce qu'elle découvrait. Ou bien préférez-vous un fond sonore ?

— Ça dépend de mon humeur… et de ma muse, ajouta-t-il en la dévisageant avec intensité. Asseyez-vous, je vous en prie, reprit-il en désignant un vieux fauteuil de cuir. Je dois terminer un abstrait qui sera vendu lors d'une vente de charité, la semaine prochaine.

Francesca obéit. Fascinée, elle le regarda transformer une toile à moitié vide en une véritable œuvre d'art, pleine de vie et de mouvement. Sous ses yeux émerveillés, les couleurs s'entrechoquèrent pour créer finalement un ensemble vibrant d'audace et d'harmonie.

Le visage concentré, Dominic était totalement absorbé dans son travail, et il s'écoula une bonne heure avant qu'il recule d'un pas, manifestement satisfait.

— Ça suffit pour aujourd'hui, déclara-t-il sobrement.

Après s'être essuyé les mains à un chiffon, il rassembla ses pinceaux et se dirigea vers l'évier pour les rincer.

— Je vais prendre une douche et me changer pendant que vous placerez tout ce dont nous avons besoin dans la glacière, d'accord ? proposa-t-il en la laissant dans la cuisine.

Il reparut dix minutes plus tard, vêtu d'un jean en toile beige et d'un polo bleu marine.

Ils prirent sa voiture et roulèrent en direction d'un parc situé en bord de mer.

— Vous avez faim ? demanda-t-il en étalant une grande nappe sur la pelouse qui surplombait une plage en croissant de lune.

Il était presque 15 h 30.

— Je n'ai pas faim : je meurs de faim, corrigea-t-elle en riant.

Elle entreprit de sortir le contenu de la glacière pendant qu'il plantait un grand parasol dans l'herbe. Assiettes en carton, couverts, petits pains frais, jambon, poulet, assortiment de salades, fromage, fruits… De quoi nourrir un régiment ! songea la jeune femme en réprimant un sourire.

— Un Perrier ?

— Volontiers, merci, répondit-elle en acceptant avec gratitude la bouteille qu'il lui tendait.

Dominic partagea les pains en deux et commença à les garnir.

— Voici pour vous.

— Merci.

Elle mordit à belles dents dans son sandwich et poussa un soupir heureux.

— Mmm, c'est délicieux !

Elle se sentait merveilleusement détendue, malgré le fait que l'endroit était désert, qu'ils étaient seuls, terriblement proches l'un de l'autre. Cela faisait une éternité qu'elle n'avait pas éprouvé une telle sérénité.

Cédant à la curiosité qui la dévorait depuis qu'elle avait rencontré Dominic Andrea, elle prit la parole :

— Parlez-moi un peu de vous.

Il termina son sandwich et en prépara un autre. Lorsqu'il leva les yeux sur elle, son regard était grave, presque solennel.

— Que désirez-vous savoir ?

Francesca haussa les épaules.

— Eh bien… Où vous êtes né, si vous avez encore votre famille…

— Les informations courantes, en somme, la coupat-il avec une pointe de moquerie dans la voix. Je suis né à Athènes. Mes parents sont venus s'installer en Australie lorsque j'avais sept ans. J'ai deux sœurs plus jeunes que moi. L'une vit aux Etats-Unis, l'autre à Santorin. Ma mère est retournée en Grèce il y a cinq ans, après que mon père a succombé à une crise cardiaque.

Francesca hocha gravement la tête.

— Vous les voyez souvent ?

— Tous les ans, répondit-il avec un sourire.

Sa réponse la surprit. Curieusement, elle n'avait pas imaginé qu'il puisse être attaché à sa famille. Elle se le représentait toujours seul, libéré de toute contrainte.

— Je suppose que vous avez des neveux et des nièces ?

— En effet : deux neveux et deux nièces, âgés de trois mois à six ans.

Tout à coup, l'image d'un enfant riant aux éclats perché sur ses larges épaules jaillit dans son esprit, et une vive émotion s'empara d'elle, en même temps qu'une autre question la taraudait. Une question qu'elle n'osa toutefois pas formuler à haute voix. Pourquoi un homme comme lui — séduisant, intelligent, talentueux — n'était-il pas marié ? Pourquoi n'avait-il pas fondé sa propre famille ?

La voix de Dominic l'arracha à sa rêverie.

— Et vous ?

Francesca répondit de bonne grâce, avec la même brièveté.

— Je suis née à Sydney, et c'est également là que j'ai passé toute ma vie. Mes parents ont divorcé il y a déjà plusieurs années. J'ai un demi-frère et une demi-sœur du côté de mon père. Et quelques beaux-pères après les innombrables remariages de ma mère.

Elle marqua une pause puis se leva souplement.

— Allons marcher un peu sur la plage. A quelle heure devez-vous rentrer ? ajouta-t-elle en jetant un coup d'œil à sa montre.

— Je ne suis pas pressé, répondit Dominic d'un ton laconique.

Ils rassemblèrent les reliefs de leur repas et déposèrent le tout dans le coffre de la voiture. Puis ils traversèrent le parc qui descendait en pente douce vers la plage et marchèrent jusqu'au bord de l'eau. La légère brise qui soufflait de l'océan balayait les cheveux de Francesca et gonflait la soie de son corsage.

La côte, à cet endroit, dessinait une petite crique, fermée à chaque extrémité par des blocs de rochers. Dominic prit sa compagne par la main, et ils longèrent la plage en échangeant des anecdotes et des plaisanteries.

Francesca comprit alors qu'un lien plus profond qu'une simple attraction physique était en train de se tisser entre eux. Au fil de la conversation, ils devenaient plus complices, plus naturels l'un envers l'autre.

Méfie-toi, Fran, c'est exactement ce que tu voulais éviter, souffla une petite voix qu'elle s'empressa d'étouffer, résolue à profiter de chaque instant passé en compagnie de Dominic.

Il était presque 17 heures lorsqu'ils regagnèrent la voiture. Dominic désactiva l'alarme et déverrouilla les portières. La main sur la poignée, Francesca retint son souffle. Avec une rapidité déconcertante, Dominic l'avait emprisonnée dans une étreinte déterminée.

Elle eut juste le temps d'apercevoir son regard assombri par le désir avant que ses lèvres ne prennent les siennes, quémandant ce qu'elle craignait tant de lui donner.

Sa bouche était chaude et ferme contre la sienne et sa langue franchit le barrage de ses lèvres entrouvertes avant même qu'elle ait eu le temps de comprendre ce qui se passait.

Il se montra d'une patience et d'une douceur infinies à mesure que son baiser s'intensifiait, se transformait en une caresse extrêmement érotique.

Très vite, Francesca sentit que son corps allait la trahir. Il y eut d'abord les battements désordonnés de son cœur, puis le léger tremblement qui envahit rapidement tous ses membres, la plongeant dans un état second où plus rien ne comptait que cette fièvre des sens, cette impression de revivre sous les caresses de Dominic. Abandonnant toute retenue, elle lui rendit son baiser, savourant la danse langoureuse de leurs langues qui lui fit bientôt miroiter la promesse d'autres étreintes, plus passionnées encore.

Elle brûlait d'envie de se blottir contre lui, et, instinctivement, elle croisa les doigts autour de sa nuque et se pressa contre son torse puissant.

La force de son désir lui arracha un petit gémissement qui mourut sur ses lèvres lorsque Dominic plaqua ses mains sur ses reins et l'attira plus près encore.

Avec une lenteur délibérée, il fit onduler ses hanches et l'entraîna avec lui vers un abîme de plaisir. Sa main remonta vers sa poitrine, en caressa lentement les rondeurs avant de se glisser dans l'échancrure de son corsage et d'écarter la fine dentelle de son soutien-gorge.

Un long soupir s'échappa des lèvres de Francesca et, comme s'il n'attendait que ce signal, Dominic prit possession de sa bouche avec plus de fermeté, cette fois.

Personne encore ne l'avait embrassée avec une telle fougue. Un désir primitif, à l'état brut, les unissait. Consumés par le feu qui brûlait entre eux, ils avaient oublié les notions de temps et d'espace.

Ce fut une voix d'enfant qui les ramena brutalement à la réalité. La respiration de Dominic était aussi saccadée que la sienne comme il enfouissait son front dans la masse soyeuse de ses cheveux.

— Dominic…, murmura Francesca, à bout de souffle.

Il se redressa et posa sur elle un regard voilé.

— Je sais.

Avec une réticence manifeste, il ouvrit la portière et attendit qu'elle soit montée pour faire le tour de la voiture et se glisser au volant.

Quelques instants plus tard, le moteur vrombit. Avec des gestes fébriles, Francesca chaussa ses lunettes de soleil, heureuse de pouvoir se cacher derrière les verres teintés. Vraiment, ils s'étaient comportés comme de véritables adolescents ! A la pensée de ce qui aurait inévitablement suivi s'ils n'avaient pas été dérangés, elle s'empourpra violemment. Comment avait-elle pu se laisser aller ainsi, dans les bras d'un homme qu'elle connaissait à peine, un homme dont elle ne voulait pas dans sa vie !

La voix de Dominic la fit sursauter.

— Cessez de ruminer en silence, Francesca. Ce qui vient de se produire est tout à fait normal. Vous aviez envie de moi. J'avais envie de vous. C'est aussi simple que ça, conclut-il avec une désinvolture irritante.

Sur le point de répliquer, Francesca se ravisa. Inutile de s'opposer à lui ; mieux valait feindre le même détachement.

— Oublions ça, d'accord ?

A sa grande surprise, il laissa échapper un petit rire narquois.

— Bien tenté, Francesca, susurra-t-il en lui glissant un regard furtif.

A cet instant, elle eut envie de le gifler et l'aurait certainement fait s'il n'avait pas été en train de conduire. Le trajet jusqu'à sa maison de Beauty Point durait une bonne demi-heure, et elle mit ce temps à profit pour dominer sa colère.

Dès que la voiture s'immobilisa, elle en sortit et se dirigea vers la sienne.

— La fuite n'est jamais une bonne solution.

Dominic l'avait rattrapée. Un reste de colère et une bonne dose de fierté firent étinceler les yeux noisette de la jeune femme.

— Peut-être pas. Quoi qu'il en soit, je rentre chez moi.

— J'ai l'intention de vous revoir, vous savez.

Il avait raison, comprit-elle avec stupeur. Fuir ne servirait à rien. Mais, pour le moment, elle avait besoin d'être seule afin de mettre de l'ordre dans ses pensées.

Elle parcourut la distance qui la séparait encore de sa voiture, puis s'immobilisa et lui fit face.

— Au revoir, Dominic.

En quelques enjambées, il fut près d'elle. Elle vacilla lorsqu'il l'enlaça par les épaules et inclina son visage vers le sien.

Elle voulut le repousser mais il était trop tard ; déjà,

ses lèvres ardentes réclamaient les siennes dans un baiser qui ébranla toutes ses certitudes.

— A mardi soir. Soyez là, Francesca, commanda-t-il d'une voix pressante.

Incapable d'articuler la moindre parole, elle déverrouilla sa portière d'un geste tremblant.

Son cœur battait encore à coups redoublés lorsqu'elle franchit les grilles de la propriété.

Mon Dieu, que lui arrivait-il ?

7.

De retour chez elle après une journée particulièrement remplie — le défilé au profit de la fondation contre
la leucémie s'était révélé nerveusement éprouvant —,
Francesca se dirigea directement vers sa penderie. Quel
genre de tenue devait-elle choisir pour cette soirée en
compagnie de Dominic ? Simple et décontractée... ou
plutôt chic et sophistiquée ?

Et si elle annulait ce rendez-vous ? songea-t-elle soudain,
en proie à une nervosité grandissante.

Si elle annulait ce rendez-vous, Dominic serait capable
de venir la chercher jusqu'ici...

Après de nombreuses hésitations, son choix se porta
sur un tailleur-pantalon de soie vert émeraude, à la fois
sobre et élégant.

C'était une soirée magnifique. D'un bleu limpide, le
ciel s'étendait au-dessus de l'océan turquoise irisé par les
derniers rayons du soleil couchant.

Il était 18 h 30 lorsqu'elle gara sa voiture devant le
perron de l'imposante demeure. Tenaillée par le doute et
l'appréhension, elle prit tout son temps pour verrouiller
ses portières. *Ressaisis-toi, enfin!*, s'exhorta-t-elle en
gravissant les marches. Le carillon tinta dans le hall
d'entrée. Quelques instants plus tard, la porte s'ouvrit et
elle afficha un sourire tremblant.

— Bonsoir.

Les pupilles de Dominic se rétrécirent légèrement
comme il l'observait avec attention. Dans son costume

de lin noir et sa chemise de coton crème, déboutonnée au col, il semblait décontracté et sûr de lui.

Comme ce serait bon de se blottir dans ses bras et de réclamer un baiser... Pendant une fraction de seconde — un instant fou, complètement insensé —, elle faillit céder à son envie.

— Laissez-moi deviner... Vous avez passé une mauvaise journée, c'est ça ?

Francesca eut une moue dépitée.

— Je crois qu'on peut dire ça, en effet.

— Voulez-vous en parler ?

— Quel épisode désirez-vous entendre ?

— Attendez... L'un des mannequins a piqué une crise de nerfs, le créateur a fait un caprice, et le ou la responsable de l'habillement a menacé de tout plaquer.

Il arqua un sourcil amusé.

— C'est ça ?

— Presque.

Avec un petit rire, il la prit par le bras et l'entraîna dans le salon.

— Que voulez-vous boire : de l'eau, un peu de vin ?

— Je sais que c'est un sacrilège mais pourrais-je avoir un peu des deux ?

Trop agitée pour s'asseoir, elle traversa la pièce afin d'examiner de plus près un petit tableau qui avait déjà retenu son attention lors de sa première visite.

La scène campait un jardin dans un tourbillon de tons fondus, bleu pâle, rose et lilas mêlés. Jetant un coup d'œil à la signature inscrite au bas du tableau, elle retint son souffle. Il y avait peu de doute quant à son authenticité.

— Vous aimez Monet ? s'enquit Dominic, qui s'était approché en silence.

Elle se tourna lentement vers lui.

— Qui ne l'aime pas ?

Il lui tendit un verre à pied, qu'elle leva vers lui.

— *Salute*.

Ils dînèrent sur la terrasse, de tarama, de blinis et de salade composée.

— Tout est délicieux, déclara Francesca en se servant une tranche de melon et une poignée de fraises bien rouges.

Dominic avait également apporté de la glace. A la vanille, avec du caramel et des pépites de chocolat.

Elle croisa son regard taquin et ne put s'empêcher de rire.

— Vous vous êtes souvenu…

— Mais la mangerez-vous… ? Là est la question.

Elle plissa son nez et s'empara d'une petite cuillère.

— Vous en doutez ? Eh bien, regardez-moi !

La vue sur le port était de toute beauté comme le soleil déclinait lentement sur l'horizon, couvrant le ciel et l'eau d'un voile rouge orangé. Les lumières des réverbères piquetaient çà et là les quartiers de la périphérie ; au-delà, on percevait l'animation et la touffeur de la ville.

Ici pourtant, tout était paisible et calme : une oasis au milieu du chaos. Le mur qui ceignait la propriété de Dominic la protégeait des voisins, et la végétation luxuriante donnait presque l'impression qu'on était à la campagne.

— Voulez-vous passer à l'intérieur ?

Francesca s'essuya les doigts dans sa serviette puis, avec un long soupir, reposa sa tête contre le dossier du confortable fauteuil de rotin.

— Pour être franche, je n'ai aucune envie de bouger.

Et le fait de devoir se présenter à l'aéroport à 6 heures le lendemain matin lui semblait presque irréel. Pourtant, c'était bien ce qui l'attendait, puisqu'elle avait accepté de participer à un défilé de mode organisé à l'hôtel Sheraton Mirage, sur la Gold Coast. Suivraient une séance photo puis un cocktail en compagnie du directeur des relations publiques de l'hôtel et de ses collègues.

Et bientôt il lui faudrait retourner en Europe pour les collections de prêt-à-porter.

La jeune femme s'agita sur son fauteuil. Comme c'était étrange… Il y avait quelques semaines à peine, elle savait parfaitement de quoi demain serait fait ; elle poursuivait ses objectifs sans se poser de questions. Tandis qu'à présent, elle commençait à s'interroger sur le bien-fondé de telle ou telle mission. Pis encore, elle n'était plus vraiment sûre de savoir ce qu'elle voulait réellement.

— Prendrez-vous du café ?

Francesca tourna légèrement la tête.

— Oui, s'il vous plaît.

Dominic se leva, et elle lui emboîta le pas prise d'une soudaine envie de s'occuper. A la cuisine, elle le regarda s'affairer autour de la cafetière puis disposer sur le comptoir tasses, soucoupes, petites cuillères et sucre.

Il évoluait avec des gestes sûrs et rapides. Comme sous l'effet de l'hypnose, le regard de Francesca glissa sur ses avant-bras puissamment musclés puis remonta sur ses larges épaules, son torse vigoureux qu'on devinait sans peine sous le chambray de sa chemise et s'attarda finalement sur sa mâchoire au contour ferme, sa bouche d'une sensualité extrême, ses pommettes hautes.

Et puis il y avait ces yeux, si sombres, si pénétrants lorsqu'ils rencontrèrent les siens.

Un long frisson la parcourut quand elle vit ce qu'ils exprimaient.

Du désir. A l'état brut. Presque sauvage.

Son pouls s'emballa, les battements précipités de son cœur lui parurent tout à coup parfaitement audibles. Visibles, même, songea-t-elle, pétrifiée, tandis que le désir, aussi intense que celui de Dominic, envahissait son corps.

— Venez.

N'hésitant plus, elle posa sa main dans la paume qu'il tendait vers elle et se blottit contre lui.

Aussitôt, il captura ses lèvres, en explora les contours pleins, mordilla la chair sensible. Il fit glisser sa langue sur ses dents, et quand, enfin, il franchit leur barrage, elle s'abandonna sans aucune résistance.

Une main chaude et ferme descendit le long de son dos et se referma sur ses fesses, la pressant contre lui afin qu'elle puisse mesurer toute l'ampleur de son désir.

Les doigts de Francesca agrippèrent ses avant-bras avant de remonter vers ses épaules tandis qu'il abandonnait sa bouche pour explorer sa gorge palpitante.

Grisée par le flot de sensations qui déferlait en elle, elle rejeta la tête en arrière et émit un long gémissement lorsque les lèvres de Dominic atteignirent la douce vallée qui séparait ses seins. Du bout de la langue, il traça un sillon brûlant en direction de leurs rondeurs satinées et écarta d'un doigt l'étoffe soyeuse, révélant un téton bourgeonnant.

Francesca ferma les paupières, ivre de plaisir. Elle avait besoin de sentir sa peau contre la sienne. Cédant à son envie, elle entreprit de déboutonner sa chemise puis tira sans ménagement sur les pans du vêtement afin de le libérer du pantalon.

C'était tellement bon… Dominic possédait un corps parfait, comme sculpté dans le bronze : un ventre plat, un torse vigoureux couvert d'une fine toison brune qu'elle brûlait d'envie de caresser…

Au même instant, les lèvres de son compagnon se refermèrent sur son sein, avant de le soumettre à la plus délicieuse des tortures, léchant, titillant, mordillant… Pour la première fois de sa vie, Francesca découvrait cette frontière magique qui sépare le plaisir de la douleur.

Toute pudeur envolée, elle promena une main sur la cuisse de son compagnon et dessina le contour de sa virilité avant de faire glisser la fermeture Eclair qui la retenait prisonnière.

Comme ses doigts effleuraient la soie de son caleçon, elle fut saisie d'une vague de panique en découvrant la force et la vigueur de son désir d'homme.

— Dominic, balbutia-t-elle dans un souffle, en proie à une soudaine appréhension.

Sa bouche prit de nouveau possession de la sienne, coupant court à ses protestations, et la tendresse de son baiser suffit à dissiper ses craintes.

Comme dans un brouillard, elle se sentit soulevée

de terre et emportée vers une chambre. Sa chambre, constata-t-elle lorsqu'il alluma une petite lampe de chevet qui projeta une lumière tamisée sur un grand matelas simplement posé sur un socle de bois. Sans mot dire, il relâcha son étreinte et la fit glisser à terre.

Pour l'amour du ciel, qu'était-elle en train de faire... ?

— Dominic, je ne pense pas que...

Sa voix se brisa lorsqu'il prit son visage en coupe dans ses mains et qu'il se pencha lentement vers elle.

— Ne pensez plus, chuchota-t-il tout contre ses lèvres. Contentez-vous de sentir.

Je ne suis pas sûre de pouvoir vous donner ce que vous voulez, songea-t-elle, envahie d'une soudaine appréhension. Quelle serait sa réaction si elle formulait ces mots à haute voix ?

Sans doute devina-t-il ses pensées, car il lui vola un baiser léger, avant d'affirmer :

— Si.

Puis sa langue se mêla à la sienne dans une caresse langoureuse tandis que ses mains apaisaient son corps agité de tremblements.

— Vous le pouvez, ajouta-t-il.

Il l'embrassa avec ferveur, puis murmura les mots qui finiraient de la rassurer — du moins l'espérait-il de tout son cœur.

— Faites-moi confiance, Francesca.

Pouvait-elle se le permettre ? De toute façon, son corps — le traître — ne lui laissait guère le choix, lui qui s'offrait à ses caresses sans aucun remords, sans aucune retenue.

Leurs vêtements glissèrent rapidement sur le sol et elle contempla, le souffle court, la beauté virile du corps magnifique qui se tenait devant elle.

Sous la peau hâlée de Dominic se dessinaient des muscles déliés et puissants. Une taille étroite, des flancs fermes, un ventre plat qui se terminait par un triangle de poils sombres accueillant sa virilité triomphante.

De nouveau un sentiment de panique s'empara d'elle,

et elle ferma brièvement les yeux. Les mains de son compagnon remontèrent le long de ses bras et se refermèrent sur ses épaules.

— Ouvrez les yeux, Francesca, ordonna-t-il comme son souffle effleurait sa joue. Je veux que vous me regardiez.

L'attirant contre lui, il enfouit son visage à la base de son cou. Sa langue traça de minuscules cercles d'une sensualité infinie sur sa peau fine, et elle vacilla dans ses bras, tremblant de la tête aux pieds.

Doucement, s'exhorta Dominic, en proie à un désir d'une intensité inouïe. *Doucement, la nuit nous appartient.*

Francesca émit une plainte sourde lorsque ses doigts coururent sur son ventre, descendirent encore pour finalement se perdre dans le buisson de sa féminité.

En même temps, sa bouche captura la pointe durcie d'un sein et, au moment où elle s'apprêtait à le repousser, incapable d'endurer plus longtemps cette douce torture, il l'abandonna et emprisonna l'autre.

Le feu qui couvait au cœur de son être explosa dans une gerbe d'étincelles lorsqu'il glissa ses doigts dans les plis moites de son intimité. Une plainte étranglée s'échappa d'entre ses lèvres ; elle chancela contre lui, subjuguée par l'intensité des sensations qu'il lui faisait découvrir.

Dominic tomba à genoux et, bientôt, ses doigts experts cédèrent la place à sa langue, tantôt légère, douce comme la caresse d'une plume, tantôt audacieuse et exigeante.

— Dominic… Non…

Mais c'était trop tard et, vaincue, Francesca enfouit les mains dans l'épaisseur soyeuse de ses cheveux et s'arqua contre lui, savourant sans retenue le baiser le plus intime qu'on lui eût jamais donné. Sous les assauts tendres et insistants de sa langue, elle perdit pied et se laissa entraîner dans un tourbillon de plaisir extrême, inconsciente des soupirs qu'elle poussait jusqu'à ce que l'orgasme l'emporte et qu'une longue plainte inarticulée franchisse le seuil de ses lèvres.

Parcourue de violents frissons, elle s'accrocha aux

épaules de Dominic comme celui-ci se redressait pour venir cueillir sur ses lèvres un baiser enfiévré.

Jamais encore elle n'avait éprouvé une telle débauche de volupté. Sa capitulation était totale, elle ne désirait plus qu'une chose : appartenir pleinement à cet homme qui savait si bien la satisfaire.

Plongée dans une délicieuse torpeur, elle sentit à peine le matelas contre son dos et entendit vaguement le bruit d'un tiroir qui coulissait, suivi par le froissement d'un papier.

Après quelques gestes précis, les mains de Dominic se posèrent de nouveau sur sa frêle silhouette, humbles et caressantes comme s'il la priait silencieusement de bien vouloir l'accueillir.

C'était la première fois qu'elle éprouvait un tel désir pour un homme — un désir qui finissait presque par devenir douloureux — et elle retint son souffle lorsqu'il la pénétra avec une douceur infinie.

Enfin soudés, leurs corps entamèrent une danse enfiévrée qui les guida lentement mais inexorablement vers les cimes du plaisir.

Elle dut crier tandis que Dominic tremblait violemment, emporté à son tour par la violence de son orgasme, car, presque aussitôt, les lèvres de son amant couvrirent les siennes, tendres et apaisantes.

Pendant un long moment, elle demeura parfaitement immobile, incapable d'esquisser le moindre geste, savourant encore les derniers tourments de la passion.

Puis elle souleva une main et la fit glisser paresseusement le long du dos de son amant avant de la poser sur sa hanche.

D'un mouvement souple, Dominic roula sur le dos, l'entraînant à sa suite. Puis il enfouit les doigts dans ses cheveux et ôta les épingles qui retenaient en chignon ses longues boucles cuivrées.

— Mmm, voilà qui est mieux.

Un sourire empreint de tendresse flottait sur ses lèvres

tandis qu'il contemplait la cascade soyeuse qui tombait à présent sur ses épaules.

Avec un petit rire gêné, Francesca se blottit dans l'étau protecteur de ses bras.

Une douce torpeur les envahit, et elle dut sombrer dans un sommeil réparateur. Par la suite, elle se rappela s'être réveillée à deux reprises, le corps encore engourdi de plaisir.

— Il faut que je rentre, murmura-t-elle chaque fois avant de succomber aux caresses de ses doigts habiles et aux baisers persuasifs de sa bouche exigeante.

— Dominic, articula-t-elle d'une voix pleine de sommeil comme les premières lueurs de l'aube filtraient à travers les rideaux. Il faut que je sois à l'aéroport à 6 heures.

A sa grande surprise, il se glissa hors du lit, la souleva dans ses bras et l'emmena jusqu'à la cabine de douche, indifférent à ses protestations.

Il la savonna entièrement, avec une douceur inouïe puis l'enveloppa dans un immense drap de bain moelleux et parfumé.

— Pourquoi ne retournerions-nous pas un peu au lit ?

Il planta un baiser sur le bout de son nez avant d'embrasser ses lèvres.

— Pour dormir, c'est promis, ajouta-t-il d'un ton espiègle. Je mettrai le réveil et je te préparerai un bon petit déjeuner avant que tu t'en ailles.

C'était une proposition tentante. Très tentante… qu'elle refusa d'une moue contrite.

— Il faut vraiment que j'y aille.

Lorsqu'il eut terminé de la sécher, elle s'habilla rapidement, consciente de son regard noir qui la dévorait.

Qu'était-elle censée dire à présent ? « Merci, c'était formidable » ?

Comme s'il avait deviné son embarras, Dominic posa un index sur ses lèvres.

— Prends soin de toi, dit-il simplement.

L'atmosphère qui enveloppait les rues désertes était comme irréelle. Il n'y avait ni lune ni étoiles dans le ciel éclairé simplement par une sorte de brume diaphane précédant le lever du soleil.

Quelle heure était-il exactement ? L'horloge digitale qui brillait sur le tableau de bord de sa voiture affichait 4 h 30. Dans une heure et demie, elle devait se présenter à l'aéroport.

Ce qui ne lui laisserait pas le temps de dormir, songea-t-elle en se garant devant son immeuble. Aussi étrange que cela puisse paraître, elle n'éprouvait aucune fatigue. Au contraire, elle se sentait pleine d'énergie, incroyablement vivante… plus vivante en tout cas qu'au cours de ces trois dernières années.

Une fois chez elle, elle se prépara une tasse de café bien fort, et se percha sur un tabouret, devant le comptoir de la cuisine. Un verre de jus d'orange, une banane, un bol de muesli. Une autre tasse de café. Un petit déjeuner vitaminé pour une journée qui s'annonçait longue et chargée.

Voilà… Elle avait passé la nuit avec un homme… Ou plus précisément : elle avait fait l'amour avec un homme ! Un rire sans joie mourut sur ses lèvres tandis qu'un tumulte d'émotions contradictoires s'emparait d'elle.

Qu'allait-il se passer à présent ? Continueraient-ils à se voir de temps en temps, une nuit chez lui, une nuit chez elle, parfois même pour une escapade sensuelle, le temps d'un week-end ?

Une relation purement physique, sans aucun engagement sentimental. Etait-ce réellement ce qu'elle souhaitait ?

Tout à coup, un sanglot lui échappa tandis qu'une vague de culpabilité la submergeait, cruelle, douloureuse. Elle venait de trahir Mario et de bafouer tout ce qu'ils avaient partagé. L'amour, la passion, les fous rires, leurs espoirs et leurs rêves, la peur qu'elle éprouvait chaque fois qu'il prenait le volant pour une course.

Elle eut l'impression de recevoir un coup de poignard en plein cœur et, gagnée par un désespoir indicible, elle enfouit son visage dans ses mains.

Elle ne pleurerait pas, pas cette fois. Elle avait déjà versé trop de larmes par le passé.

Avec des gestes d'automate, elle brancha son répondeur, rangea rapidement l'appartement, rassembla ses bagages et descendit dans le hall de réception pour attendre le taxi qui devait la conduire à l'aéroport.

8.

De grandes plages de sable blanc, un océan d'un bleu profond agité par des rouleaux qui attiraient tous les surfeurs du pays et, à cette heure matinale, un ciel pâle et lumineux, voici ce que découvrit Francesca par la vitre du taxi qui la conduisait de l'aéroport de Coolangatta, qui desservait toute la Gold Coast, jusqu'à l'hôtel Sheraton Mirage, situé dans un luxueux complexe touristique.

Une fois dans sa chambre, la jeune femme ouvrit son sac de voyage et rangea ses affaires. Quand elle eut terminé, elle jeta un regard en direction du vaste lit puis consulta sa montre. Il lui restait encore plusieurs heures à tuer avant le début du défilé. Sa décision fut prise rapidement : elle en profiterait pour rattraper le sommeil perdu.

Quelques instants plus tard, vêtue d'un simple peignoir, elle se glissa entre les draps frais, régla son réveil et ferma les yeux.

Aussitôt, les images de la nuit passionnée qu'elle venait de passer dans un autre lit, à neuf cents kilomètres de là, surgirent dans son esprit.

Cela avait été tellement bon… Bien plus que ça, d'ailleurs. Faire l'amour avec Dominic avait été… divin ? Fabuleux ? Exquis ? Torride ? Aucun adjectif ne pouvait qualifier le sentiment de plénitude qu'elle avait éprouvé entre ses bras.

A présent, elle se sentait horriblement seule. Vide. Dépossédée.

Vivre une liaison avec un homme comme Dominic

Andrea se révélerait extrêmement dangereux : il serait beaucoup trop facile de devenir dépendante de sa fougue, de sa passion… de lui.

Pour avoir déjà offert son cœur par le passé — et l'avoir perdu —, elle s'était juré de ne plus jamais endurer de telles souffrances.

Ce fut la sonnerie du réveil qui la tira du sommeil, et elle fut surprise de constater qu'elle avait fini par s'endormir, malgré les préoccupations qui la taraudaient.

Une douche lui éclaircit les idées. Ensuite, elle se maquilla, se coiffa avec soin, s'habilla et se rendit dans la grande salle de réception du rez-de-chaussée.

Le Sheraton Mirage avait été construit en bord de plage. Tout en marbre, cuivre et verre fumé, il possédait une étonnante cascade située dans le hall ainsi qu'une piscine gigantesque bordée d'un bar tout aussi impressionnant.

Dans la salle de réception, les conversations allaient bon train. Une fois de plus, l'élite de la région semblait s'être donné rendez-vous dans ce cadre idyllique.

La salle était bondée lorsque le défilé commença. Aucun incident majeur ne vint perturber son déroulement, et ce fut sous les applaudissements nourris du public que les mannequins disparurent en coulisses.

Francesca eut juste le temps d'avaler une assiette de crudités avant d'enchaîner sur la séance photo fixée par son contrat.

Avec son ton familier et son sourire hypocrite, le photographe lui sembla aussitôt trop mielleux. Pis, il n'hésita pas à laisser traîner ses mains çà et là sur son corps sous prétexte de corriger personnellement les poses qu'il lui suggérait.

Après deux heures passées devant son objectif dans différentes parties de l'hôtel puis près de la piscine, Francesca était sur le point de craquer. Cet homme était beaucoup trop envahissant, et elle brûlait d'envie de lui dire ses quatre vérités.

Heureusement, la séance prit fin au moment où elle

ouvrait la bouche pour protester. En proie à une soudaine lassitude, elle s'empressa de battre en retraite dans sa chambre. Son répit serait de courte durée. Bientôt, il lui faudrait de nouveau se changer pour assister au cocktail, également prévu dans son contrat.

Pour l'occasion, elle choisit une robe de taffetas noir, dont les manches et le bustier étaient incrustés de petits brillants. Elle compléta sa tenue par une paire d'escarpins en daim noir à très hauts talons. Avec des gestes machinaux, elle rassembla ses boucles en un chignon lâche, laissa retomber quelques mèches autour de son visage, puis entreprit de retoucher son maquillage. Une fine chaîne en or et un bracelet assorti apportèrent la touche finale.

S'emparant d'une pochette de cuir noir matelassé, la jeune femme quitta sa chambre et descendit au bar.

Une heure tout au plus, puis elle prendrait congé de ses hôtes et regagnerait discrètement sa suite. Là, elle commanderait un repas léger, prendrait une douche et irait se coucher avec un plaisir indicible.

Les invités commencèrent à arriver ; les organisateurs du défilé procédèrent aux présentations et les conversations, à la fois courtoises et décontractées, s'engagèrent. Un moment plus tard, la ronde des discours débuta tandis que les plateaux de canapés circulaient parmi la foule.

Ignorant délibérément ses œillades assassines, le photographe continuait à graviter autour de Francesca, un sourire goguenard aux lèvres mais, lorsque ses mains baladeuses se rapprochèrent trop de certaines parties de son anatomie, elle lui écrasa le pied sans ménagement d'un coup de talon.

Son visage devint blême avant de s'empourprer violemment.

— Petite garce, siffla-t-il entre ses dents.

Sans un mot, elle lui tourna le dos, prit congé auprès de l'organisatrice du cocktail et quitta le bar. Une fois la porte de sa suite soigneusement refermée derrière elle, elle s'y adossa et exhala un long soupir.

Elle se sentait tellement fatiguée, tant sur le plan moral que physique…

Après s'être débarrassée de ses escarpins, elle gagna la salle de bains et entreprit de se démaquiller.

Deux coups secs frappés à sa porte la firent sursauter. Elle n'avait pas encore commandé à dîner, et il était trop tôt pour que la femme de chambre vienne préparer le lit pour la nuit.

Sourcils froncés, elle s'essuya les mains et traversa la pièce.

— Qui est là ?

— Dominic.

Dominic ?

Francesca entrouvrit la porte.

— Que fais-tu ici ?

La question lui avait échappé et elle le vit arquer un sourcil amusé.

— Je m'étais attendu à un accueil plus… chaleureux.

Réprimant un sourire, Francesca ôta la chaînette de sécurité.

Vêtu d'un pantalon noir et d'une chemise en popeline blanche, il dégageait une virilité troublante.

— Tu passais dans le quartier et tu as décidé de venir me dire bonjour, c'est ça ? fit-elle d'un ton faussement léger.

Dominic ne répondit pas. Il se pencha vers elle et l'embrassa avec un mélange d'ardeur et de tendresse. Lorsqu'il s'écarta, elle demanda plus sérieusement :

— Comment se fait-il que tu sois là, Dominic ?

Il posa plusieurs petits baisers sur sa lèvre inférieure, la mordilla doucement puis fit glisser sa bouche le long de sa gorge.

— Je n'avais pas envie de passer la nuit sans toi.

Sa réponse franche et directe la laissa sans voix. Devant son mutisme, il eut un petit rire.

— Tu as pu dormir un peu, tout de même ?

Francesca esquissa une grimace.

— J'ai si mauvaise mine que ça ?

Il effleura sa joue d'une caresse aérienne.

— Disons que tu as l'air un peu… fatiguée.

— Je crois que c'est le moins qu'on puisse dire.

Elle sentit son sourire contre ses lèvres.

— Tu as besoin de reprendre des forces. Que dirais-tu d'un petit dîner en tête à tête ?

La chaleur sensuelle que dégageait son corps attisait le feu du désir qui couvait déjà en elle. S'ils restaient plus longtemps ici, ils ne prendraient pas le temps d'aller manger, c'était évident.

— Nous n'avons qu'à traverser la rue et choisir un des restaurants qui longent Broadwater, répondit-elle d'un ton décidé.

Un sourire narquois joua sur les lèvres de son compagnon.

— La foule te rassurerait-elle, délicieuse Francesca ?

Elle fixa sur lui un regard lourd de défi.

— Oui. C'est exactement ça, figure-toi.

Le dîner fut excellent, et ils discutèrent à bâtons rompus tout au long de la soirée. Finalement, comme le soleil finissait de plonger tranquillement dans les flots nimbés d'argent, Dominic régla l'addition, et ils reprirent le chemin de l'hôtel, main dans la main.

A peine avaient-ils pénétré dans le hall de réception qu'une voix masculine claironna :

— Tiens, tiens, regardez qui voilà…

Francesca se raidit. C'était le photographe qu'elle avait remis à sa place tout à l'heure. Ivre, de toute évidence, et prêt à se venger.

Braquant sur eux son appareil photo, il reprit d'un ton railleur :

— Notre célèbre vierge de glace… et son chevalier servant.

Il détailla Dominic d'un air insolent avant de reporter son attention sur Francesca.

— Je ne me demande plus pourquoi vous avez habilement esquivé le cocktail, trésor.

Il continuait à brandir son appareil à la manière d'une

arme. Une arme très puissante, Francesca en était tout à fait consciente, aussi continua-t-elle à avancer en affichant un sourire forcé.

— Vous avez pris une chambre pour deux ? vociféra le jeune homme éconduit.

Sur ce, il leur emboîta le pas, indifférent au médaillon de cuivre qui réservait l'entrée de l'aile aux clients de l'hôtel.

Au bout de quelques instants, Dominic s'immobilisa et fit volte-face, protégeant Francesca de sa haute silhouette.

— Un pas de plus et j'appelle la direction. Je n'hésiterai pas non plus à vous poursuivre en justice pour harcèlement, ajouta-t-il avec une froide détermination.

Il y eut un silence pesant. Puis le photographe haussa les épaules d'un air faussement contrit.

— Je ne fais que mon boulot, vous savez.

— Dans ce cas, je vous suggère d'aller le faire ailleurs.

Lorsqu'ils arrivèrent devant la porte de la suite, Dominic prit la carte magnétique des mains de Francesca.

— Veux-tu que je prévienne la direction ?

Francesca le précéda dans le salon.

— Inutile. Un simple appel à mon agent suffira.

Elle jeta son sac sur la table basse et décrocha immédiatement le téléphone.

— Sers-toi quelque chose à boire, je t'en prie.

Cinq minutes plus tard, elle raccrocha et pivota sur ses talons. Dominic la contemplait, sourcils froncés.

— Tu as déjà rencontré ce genre de problème par le passé ?

Un pervers, un détraqué, un fanatique. Le cauchemar que personne ne souhaitait à quiconque.

Seul son père était au courant des lettres anonymes qu'elle avait reçues pendant plusieurs semaines après la disparition de Mario. La police avait enquêté six mois avant de l'épingler mais entre-temps, vivant dans un état de terreur permanent, Francesca avait appris à se défendre.

Voyant son visage s'assombrir, Dominic préféra ne pas insister. Le jour viendrait où elle lui ferait suffisamment confiance pour lui livrer les secrets qui la hantaient. Du moins l'espérait-il avec une ferveur presque douloureuse.

Francesca rencontra son regard inquisiteur.

— Ce n'est pas un problème, précisa-t-elle. Juste un petit souci que je viens de régler.

Elle se dirigea vers un fauteuil et s'y laissa tomber, gagnée par des sentiments partagés.

La nuit dernière, elle s'était abandonnée sans retenue dans les bras de cet homme, et voici qu'à présent elle se sentait complètement perdue en sa présence. Elle ne savait pas du tout ce qu'elle devait faire. Un rire nerveux jaillit de sa gorge et mourut sur ses lèvres.

Une fois de plus, elle ne l'entendit pas approcher. Mais soudain, ses mains furent sur ses épaules et, quelques instants plus tard, il la massait avec douceur et fermeté mêlées, chassant la tension qui nouait ses muscles.

C'était un pur délice.

— Continue, je t'en prie, murmura-t-elle en fermant les yeux, cédant déjà à la magie de ses caresses.

Un peu plus tard, elle émit un petit grognement de protestation lorsqu'il la souleva dans ses bras pour la poser sur le lit. Sans lui demander son avis, il lui retira ses chaussures et la déshabilla.

— Dominic…

Feignant de n'avoir rien entendu, il rejeta le drap au pied du lit et la força à s'allonger sur le ventre.

— Contente-toi de te détendre et d'apprécier.

Francesca eut l'impression que tous les muscles de son corps étaient en train de fondre sous ses affleurements experts. Au bout de quelques secondes, elle croisa les bras sous sa joue et exhala un long soupir.

Impossible de lutter contre la torpeur qui l'envahissait progressivement comme il continuait à masser son corps parfaitement relâché. Impossible aussi de ne pas sombrer dans un profond sommeil…

Elle ne sentit pas le matelas se soulever légèrement quand Dominic se leva. Elle ne sentit pas non plus le contact du drap qu'il rabattait doucement sur elle. Pas plus qu'elle ne l'entendit se déshabiller et contourner le lit pour venir la rejoindre.

Francesca remua, sentit un corps étendu contre le sien et, l'esprit encore embrumé de sommeil, ne se posa aucune question. En fait, elle chercha plutôt à se rapprocher de cette source de chaleur et poussa un soupir béat lorsque de longs doigts brûlants coururent le long de sa colonne vertébrale.

C'était un rêve. Un rêve flou et langoureux qu'elle devait à tout prix retenir. Les effluves légèrement musqués qui se mêlaient au parfum subtil d'une eau de toilette ne faisaient qu'ajouter une autre dimension à la scène.

Des lèvres effleurèrent sa joue puis errèrent sur sa gorge, s'y attardant délicieusement. Mmm, c'était bon… Tellement bon qu'elle gémit doucement lorsque les lèvres glissèrent vers sa poitrine puis, avides et audacieuses, poursuivirent leur chemin sur son ventre, couvrirent son nombril…

Francesca s'agita fébrilement, anticipant déjà les prochaines caresses, puis étouffa une protestation lorsque les lèvres frémissantes, tentatrices, s'arrêtèrent au creux de sa hanche.

Un doigt s'égara soudain dans la fine toison qui gardait le cœur de sa féminité, joua avec les courtes boucles puis s'avança avec hardiesse.

C'était un rêve érotique éblouissant, tellement évocateur qu'il semblait presque réel, songea la jeune femme comme un raz de marée de plaisir l'emportait vers des rivages toujours plus beaux.

Le frottement d'une jambe puissamment musclée contre la sienne brisa de manière brutale la magie du moment et la ramena à la réalité.

Il y eut un léger cliquetis, puis la pièce fut inondée d'une douce lumière matinale.

Les lèvres de Francesca s'entrouvrirent et se refermèrent tandis que ses yeux s'arrondissaient de stupeur en apercevant un beau visage d'homme penché au-dessus du sien.

Une barbe naissante ombrait sa mâchoire, ajoutant encore à son sex-appeal. Son regard était sombre, ardent, incroyablement sensuel.

— Bonjour, jolie dormeuse, chuchota Dominic d'une voix rauque en suivant de son index la courbe parfaite de son nez.

Il traça ensuite le contour plein de ses lèvres dont il força le barrage.

Cette fois, ils firent l'amour lentement, langoureusement, et atteignirent l'orgasme ensemble, accrochés l'un à l'autre comme s'ils avaient peur de se perdre.

— Quelle heure est-il ? s'enquit Francesca un moment plus tard, tandis que les brumes du plaisir se dissipaient.

Dominic souleva paresseusement le poignet.

— 7 h 10. Veux-tu que je commande le petit déjeuner ?

Francesca hocha la tête.

— J'ai une faim de loup.

En voyant l'étincelle espiègle qui alluma son regard, elle s'empressa d'ajouter :

— Pas de toi, voyons !

Elle se sentit fondre sous son sourire charmeur. Il se pencha vers elle, effleura ses lèvres d'un baiser léger et quitta le lit. De toute évidence, la nudité ne lui posait aucun problème. Il évoluait avec une grâce féline, et Francesca ne put s'empêcher d'admirer de nouveau ce corps superbe qu'elle ne se lassait pas d'explorer.

Dès qu'il eut disparu dans la salle de bains, elle repoussa le drap et attrapa son peignoir.

Un quart d'heure plus tard, ils marchaient sur la plage, main dans la main. Le sable était doux et frais sous leurs pieds, et l'océan s'étalait jusqu'à l'horizon, calme et paisible, d'un superbe bleu saphir.

— De quoi s'agit-il exactement ? demanda Dominic comme ils atteignaient l'esplanade goudronnée qui conduisait à l'hôtel. D'une balade au pas de course ou d'une promenade romantique ?

Francesca le considéra d'un air songeur puis, après avoir soigneusement étudié sa tenue — short gris chiné, T-shirt blanc et chaussures de sport —, elle lança d'un ton malicieux :

— D'une balade au pas de course !

Sans attendre de réponse, elle accéléra l'allure. Dominic lui emboîta le pas, et elle lui adressa un sourire triomphant.

— Serait-ce une tentative pour brûler un surcroît d'énergie ?

— La mienne ou la tienne ?

Un rire bas et rauque lui répondit.

— Les deux, je suppose.

Le regard vif et pétillant qu'il lui décocha ne contenait pas seulement de l'humour et, tout à coup, une nouvelle bouffée de désir l'envahit.

Ils devenaient trop intimes. Beaucoup trop intimes pour sa tranquillité d'esprit. Petit à petit, sans qu'elle y prête attention, il prenait possession de son espace vital, de son temps, s'immisçait dans ses pensées, ses émotions, balayant méthodiquement toutes les barrières qu'elle avait soigneusement érigées autour de son cœur meurtri.

D'instinct, elle savait qu'avec Dominic Andrea ce serait tout ou rien. Il n'était pas le genre d'homme à accepter les demi-mesures. Et, pour le moment, elle ne se sentait pas prête à se livrer pleinement.

A cette heure matinale, la plage attirait déjà une petite foule de promeneurs et de joggeurs. Longeant la digue, ils atteignirent Narrowneck, où la bande de terre entre fleuve et océan se rétrécissait au point de ne plus former qu'un col étroit, et décidèrent de poursuivre jusqu'à Surfers Paradise, la station balnéaire si appréciée des véliplanchistes.

A cet endroit, de grands immeubles alignés côte à

côte et de nombreux restaurants aux attrayantes terrasses ombragées et verdoyantes bordaient la promenade.

— On s'arrête prendre un café ?

Francesca le gratifia d'un clin d'œil espiègle.

— Et quelques croissants tout dorés, croustillants à souhait ?

Il sourit et reprit sa main pour l'entraîner vers une des terrasses.

— Une sorte d'en-cas avant le petit déjeuner, c'est ça ?

Elle lui adressa une grimace, et il éclata de rire. Brusquement, la journée lui sembla plus lumineuse, et cette impression n'avait absolument rien à voir avec le soleil radieux.

Deux heures plus tard, ils quittaient l'hôtel pour se rendre à l'aéroport. Leurs bagages avaient déjà été déposés dans la limousine qui les attendait devant les immenses portes vitrées.

A peine les avaient-ils franchies qu'une série de flashes crépitèrent, les prenant totalement au dépourvu.

Clignant des yeux, Francesca aperçut le photographe de la veille. Par réflexe professionnel, elle plaqua un sourire sur son visage tandis qu'un juron s'échappait de ses lèvres entrouvertes.

— « Le top model Francesca Angeletti et le richissime homme d'affaires Dominic Andrea quittent ensemble l'hôtel Sheraton Mirage. Serait-ce le nouveau couple branché de la jet-set australienne ? » Excellent titre, n'est-ce pas ? s'enquit le photographe d'un ton narquois.

Francesca se mordit la lèvre pour ne pas répliquer. Ainsi, il était parvenu à ses fins. Sans doute par simple désir de vengeance. Impassible, elle s'engouffra dans la limousine, suivie de près par Dominic. Probablement habitué à ce genre de scène, le chauffeur démarra aussitôt.

Aucun d'eux ne fit de commentaire sur l'incident. Le

vol se déroula agréablement, et Dominic insista pour la raccompagner chez elle.

— Je passerai à 19 heures, dit-il en se garant devant l'entrée de son immeuble.

Devant son air interrogateur, il ajouta :

— J'ai promis à Gabbi et Benedict que nous les rejoindrions au théâtre.

La Mercedes s'éloigna avant qu'elle ait eu le temps de prononcer le moindre mot. Quelques minutes plus tard, elle poussait la porte de son appartement et entreprit aussitôt d'écouter les messages sur son répondeur, de lire les fax et d'ouvrir son courrier.

Puis elle se dirigea vers sa chambre et défit ses bagages. Son cerveau était en pleine ébullition. Une question surtout l'obsédait… L'effrayait, plus précisément.

Comment diable allait-elle gérer sa liaison avec Dominic ?

La balle n'était plus dans son camp — à quoi bon le nier ? —, et elle soupçonnait son amant de posséder mille fois plus de volonté qu'elle lorsqu'il convoitait quelque chose — ou quelqu'un.

Cette pensée ne lui laissa pas un instant de répit, la tourmentant tout l'après-midi, l'obsédant jusque sous sa douche et même lorsqu'elle se prépara en vue de leur sortie au théâtre.

Il n'y avait qu'une solution.

Il fallait absolument qu'elle reprenne le contrôle de la situation. Par n'importe quel moyen.

Coûte que coûte.

9.

Francesca rassembla ses cheveux en chignon, acheva de se maquiller et enfila la longue robe de soirée en panne de velours rubis qu'elle avait choisie pour l'occasion.

La sonnerie de l'Interphone retentit à 19 heures pile.

— Dominic ? interrogea-t-elle en soulevant le combiné. J'arrive.

Il attendait dans le hall de réception et, en le voyant, elle retint son souffle. Vêtu d'un smoking noir vraisemblablement taillé sur mesure et d'une chemise de soie d'une blancheur éclatante, il incarnait tout ce qu'elle appréciait chez un homme : l'élégance discrète, le raffinement, et une certaine nonchalance qui accentuait encore son charme viril.

Ils retrouvèrent Gabbi et Benedict dans le foyer du théâtre.

— Tu es superbe, murmura Francesca à l'oreille de son amie comme elles échangeaient un baiser amical.

— Je peux en dire autant à ton sujet, répondit Gabbi en la gratifiant d'un sourire complice.

— Voulez-vous prendre un verre ? s'enquit Benedict. Ou bien préférez-vous entrer tout de suite dans la salle ?

— Dominic… Mon chéri. Comment vas-tu ?

Au son de cette voix de femme flûtée et sensuelle, Francesca se retourna, piquée par sa curiosité. Elle reconnut aussitôt la jolie blonde qui bavardait avec Dominic lors du vernissage chez Léon, quelques jours plus tôt.

Désarçonnée par la vague de jalousie qui montait en

elle, Francesca vit la jeune femme étreindre Dominic un peu trop longtemps comme celui-ci effleurait sa joue d'un baiser. Ses ongles prune, parfaitement manucurés, glissèrent sur le revers de sa veste et son sourire, bien qu'éblouissant, ne parvenait pas à masquer totalement l'espèce de mélancolie qui voilait ses grands yeux bleus.

— Carla, fit Dominic avec douceur. Tu connais Gabbi et Benedict. As-tu déjà rencontré Francesca ?

La jeune femme secoua la tête.

— Non. Mais je vous ai souvent admirée dans les défilés ou les magazines de mode.

Au même instant, les lumières clignotèrent, invitant les spectateurs à gagner leurs places.

— Peut-être pourrions-nous prendre un verre ensemble un de ces jours ? suggéra Carla d'un ton presque implorant comme ils s'apprêtaient à se séparer.

Malgré le sourire plein de chaleur qui flottait sur ses lèvres, Dominic s'abstint de répondre. L'aiguillon de la jalousie transperça le cœur de Francesca avec une violence redoublée. Etait-ce sa présence qui l'empêchait de répondre ?

Ils avaient des places excellentes et, bien que Francesca ait vu la même pièce interprétée par d'autres comédiens quelques mois plus tôt à Londres, la version australienne ne la déçut pas. Comme la fois précédente, le thème, les dialogues et le jeu des comédiens l'émurent profondément.

Lorsque le rideau tomba à la fin du premier acte, ce fut Gabbi qui suggéra d'aller prendre un verre au foyer. Un brouhaha montait déjà de la salle comme ils s'approchaient du bar.

— Oh ! zut…

En entendant l'appréhension et l'irritation dans la voix de Gabbi, Francesca se tourna vers son amie, sourcils froncés. Tout devint clair lorsqu'elle aperçut Annaliese qui se frayait un chemin parmi la foule, fonçant droit sur eux.

— Il est encore temps de battre en retraite aux toilettes, tu sais…

— Au risque de gâcher son plaisir ?

Francesca considéra Gabbi d'un air interdit.

— Tu veux dire que… tu préfères affronter la tempête ?

— Oh ! oui, répondit son amie avec fermeté en glissant sa main dans celle de son mari.

Comme s'il avait perçu son désarroi, ce dernier l'enveloppa d'un regard amoureux et porta sa main à ses lèvres pour l'embrasser tendrement.

— Benedict ! Quel plaisir de te voir ici, susurra Annaliese en les rejoignant.

Elle se tourna vers Dominic et le gratifia d'un sourire qui aurait fait fondre plus d'un homme.

— Dominic… Comme c'est gentil de ta part de sortir un peu Francesca !

Voilà, le ton était donné.

— Et toi, Annaliese ? Tu es venue seule ? s'enquit Francesca.

— Bien sûr que non, Francesca chérie.

Ses lèvres charnues esquissèrent un sourire suave.

— Alors, comment s'est passé ton petit séjour sur la Gold Coast ? J'ai cru entendre dire que tu avais eu un petit différend avec un photographe au Sheraton Mirage ? Il paraît que ta réaction a été plutôt…

Elle marqua une pause pour ménager son effet.

— Physique, acheva-t-elle à mi-voix.

Francesca haussa les épaules.

— Pas aussi physique que tes accès de colère à Rome ou à Paris. Je crois me souvenir d'une malheureuse altercation dont la presse a beaucoup parlé. C'était à Milan, si je me rappelle bien… ?

Elle arqua un sourcil et esquissa un sourire artificiel.

— Comme dit le dicton, Annaliese chérie, « qui sème le vent récolte la tempête »…

La sonnerie annonçant le début du deuxième acte arriva à point nommé. L'air sombre, Annaliese tourna les talons et disparut tandis que le petit groupe regagnait ses places.

La scène finale fut couronnée par une salve d'applaudissements qui se prolongea pendant plusieurs minutes.

— Allons dîner ensemble, d'accord? proposa Benedict lorsqu'ils émergèrent sur le trottoir. Dominic, Francesca, l'idée vous tente?

— Où? s'enquit Gabbi.

Benedict la gratifia d'un sourire rassurant.

— A Double Bay. Annaliese n'aura certainement pas le courage de nous suivre jusque-là.

Carla non plus, ajouta Francesca en son for intérieur, regrettant aussitôt cette pensée peu charitable.

Il était presque minuit quand Dominic gara sa voiture au bas de son immeuble. Francesca ouvrit la portière.

— Merci. J'ai passé une excellente soirée.

— Nous avons partagé le même lit la nuit dernière, nous avons fait l'amour à plusieurs reprises depuis deux jours...

Il s'interrompit, saisit son menton entre le pouce et l'index et la força à se tourner vers lui.

— Et, ce soir, tu me congédies comme si j'étais une vague connaissance...

Un léger tremblement secoua son corps.

— Ecoute, Dominic... Je ne suis pas sûre d'aimer la tournure que prennent les événements.

Le regard noir de Dominic la transperça.

— Qu'entends-tu exactement par les « événements »?

— Je veux parler de toi. Et de moi.

Elle se força à croiser son regard.

— Je dois bientôt repartir en Europe.

Le pouce de Dominic dessina lentement le contour de sa lèvre inférieure, et elle ne put réprimer un frisson.

— Je ne reviendrai pas à Sydney avant plusieurs mois.

— Si je comprends bien, tu refuses de t'engager, c'est ça? fit Dominic d'un ton dangereusement suave. Tout ce qui t'intéresse, c'est prendre et donner quelques heures de plaisir de temps en temps, en fonction de nos programmes respectifs, lorsque l'envie et le besoin s'en font sentir… C'est ça, n'est-ce pas ?

Sa voix vibrait de colère contenue.

— Est-ce tout ce que notre relation représente à tes yeux ? reprit-il en la secouant par les épaules.

Elle pouvait mettre un terme à leur liaison maintenant, songea Francesca, tenaillée par des émotions contradictoires. Prononcer quelques paroles cinglantes qui éloigneraient Dominic pour toujours.

C'était en tout cas ce qu'elle aurait dû faire — pour préserver cet équilibre fragile qu'elle avait eu tant de mal à édifier.

Pourtant, c'était au-dessus de ses forces.

— Non, répondit-elle enfin.

Un long silence accueillit ce petit mot, si lourd de conséquences. Dominic lui caressa doucement la joue.

— Tu brûles d'envie d'en savoir davantage sur Carla, n'est-ce pas ?

Francesca se raidit. Etait-elle à ce point transparente ?

— Il est évident que tu comptes beaucoup pour elle, répondit-elle avec une nonchalance feinte.

— Nous avions un peu plus de vingt ans lorsque nous nous sommes fiancés, expliqua-t-il d'une voix atone. A l'époque, je m'accrochais désespérément à mon art, opposant une farouche résistance à mon père qui voulait que je reprenne son entreprise. Carla n'était guère séduite par l'idée de sillonner l'Europe en faisant de petits jobs çà et là, pour survivre.

Il haussa les épaules.

— Nous avons fini par nous disputer, je suis parti et Carla a épousé un autre homme.

Francesca le dévisagea avec attention dans la pâle lueur du réverbère.

— Et maintenant, vous n'êtes plus que de bons amis.

Un sourire flotta sur les lèvres de Dominic.

— Carla sait pertinemment que nous ne dépasserons plus jamais le stade de l'amitié.

Prononcées d'un ton ferme et grave, ces paroles étaient censées la rassurer. Pourtant, la jalousie était toujours tapie dans un coin sombre de son esprit, sournoise, aux aguets.

— Il est tard, dit-elle en descendant de voiture.

En un éclair, Dominic fit le tour du véhicule et l'attrapa par le bras, sans ménagement.

— Dominic…

Il la fit taire en posant un doigt sur ses lèvres.

— Dis-moi que tu as envie d'être seule, et je partirai.

Elle faillit le dire. Puis elle songea au sentiment de plénitude qu'elle éprouvait lorsqu'elle se trouvait dans ses bras et au plaisir qu'elle prenait à se réveiller tout contre lui, sous ses caresses.

— Ce sera à ton tour de préparer le petit déjeuner, capitula-t-elle dans un murmure.

Il lui prit la clé des mains, et ils pénétrèrent dans l'immeuble en silence. Pourquoi se sentait-elle si nerveuse ? Nerveuse, mais aussi tellement vivante… incroyablement, merveilleusement vivante.

Une fois dans l'appartement, elle ôta ses escarpins et se dirigea vers la cuisine.

— Tu veux du café ?

Il se débarrassa de sa veste et lui emboîta le pas.

— S'il te plaît, oui. Noir, avec un sucre.

Ils burent leur café en discutant, d'un accord tacite, de sujets neutres comme de leurs goûts en matière de théâtre, de cinéma et de littérature.

Dominic reposa sa tasse vide et tendit la main vers elle.

— Eteins les lumières et allons admirer le spectacle, d'accord ?

Il l'enlaça par les épaules et l'entraîna vers l'immense baie vitrée qui offrait une vue féerique sur la ville illuminée.

Francesca n'opposa aucune résistance lorsqu'il la fit pivoter vers lui et elle noua les mains sur sa nuque comme son visage s'inclinait lentement vers le sien.

D'une douceur et d'une sensualité infinies, son baiser éveilla en elle un désir incontrôlé, presque frénétique. Comme s'il ressentait aussi ce sentiment d'urgence, Dominic la souleva dans ses bras pour l'emmener jusqu'à sa chambre.

Avec des gestes fébriles, elle entreprit de déboutonner la chemise de son compagnon, tira sur les pans puis ôta la ceinture de son pantalon. Elle voulait sentir sa peau contre la sienne, coller au sien son corps brûlant de désir.

Quelques instants plus tard, la longue robe glissait à terre dans un doux bruissement, suivie de près par un body de dentelle pourpre.

Accrochés l'un à l'autre, ils tombèrent sur le lit et elle protesta faiblement lorsque Dominic tendit la main vers la table de chevet et alluma la liseuse.

— Je veux te voir, chuchota-t-il contre ses lèvres. Et je veux sentir ton regard sur moi.

Prononcées d'un ton caressant, ces paroles attisèrent encore le feu qui couvait en elle. Elle arqua son corps souple contre le sien, devançant ses caresses, cherchant la délivrance qu'il était seul capable de lui donner...

Elle suffoqua lorsqu'il la pénétra d'un mouvement puissant ; leurs deux corps se soudèrent enfin avant d'entamer une danse effrénée, pleine de fougue et d'ardeur, qui les propulsa ensemble dans un univers de volupté, où tout n'était que plaisir et émerveillement.

Francesca se laissa retomber sur le matelas, gagnée par une sorte de léthargie apaisante. Jamais elle n'aurait cru possible de s'abandonner à ce point dans une étreinte amoureuse.

Savoir que son équilibre émotionnel, son existence même dépendaient de quelqu'un d'autre la plongeait dans un état de peur et d'exaltation mélangées.

— Ouvre les yeux, ordonna Dominic d'une voix douce.

Francesca sentit la caresse de ses doigts contre sa joue. Elle n'était pas sûre de vouloir lui obéir. Car, alors, elle devrait lui faire face, visuellement, physiquement, et reconnaître la valeur de ce qu'ils venaient de partager.

— Dis-moi ce que tu ressens.

Elle ne trouva pas les mots pour décrire l'espèce d'euphorie qui baignait son corps et son esprit. Et, tout à coup, elle eut l'impression que la foudre s'abattait sur elle.

Et si c'était de l'amour ? L'amour était un sentiment complexe, à multiples facettes, et, avec Mario, elle n'en avait exploré qu'une…

Cette révélation lui fit l'effet d'une douche froide. Il était encore trop tôt pour qu'elle tombe de nouveau amoureuse. C'était impossible…

Consciente du regard pénétrant de Dominic posé sur elle, elle chercha quelque chose à dire. N'importe quoi.

— Tu es un merveilleux amant.

Un silence s'établit. Lorsque Dominic prit enfin la parole, ce fut d'une voix étrangement calme.

— C'est donc tout ce que cela représente pour toi ?

Son souffle chaud balaya sa joue.

— Une simple question de technique ?

Son expression était indéchiffrable, et elle demeura silencieuse comme il prenait son visage entre ses mains, la forçant à le regarder.

— Francesca ?

— Qu'est-ce que c'est, Dominic ? s'emporta-t-elle soudain, gagnée par une vague de colère et de frustration. Un interrogatoire ? Qu'aimerais-tu entendre ? Que tu es le premier homme avec qui je fais l'amour depuis trois ans ?

Les mots fusaient, comme des flèches empoisonnées soigneusement ciblées.

— Que, parce que j'ai fait l'amour avec toi, je vais t'accepter dans ma vie ?

Il posa sa bouche sur la sienne, noyant le flot de paroles cinglantes dans un baiser dur et possessif. Lorsqu'il se redressa enfin, Francesca haletait.

— Je ne te laisse pas le choix.

Sa voix, rauque et profonde, était empreinte d'une détermination farouche.

— Sale macho ! lança Francesca d'une voix vibrante de fureur.

A son grand désarroi, des larmes de frustration embuèrent ses yeux.

— J'ai passé les trois dernières années à essayer de me convaincre que tout allait bien. Et j'allais bien, vraiment. Jusqu'à ce que tu fasses irruption dans ma vie.

Et que tu chamboules tout, ajouta-t-elle *in petto*.

De son pouce, Dominic dessina le contour de ses lèvres.

— Je ne pilote pas de voiture de course, et ce n'est pas non plus dans mes habitudes de prendre des risques inconsidérés.

Une violente douleur lui étreignit le cœur, et elle se rejeta vivement en arrière, comme si on venait de la frapper.

— Tu n'as pas le droit de dire ça. C'est injuste et mesquin.

— C'est pourtant la vérité.

— J'aimerais que tu partes.

Elle s'exprimait sur un ton calme et froid, aussi froid que l'étau qui lui enserrait le cœur. Avec des gestes d'automate, elle se leva et enfila un peignoir.

Comme Dominic ne bougeait pas, elle se tourna vers lui, le regard étincelant de colère.

— Habille-toi et va-t'en.

Dominic ne cilla pas. Savait-elle combien elle était belle quand elle était en colère ? Avec sa crinière flamboyante qui dégringolait sur ses épaules, ses joues empourprées et ses yeux étincelants, elle ressemblait à une tigresse.

Il se leva, enfila son caleçon et son pantalon et lui fit face, de l'autre côté du lit.

— Je suis vivant, déclara-t-il posément. Mets-toi bien ça dans la tête avant que je parte.

Leurs regards s'accrochèrent, pleins de défi.

— Nous sommes en train de perdre quelque chose qui aurait pu durer le restant de nos vies.

Sur ces paroles lourdes de signification, il attrapa sa chemise et acheva de s'habiller.

— C'est du chantage affectif, répliqua Francesca.

Il suspendit son geste et l'enveloppa d'un long regard.

— C'est une simple constatation. Crois-tu vraiment que j'ignore à quel point il t'est difficile de te libérer du passé ? Ou à quel point tu as peur de te lier avec un homme, de crainte de souffrir de nouveau ?

Des larmes brouillaient encore sa vue.

— C'est un moyen de me préserver, répliqua-t-elle. De la survie émotionnelle, si tu préfères.

— C'est ce que tu crois, vraiment ? Je dirais plutôt que c'est de la destruction programmée.

Il marqua une pause, s'empara de sa veste et la jeta sur son épaule. Puis il inspira profondément et prononça les paroles qui, il l'espérait, détermineraient leur avenir commun.

— Je te souhaite d'être heureuse dans ta tour de verre, Francesca.

Cette dernière vacilla. L'image était incroyablement parlante, presque effrayante. Voici donc ce à quoi elle se destinait : une existence solitaire, terne et sans surprise. Elle ne serait jamais qu'un observateur triste et silencieux, jamais un acteur. Etait-ce réellement ce qu'elle souhaitait ?

— Chaque fois que j'avance d'un pas, tu me forces à en faire un autre ! s'écria-t-elle, saisie d'une bouffée de panique.

Elle leva une main et la laissa retomber dans un geste d'impuissance.

— Je ne connais même pas la direction, encore moins la destination.

Dominic contourna le lit et s'immobilisa à quelques centimètres d'elle.

— Je veux que tu deviennes ma femme, Francesca, répondit-il avec ferveur. Tu entends ? Je veux t'épouser et passer avec toi le restant de mes jours.

Francesca blêmit.

— C'est impossible. Tu ne penses pas vraiment ce que tu dis.

Les traits de Dominic se durcirent.

— Qu'est-ce qui te fait croire ça ? Aucune autre femme n'a réussi à prendre le contrôle de mes émotions comme tu le fais toi, Francesca. Et jamais aucune ne pourra recommencer cet exploit.

Francesca hésita, en proie à l'incertitude.

— Ce n'est pas une bonne raison, articula-t-elle d'une voix à peine audible.

Quelque chose brilla dans ses yeux, une petite flamme qu'il réussit à masquer rapidement.

— Que penses-tu de l'amour ?

Francesca déglutit péniblement. L'amour ? Celui qui dure toujours, fort, solide comme un roc, résistant à toutes les déconvenues que réserve la vie ?

— J'ai déjà connu l'amour. Et j'ai cru mourir lorsque je l'ai perdu.

Dominic jeta sa veste sur une chaise, et elle ne put se dérober quand il lui saisit le menton et l'obligea à relever la tête.

— La vie est pleine d'aléas, Francesca. Personne n'y peut rien. Il faut la prendre telle qu'elle vient.

Ses mains emprisonnèrent son visage, et il braqua sur elle un regard chargé d'émotion.

— Et surtout, il faut profiter des bonheurs qu'elle nous offre, en croisant les doigts pour que sa générosité dure longtemps. *Carpe diem…* Ça te dit quelque chose ?

Sans attendre sa réponse, il captura sa bouche dans un baiser à la fois tendre et impétueux, plein de passion et de sensualité. Et, aussitôt, Francesca sentit ses réticences fondre comme neige au soleil.

Le temps suspendit son vol comme elle s'abandonnait à la magie de ses caresses et lui rendait son baiser avec la même intensité.

Ce fut Dominic qui mit un terme à leur étreinte, doucement, sans précipitation. Sa bouche effleura ses lèvres puis il déposa une pluie de petits baisers dans son cou.

— Accepterais-tu de me parler de Mario ? s'enquit-il avec douceur. J'ai besoin d'en savoir un peu plus à son sujet.

Un instant désemparée, Francesca recula d'un pas. Mario… Par où devait-elle commencer ? Soudain, les mots semblèrent se bousculer sur ses lèvres, et elle commença son récit, portée par ses souvenirs.

Elle évoqua d'abord leur rencontre à Rome alors qu'il venait de remporter un grand prix et qu'elle-même venait de signer un important contrat d'exclusivité avec un célèbre créateur italien. Puis leur coup de foudre réciproque, leur idylle passionnée, leur mariage trois semaines plus tard.

Elle s'interrompit quelques instants avant de poursuivre, le visage assombri par un voile de mélancolie. Elle lui parla alors de la passion débridée que vouait Mario aux voitures de course et à la compétition. De la peur qui la rongeait chaque fois qu'il prenait le départ d'un grand prix. Psychologiquement, elle essayait toujours de se préparer au pire…

Dominic l'attira vers lui et la serra dans ses bras. Refoulant à grand-peine les larmes qui lui brûlaient les yeux, elle enroula les bras autour de sa taille et se blottit contre lui.

Ils demeurèrent un long moment immobiles, étroitement enlacés. Puis elle sentit les mains de Dominic glisser sur son dos en une caresse réconfortante. Ses lèvres effleurèrent ses cheveux, ses tempes.

— Je t'aime, Francesca.

Levant le menton, elle crut défaillir en plongeant dans son regard débordant d'amour et de tendresse.

L'instant d'après, leurs lèvres s'unissaient, et un frisson la parcourut comme elle s'abandonnait sans retenue à la volupté qui montait en elle.

Ils firent l'amour avec une ardeur inédite, se livrant à des jeux érotiques raffinés avant de se donner l'un à l'autre, repus de caresses mais avides d'un plaisir plus complet, plus entier, qu'ils connurent ensemble, mêlant leurs gémissements dans un seul souffle.

La nuit s'écoula rapidement, entrecoupée de courtes plages de sommeil et de longues étreintes tantôt tendres et langoureuses, tantôt ardentes et passionnées.

— J'ai une exposition à Cairns samedi, murmura Dominic en roulant sur le côté, le souffle encore court. Annule tous tes rendez-vous et viens avec moi. Nous prendrons l'avion demain et nous passerons la journée à Port Douglas.

A en juger par la lumière opalescente qui filtrait à travers les rideaux, « demain » était déjà arrivé.

Réprimant un sourire, Francesca ne résista pas à la tentation de le taquiner un peu.

— Je te promets d'y réfléchir.

— Diablesse…

Francesca pouffa.

— Pour être franche, je serais ravie de visiter ton exposition. Ça me donnerait l'occasion de connaître un peu mieux ton travail. En outre, je suis curieuse de te voir tenir ton rôle d'artiste au milieu d'une foule d'admirateurs, ajouta-t-elle d'un ton espiègle. Et puis… le Nord occupe une place spéciale dans mon cœur. J'y ai passé de nombreuses vacances lorsque j'étais enfant.

— Dois-je prendre ça pour une acceptation ou pour un refus ?

Elle esquissa un sourire dans la semi-obscurité.

— A quelle heure devons-nous partir ?

— A 8 heures. Il faut que je passe chercher mes affaires chez moi.

Les lèvres de Dominic tracèrent un sillon brûlant en direction de sa bouche.

— Tu as faim ? demanda-t-il.

— Faim de toi, ou de nourritures terrestres ?

Elle sentit un sourire sur ses lèvres.

— Des deux.

A ces simples mots, le désir rejaillit, intarissable.

— Si je comprends bien, je ne pourrai même pas me reposer une petite heure avant de partir ?

Dominic laissa échapper un rire bas.

— Est-ce réellement ce que tu souhaites ? Te reposer ?

— Pourquoi ? Tu as quelque chose de mieux à me proposer ?

Il ne lui répondit pas, ses mains prenant habilement le relais de sa bouche. Emportés par le désir, ils ne virent pas le temps passer et furent les derniers à embarquer sur le vol en partance pour le nord du pays.

10.

Il faisait chaud et lourd à Cairns ; l'atmosphère était gorgée d'humidité, un ciel de plomb pesait sur la ville, annonciateur de la saison des pluies.

Une chaleur moite les enveloppa dès qu'ils émergèrent de l'aéroport climatisé pour parcourir les quelques mètres qui les séparaient de leur voiture de location.

Francesca ôta sa veste de coton et la jeta sur la banquette arrière tandis que Dominic ouvrait le col de sa chemise.

Ici, le rythme de vie était nettement moins frénétique que dans les villes du sud. Le visiteur se sentait happé, dès son arrivée, par l'atmosphère indolente qui régnait autour de lui. Comme si la région entière l'invitait à la paresse…

Port Douglas se trouvait à une soixantaine de kilomètres au nord de Cairns. Avec ses immenses plages de sable fin, sa végétation luxuriante et sa marina pleine d'animation, cette station balnéaire attirait chaque année un nombre impressionnant de touristes.

C'était aussi le pays de la canne à sucre, songea Francesca comme ils longeaient des hectares de champs entrecoupés de pâturages.

Dominic avait réservé une suite au Sheraton. Les pièces étaient splendides, la vue sur l'océan d'une beauté à couper le souffle.

— J'ai quelques coups de téléphone à passer, annonça-t-il en déposant leurs sacs de voyage dans le salon. Ensuite, nous pourrons aller nous baigner, découvrir un peu la région, nous promener ou bien…

Il s'interrompit et s'approcha d'elle.

— … rester ici, tout simplement, et commander quelque chose à manger si la faim nous tenaille.

Etouffant un petit rire, Francesca se hissa sur la pointe des pieds et lui offrit ses lèvres, consumée par l'envie pressante de lui appartenir, encore et encore.

Il faisait nuit lorsqu'ils se levèrent. Après une douche rapide, ils s'habillèrent et se préparèrent à sortir. Ils dînèrent au restaurant de l'hôtel, s'attardèrent longuement devant une tasse de café, au bord de la piscine, puis se promenèrent un peu dans le parc superbement éclairé, avant de regagner leur suite.

La fraîcheur qui y régnait fut une véritable bénédiction après la touffeur de la nuit, et ce fut Francesca qui s'avança vers Dominic et l'attira tout contre elle, réclamant ses lèvres dans un baiser ardent, plein de promesses.

La matinée était déjà bien avancée lorsqu'ils se levèrent le lendemain et, après un petit déjeuner copieux, ils quittèrent Port Douglas pour retourner à Cairns.

Un déjeuner tardif, les dernières vérifications à la galerie… L'après-midi touchait à sa fin lorsqu'ils regagnèrent leur hôtel pour se préparer. Les invités étaient attendus à 20 heures, et Dominic tenait à être présent dès l'ouverture pour les accueillir.

Pour l'occasion, Francesca avait emporté un tailleur-pantalon en crêpe noir signé Armani qu'elle aimait porter avec de fines sandales à talons en daim noir. Quelques bijoux en or, un maquillage discret…

— Tu es éblouissante, fit Dominic en l'enveloppant d'un regard admiratif qui précipita les battements de son cœur.

Debout devant le miroir en pied, il finit d'attacher son nœud papillon, fixa ses boutons de manchettes puis revêtit sa veste de smoking. L'image qu'il renvoyait était celle d'un homme élégant, sûr de lui, à qui rien ni personne ne résistait.

Plongeant la main dans la poche de sa veste, il en retira un mince écrin tendu de velours noir. Il l'ouvrit et saisit entre ses doigts une ravissante chaîne en or. Interdite, Francesca le vit s'approcher d'elle, et, d'un geste empreint de tendresse, soulever la masse de ses cheveux pour lui passer le bijou autour du cou.

Puis, tout aussi lentement, sans la quitter des yeux, Dominic porta sa main gauche à ses lèvres et embrassa son alliance finement ouvragée.

Ce geste la pétrifia tandis qu'une vive douleur lui vrillait le cœur. Incapable d'émettre le moindre son, elle se contenta de soutenir son regard et se laissa faire lorsqu'il lui prit la main et l'entraîna dans le couloir.

La galerie était une ancienne maison de style colonial bordée de larges vérandas qui agrandissaient les pièces.

Dominic fut accueilli avec beaucoup de chaleur par l'équipe chargée d'organiser l'exposition, et les premiers invités ne tardèrent pas à arriver.

— Tout le monde t'adore, murmura la jeune femme à l'oreille de son compagnon comme la galerie bourdonnait de conversations animées et de critiques élogieuses.

Au fil des heures, les étiquettes « vendu » fleurissaient sur tous les tableaux exposés.

— Moi, ou mon travail ? fit Dominic d'un ton taquin.

— Vous deux, si tu veux mon avis. Je peux te laisser seul quelques instants ? demanda-t-elle avec une moue espiègle. Figure-toi que j'aimerais, moi aussi, pouvoir admirer tes œuvres.

Dominic esquissa une grimace.

— Pourquoi diable suis-je tellement sensible à ton jugement ?

A sa grande surprise, il ne plaisantait pas.

— Peut-être as-tu peur que je découvre ton cœur, Dominic ?

Il fixa sur elle un regard empreint de gravité.

— Peut-être, en effet.

Ils attendirent encore une heure avant de s'éclipser. Au dire du propriétaire de la galerie, exultant de joie, le vernissage remportait un énorme succès.

Une limousine les reconduisit jusqu'à leur hôtel.

— Fatiguée ? s'enquit Dominic comme ils pénétraient dans leur suite.

— Un peu, admit-elle.

Elle ôta ses sandales et déboutonna sa veste. Dominic tendit la main et effleura la fine chaîne d'or qui reposait au creux de sa gorge nacrée.

— Ta peau est si douce…

— Seriez-vous en train d'essayer de me séduire, monsieur Andrea ? fit Francesca, une pointe d'humour dans la voix.

— Est-ce un succès ?

La question était superflue. Il suffisait d'un regard pour que son corps s'enflamme de nouveau, avide de ses caresses, de ses baisers.

Oui, c'était bien ça. Elle se sentait vibrer sous son regard de braise, et revivre dans ses bras. Elle découvrait en elle une femme voluptueuse, sensuelle, en parfaite osmose avec ses envies physiques et consciente de son pouvoir.

Grisée par ses pensées, Francesca jeta les bras autour du cou de Dominic et attira son visage vers le sien. Le simple contact de ses lèvres contre sa joue l'électrisa, en proie à une excitation grandissante, et elle attendit qu'il prenne possession de sa bouche.

Ils avaient toute la nuit devant eux. Demain, ils prendraient l'avion pour Sydney et retrouveraient leurs emplois du temps surchargés.

Mais, pour le moment, ils étaient seuls, loin de tout…

et elle avait bien l'intention de profiter de chaque instant de cet intermède privilégié.

Francesca émergea lentement du sommeil. Des doigts chauds traçaient des sillons brûlants sur son ventre, et une nouvelle vague de désir l'emporta comme les lèvres de Dominic glissaient de son épaule vers sa poitrine encore gonflée de plaisir.

Elle émit un petit rire de gorge comme il roulait sur le dos, l'entraînant avec elle.

Un sentiment de puissance enivrant s'empara d'elle et, emprisonnant ses poignets d'un geste ferme, elle entreprit de partir à la découverte de ce grand corps qu'elle tenait à sa merci.

Mais Dominic reprit vite le contrôle, et ce fut lui qui imprima à ses hanches les ondulations de plus en plus rapides, elle qui s'accrocha à ses épaules, haletante, tandis qu'une onde de plaisir la secouait violemment.

Bien des étreintes plus tard, elle se lova contre son torse et exhala un soupir de pure félicité. Dominic effleura d'une légère caresse ses boucles emmêlées. Sans même s'en rendre compte, elle sombra dans le sommeil.

Il était déjà tard lorsqu'elle se réveilla ; ils prirent une douche ensemble, commandèrent le petit déjeuner puis se rendirent à l'aéroport.

Quelques heures après, ils arrivaient à Sydney.

— Je pars à Melbourne demain, l'informa Dominic alors qu'ils prenaient la direction du centre-ville.

Francesca sentit son cœur chavirer.

— Quand comptes-tu rentrer ?

— Mercredi au plus tôt. Peut-être jeudi.

Il lui manquait déjà.

— J'ai une séance photo programmée pour mercredi, une autre pour jeudi.

Ils traversaient Harbour Bridge lorsqu'elle se rendit compte qu'il n'avait pas pris la direction de Double Bay.

— Dominic…

— Passe la nuit avec moi.

Elle accepta sans l'ombre d'une hésitation. Elle aurait tout le temps d'analyser ses sentiments lorsqu'elle serait seule.

Il était un peu plus de 8 heures le lendemain matin lorsque Dominic la déposa devant son immeuble avant de se rendre à l'aéroport.

La journée s'écoula rapidement. Elle téléphona à sa famille, à ses amis et à son agent puis en profita pour mettre de l'ordre dans son courrier.

Dominic l'appela à 21 heures, et le son de sa voix l'emplit d'une douce mélancolie.

— Je te manque déjà ?

Tu ne sais pas à quel point.

— Un peu, oui, mentit-elle.

— Ne t'en fais pas, tu tiendras le coup, lança-t-il d'un ton empreint d'amusement.

De toute évidence, elle n'avait pas réussi à le duper.

— Dors bien, murmura-t-elle d'une voix rauque.

A l'autre bout du fil, un rire étouffé lui parvint.

— Des promesses ?

— Peut-être.

Il était tard lorsqu'elle se résolut à aller se coucher. Malgré la fatigue qui engourdissait chacun de ses membres, elle ne réussit pas à trouver le sommeil.

Trop de pensées se bousculaient dans sa tête.

Comme mus par une volonté propre, ses doigts effleurèrent la fine chaîne en or que lui avait offerte Dominic.

Alors, inévitablement, ses pensées dérivèrent vers un autre homme, le premier qu'elle avait aimé. Sa relation avec Mario avait été unique, extraordinaire. Il n'était pas question de la renier. D'un autre côté, aurait-il souhaité qu'elle s'enfermât dans le chagrin et la solitude pour le restant de sa vie ? Qu'elle refusât délibérément d'être heureuse, d'aimer, de connaître la joie d'être mère ? Non, ce n'était pas le genre de Mario, lui qui avait croqué sa courte vie à pleines dents…

Avec des gestes lents, empreints de solennité, elle ôta l'alliance de Mario et la fit glisser sur la chaîne en or que lui avait offerte Dominic.

Un somptueux bouquet de roses rouges l'attendait à la réception lorsqu'elle rentra chez elle le lendemain, en fin d'après-midi, et elle appela aussitôt Dominic sur son téléphone portable.

Il était en pleine réunion, donc dans l'incapacité de parler librement. Aussi prit-elle un malin plaisir à le provoquer.

— Je peux dire n'importe quoi, et tu seras obligé de me répondre courtoisement ? s'enquit-elle d'un ton malicieux.

— Il est encore possible de décaler notre rendez-vous, répliqua-t-il d'un ton faussement dédaigneux.

Elle partit d'un éclat de rire.

— Un rendez-vous galant, terriblement décadent, avec des fraises bien mûres et une bouteille de champagne millésimée ?

— C'est définitif ?

— Que préfères-tu avec les fraises ? De la crème fraîche ou du fromage blanc ?

— Vous pouvez compter sur moi.

— J'assumerai la deuxième tournée.

— Très bien.

— Quelle serait la réaction de tes associés s'ils découvraient que tu es en train de tenir une conversation lourde de connotations érotiques ?

La voix de Dominique se fit plus profonde.

— Je serai ravi de régler cette question avec vous dans un jour ou deux.

Francesca pouffa.

— Tout le plaisir sera pour moi, cher monsieur Andrea !

Comme la veille, le sommeil la nargua longtemps ce soir-là, et elle donna une fois encore libre cours à ses pensées.

L'amour. Etait-ce lui qui l'empêchait de penser rationnellement mais aussi d'avancer, de vivre s'il lui faisait défaut ?

L'amour qui ne laissait aucun répit à celui ou celle qu'il frappait…

La séance photo du mercredi se prolongea bien au-delà des horaires fixés, et le grand magasin dans lequel elle se déroulait s'apprêtait à fermer ses portes lorsque Tony prit la dernière photo. Déjà, les vendeuses rassemblaient leurs affaires tandis que quelques retardataires s'empressaient de régler leurs achats.

Dans la cabine d'essayage, Francesca enfila avec soulagement son jean et son débardeur. La musique d'ambiance diffusée par les haut-parleurs se tut tandis qu'elle chaussait ses mocassins et attrapait son sac.

— Qui êtes-vous et que faites-vous là ?

— J'attends Francesca, répondit une voix grave et profonde, une voix qu'elle aurait reconnue entre mille.

Dominic.

D'un geste machinal, elle remit de l'ordre dans sa coiffure et sortit de la cabine. A quelques mètres d'elle, Tony toisait Dominic d'un regard soupçonneux. Il se tourna vers elle en l'entendant approcher.

— Fran, connais-tu cet homme ?

Elle chercha le regard de Dominic, et ce qu'elle y vit lui coupa le souffle. Au bout de quelques instants, un sourire radieux illumina son visage.

— Oui.

D'un pas décidé, elle marcha jusqu'à lui et se hissa sur la pointe des pieds pour lui offrir ses lèvres.

271

Dominic les captura dans un long baiser. Avec une réticence manifeste, il s'écarta légèrement et déclara d'une voix sourde :

— Francesca est avec moi.

Puis il la considéra avec une intensité troublante.

— N'est-ce pas ?

Sa question était lourde de sous-entendus, et ce fut sans hésiter qu'elle répondit :

— Oui.

Plus tard, beaucoup plus tard, au cœur de la nuit, ils se blottirent l'un contre l'autre, repus de caresses et baignant dans une délicieuse torpeur.

— Francesca… Veux-tu devenir ma femme ?

Elle leva la main vers lui et suivit le contour de sa mâchoire volontaire.

— Quand ? L'année prochaine ? le taquina-t-elle, feignant d'ignorer les battements précipités de son cœur.

Sa boutade lui valut un baiser exigeant, possessif qui la laissa pantelante.

— Je pensais plutôt à la semaine prochaine.

— Ça risque d'être difficile.

Elle sentit plutôt qu'elle ne vit son sourire comme ses lèvres erraient lentement sur sa gorge.

— Rien n'est difficile.

Il avait raison. Lorsqu'on possédait suffisamment d'argent, les obstacles s'aplanissaient presque miraculeusement…

— Tu veux que je te fasse part de mes idées ?

Elle promena ses mains sur son dos puissant puis les fit glisser sur ses hanches.

— Pourquoi ai-je la curieuse impression que tu as déjà tout programmé ? fit-elle d'un ton amusé.

— Je pensais à une cérémonie toute simple chez moi, dans le parc, avec un pasteur, la famille et les amis proches.

Simple mais en même temps terriblement romantique,

songea Francesca. Elle imaginait déjà la scène. Un tapis rouge déroulé sur la vaste pelouse vert émeraude, des couronnes de roses épanouies accrochées au belvédère. Elle savait même quelle tenue elle porterait en ce jour très spécial : une robe en satin crème qu'elle n'avait encore jamais eu l'occasion de mettre...

Elle sentit qu'il se raidissait sous la caresse de ses doigts, et perçut les battements précipités de son cœur. L'heure n'était plus à la plaisanterie.

— C'est d'accord.

Dominic haussa les sourcils.

— « C'est d'accord » ? C'est tout ce que tu trouves à dire ?

— Oui... A condition que tu m'accompagnes dans tous mes défilés en Europe, le mois prochain, ajouta-t-elle avec gravité. Un petit séjour dans mon duplex parisien nous donnera un avant-goût d'une lune de miel bien méritée... qui marquera du même coup la fin de ma carrière de mannequin.

Dominic se redressa vivement et la considéra d'un air abasourdi.

— Tu es sérieuse ?

Francesca répondit sans l'ombre d'une hésitation.

— Tout à fait. Il est grand temps de songer à ma reconversion.

Un long silence accueillit sa déclaration.

— Tu ne me demandes pas pourquoi ? s'enquit-elle au bout d'un moment, n'y tenant plus.

Nouveau silence.

— Si, bien sûr, répondit Dominic d'une voix étranglée. Pourquoi ?

— Parce que je veux porter ton enfant. Ou plutôt tes enfants, corrigea-t-elle. Enfin, si toutefois tu...

Dominic ne la laissa pas achever sa phrase. Il l'embrassa avec une passion et une intensité qui trahissaient la violence de ses émotions. Lorsque, enfin, il mit un terme à son baiser, ce fut pour l'enlacer étroitement contre lui.

— Tu feras une mère ravissante, affirma-t-il avec une douceur infinie.

Bouleversée, Francesca sentit des larmes perler à ses paupières. L'instant d'après, la bouche de Dominic prenait possession de la sienne. La tendresse qu'il mit dans son baiser la toucha au plus profond de son âme. Et de son cœur.

11.

La limousine transportant Francesca, Gabbi et Katherine traversa rapidement Harbour Bridge, en direction de Beauty Point.

C'était une journée magnifique, avec un ciel d'azur clair et limpide, sans un nuage à l'horizon.

D'un geste distrait, Francesca porta la main à son cou. Ses doigts rencontrèrent le rang de perles nacrées réunies par un petit diamant bleu. Elle portait les boucles d'oreilles assorties. Le somptueux cadeau de Dominic à sa future épouse...

Le cadeau qu'elle s'apprêtait à lui faire était beaucoup plus simple, mais aussi plus symbolique. Un sourire énigmatique flotta sur ses lèvres, et son regard s'adoucit comme elle tentait d'imaginer sa réaction.

Ses doigts cherchèrent la fine chaîne d'or et la caressèrent longuement, comme pour sceller un pacte dont elle seule détenait le secret.

Un quart d'heure plus tard, la limousine se garait devant la demeure de Dominic, et Francesca se glissa hors du véhicule avec précaution. Aussitôt, Gabbi et Katherine l'entourèrent et examinèrent une dernière fois le long fourreau de satin crème bordé de dentelle ivoire qui moulait à la perfection la silhouette longiligne de la future mariée.

Avec un sourire approbateur, Gabbi hocha la tête.

— Allons-y, les filles. Je crois qu'on n'attend plus que nous ! lança-t-elle d'un ton léger.

A peine avaient-elles franchi le seuil que le père de Francesca se précipitait sur elle.

— Francesca !

Il l'étreignit tendrement puis l'enveloppa d'un regard admiratif.

— Tout va bien ?

— A merveille, papa, assura-t-elle en le gratifiant d'un baiser sur la joue. J'espère seulement que Dominic m'attend encore…

Rick partit d'un rire amusé.

— C'est certainement l'homme le plus patient qu'il m'ait été donné de rencontrer.

Sans perdre de temps, le petit groupe traversa la maison en direction du parc, magnifiquement arrangé pour l'occasion. Les massifs et les parterres de fleurs avaient été soigneusement taillés, et la pelouse ressemblait à un tapis de velours vert émeraude.

Quelques invités étaient assis derrière les membres de leur famille, mais elle les vit à peine. Toute son attention était concentrée sur la haute silhouette vêtue de sombre qui se tenait près du perron. L'air grave, Dominic la regardait avancer d'un pas mesuré au bras de son père.

Francesca plongea son regard dans le sien et y lut tout ce qu'elle avait besoin de savoir. Ses yeux s'embuèrent, et ses lèvres tremblèrent légèrement comme elle esquissait un sourire timide.

Encore quelques pas, et elle pourrait enfouir sa main dans la sienne — et accepter ce qu'il lui offrait pour le restant de sa vie.

Aucun doute, aucune appréhension ne subsistaient en elle. Seul l'amour l'habitait.

Dominic l'attira dans ses bras et l'embrassa avec une telle ferveur qu'elle chancela légèrement.

Un murmure amusé courut dans l'assistance.

— Monsieur Andrea, la coutume veut que le marié embrasse son épouse après la cérémonie.

— Oh ! mais j'ai bien l'intention de le faire, ne vous inquiétez pas, répliqua Dominic avec humour.

Le pasteur étouffa un petit rire avant de s'éclaircir la gorge.

— Très bien… Si nous commencions ?

— Pourriez-vous attendre encore quelques instants ? intervint Francesca. Il y a quelque chose que j'aimerais faire avant.

Elle se tourna vers Dominic, vit la surprise sur son visage et s'empressa de le rassurer d'un sourire. Puis, d'un geste délicat, elle porta les mains à son cou. Quelques secondes plus tard, elle posait dans la paume de Dominic la fine chaîne en or sur laquelle elle avait enfilé l'alliance de Mario.

Prendrait-il conscience de la portée de son geste ? Saurait-il qu'en lui faisant don de cette bague, elle lui offrait son cœur ? Et son amour, sans partage, entier ?

Francesca retint son souffle. Lorsqu'elle vit un sourire radieux illuminer les traits de Dominic, lorsqu'elle décela la gratitude et l'amour dans ses yeux noirs, elle exhala un long soupir, gagnée par un sentiment d'allégresse.

Un frisson la parcourut quand il souleva lentement sa main gauche, la porta à ses lèvres et embrassa son annulaire libéré du passé.

— Merci, dit-il dans un souffle.

— Je t'aime, Dominic. Et voilà la preuve de mon amour.

Un sourire taquin joua sur ses lèvres pleines comme elle s'empressait d'ajouter, d'une voix enrouée par l'émotion :

— Mais il y en aura d'autres… Beaucoup d'autres…

Main dans la main, ils se tournèrent ensemble vers le pasteur, rayonnants de bonheur.

— Nous sommes prêts, déclara Dominic.

— Oui, nous sommes prêts, renchérit Francesca en serrant plus fort la main de son futur époux.

La page était enfin tournée. Incontestablement, cette journée marquait le début d'une nouvelle vie… et la consécration d'un amour durable et partagé.

Du nouveau dans
votre collection *Azur*

Découvrez la nouvelle saga

La couronne de
SANTINA

Et plongez au cœur d'une principauté où les
scandales éclatent et les passions se déchainent.

*Riches, puissants et célèbres, ils
sont prêts à renoncer à tous leurs
privilèges… par amour.*

**8 romans à découvrir
à partir d'AVRIL
2013.**

Rendez-vous dans vos points de vente habituels ou sur
www.harlequin.fr

éditions **H HARLEQUIN**

Du nouveau dans votre collection *Azur*
à partir du 1er mars 2013 !

Découvrez la nouvelle trilogie de Lynne Graham :
Les héritières rebelles

Et plongez dans l'histoire bouleversante de trois sœurs, Zara, Beatriz et Tawny, qui, pour sauver leur famille de la ruine, vont devoir céder au plus odieux — et au plus troublant — des chantages…

3 romans publiés en mars, avril et mai 2013

Recevez toutes les infos en avant-première
en vous inscrivant à la newsletter sur www.harlequin.fr

éditions **H HARLEQUIN**

Ne manquez pas, dès le 1er avril

LA TENTATION DU CHEIKH, *Abby Green* • N°3337

Invité d'honneur au très select Royal Club d'archéologie de Londres, Kaden, prince de Burquat, ne s'attendait pas à y croiser Julia Connors. Julia dont il est tombé fou amoureux douze ans plus tôt, alors qu'elle n'était qu'une étudiante en archéologie. Julia, qu'il projetait alors d'épouser... jusqu'à ce qu'il la surprenne dans les bras d'un autre homme ! Une trahison que Kaden n'a jamais oubliée. Pourtant, aujourd'hui, à la seule vue de sa silhouette gracile, de sa longue chevelure blonde, il sent de nouveau la passion s'emparer de lui. La passion... et une implacable soif de vengeance.

SÉDUITE PAR UN PLAY-BOY, *Lucy Ellis* • N°3338

Sexy, charismatique, arrogant. Rose a bien conscience que le richissime Pavel Kouraguine n'est pas un homme pour elle. Elle l'a su dès l'instant où elle l'a abordé pour son travail, alors qu'il donnait une conférence de presse à Toronto. Pourtant, cela ne l'a pas empêchée de tomber totalement sous le charme de ce play-boy impénitent... et d'accepter de le suivre à Moscou, quelques heures à peine après leur rencontre ! Une situation aussi excitante qu'angoissante pour Rose qui redoute à présent le moment inéluctable où Pavel, lassé d'elle, décidera de la congédier...

POUR L'AMOUR D'ANNABEL, *Kate Hewitt* • N°3339

Depuis qu'elle s'est vue confier la garde d'Annabel, dix-huit mois, Rhiannon n'a qu'une idée en tête : rencontrer le milliardaire grec Lukas Petrakides, le père de la fillette, et le mettre face à ses responsabilités. Et puis, n'est-ce pas le meilleur moyen d'assurer à Annabel un avenir digne de ce nom ? Pourtant, une fois confrontée au regard sombre – et brûlant – de Lukas, Rhiannon sent sa détermination vaciller. Comment pourrait-elle confier le bébé, qu'elle aime déjà de tout son cœur, à cet homme qui n'a manifestement aucune envie de s'encombrer d'un enfant ? Aussi accepte-t-elle sans discuter lorsqu'il exige qu'Annabel et elle séjournent sur son île privée, le temps que sa paternité soit légalement établie. Sans discuter, mais sans pouvoir néanmoins réprimer son angoisse et son trouble à l'idée de partager l'intimité de Lukas...

UN PATRON TROP SÉDUISANT, *Cathy Williams* • N°3340

Coup de foudre au bureau

En remettant sa démission à son patron, Luc Laughton, Agatha se sent envahie par le découragement : renoncer à son travail va la placer dans une situation financière dramatique. Mais elle n'a pas le choix. Pas après la nuit de passion que Luc et elle ont partagée la veille, et qu'elle sait hélas sans lendemain. Dans ces conditions, comment pourrait-elle continuer à travailler au côté de ce séducteur invétéré, incapable d'éprouver le moindre sentiment pour elle ? Sauf que Luc exige qu'elle reste à son poste en attendant qu'il lui trouve une remplaçante... Combien de temps pourra-t-elle supporter de le côtoyer tout en lui dissimulant les sentiments qu'elle éprouve pour lui, en dépit de tout ?

L'HÉRITAGE DES FITZROY, *India Grey* • N°3341

Pour aider son meilleur ami Jasper, Sophie a accepté de se faire passer pour sa fiancée auprès de ses proches. Et de le rejoindre en Ecosse, où il séjourne dans l'austère manoir de sa famille. Mais à son arrivée, Sophie a la désagréable surprise d'être froidement accueillie par le demi-frère de Jasper, le ténébreux Kit Fitzroy. Kit qui, malgré son attitude hostile, darde sur elle un regard brûlant qui la fait frissonner. Avant qu'elle ne se reprenne : si elle veut protéger le secret de Jasper, elle doit tout faire pour résister au désir aussi soudain qu'insensé que lui inspire Kit..

Volume Exceptionnel 2 romans inédits

LA PROPOSITION D'UN DON JUAN, *Kate Hardy* • N°3342

Lorsque le milliardaire Rico Rossi lui propose d'être sa maîtresse, le temps de son séjour à Londres, Ella en reste muette de stupeur et de colère mêlées. Comment ose-t-il lui faire cette offre, après l'humiliation qu'il lui a infligée un mois plus tôt ? Alors qu'elle était en vacances à Rome, il l'a en effet séduite en se faisant passer pour un simple guide touristique ! Pourtant, malgré sa profonde indignation, Ella ne peut ignorer la puissante alchimie qui crépite toujours entre eux. Au point qu'elle se sent bientôt prête à céder à la folle proposition de Rico...

UNE SI TROUBLANTE VENGEANCE, *Julia James* • N°3343

Le plan d'Ethan Teodarkis était simple : séduire la belle Marisa Milburne pour la quitter ensuite, brutalement. N'est-ce pas tout ce que mérite cette aventurière sans scrupule qui, il en est persuadé, voulait briser le mariage de sa sœur ? D'ailleurs, pour parvenir à ses fins, il n'a pas lésiné sur les moyens : un dîner aux chandelles, un séjour de rêve aux Caraïbes... Et, comme il s'y attendait, elle a succombé. En revanche, Ethan n'avait pas prévu ce désir insatiable qui l'embrase à chaque fois qu'il pose les yeux sur Marisa. Un désir contre lequel il va devoir à tout prix lutter s'il veut accomplir sa vengeance jusqu'au bout...

L'ÉPOUSE DE SERGIOS DEMONIDES, *Lynne Graham* • N°3344

- Les héritières rebelles - 2ème partie

Pour sauver son père de la faillite et assurer les meilleurs soins à sa mère malade, Beatriz a accepté d'épouser le milliardaire Sergios Demonides. D'emblée, ce dernier a été clair : s'il l'a choisie, elle − si différente des créatures sophistiquées qu'il fréquente d'habitude − c'est parce qu'il la considère comme la mère idéale pour ses neveux, dont il a désormais la charge. Un rôle dont Beatriz, qui s'est très vite attachée aux trois jeunes enfants, pensait au départ pouvoir se contenter. Sans s'attendre à ressentir pour Sergios une intense attirance, qu'elle a bien du mal à lui dissimuler...

SCANDALE POUR UNE PRINCESSE, *Penny Jordan* • N°3345

- La Couronne de Santina - 1ère partie

Se cacher à bord d'un jet privé en partance pour Bombay : c'est la seule solution qu'a trouvée Sophia pour échapper au mariage de convenance auquel son père, roi de Santina, veut la contraindre. Une solution désespérée, mais aussi risquée. Car s'il lui importe peu que son escapade provoque un scandale − pourvu qu'elle recouvre sa liberté −, Sophia appréhende en revanche la réaction du propriétaire du jet, Asch Achari, lorsqu'il découvrira qu'elle l'a impliqué dans cette affaire. Asch, le ténébreux prince de Nailpur qui lui a autrefois brisé le cœur alors qu'elle n'était encore qu'une adolescente, et dont l'attitude arrogante l'a toujours horripilée. Et voilà qu'aujourd'hui, Sophia n'a d'autre choix que de remettre son sort entre les mains de cet homme qu'elle déteste...

Attention, numérotation des livres pour le Canada différente : numéros 1793 à 1798.

www.harlequin.fr

Composé et édité par les

éditions **HARLEQUIN**

Achevé d'imprimer en février 2013

La Flèche
Dépôt légal : mars 2013
N° d'imprimeur : 71146

Imprimé en France